Sabine Friemond

Tendering

Kriminalroman

KBV

MIX
Papier aus verantwortungsvollen Quellen
FSC® C083411

Originalausgabe

www.kbv-verlag.de
E-Mail: info@kbv-verlag.de
Telefon: 0 65 93 - 998 96-0
Umschlaggestaltung: Ralf Kramp unter Verwendung
des Fotos »Haus Ahr« © (StA Voerde, T4/10)
Druck: CPI books, Ebner & Spiegel GmbH, Ulm
Printed in Germany
ISBN 978-3-95441-583-0

Für meine Kinder.
Ich war immer gerne mit Euch am Tender!

Prolog

Haus Ahr, 20. Juni 1860

Rastlos lief Betty in ihrem Schlafzimmer auf und ab. Dieses Zimmer, in dem sie schon als kleines Mädchen gewohnt hatte, lag im ersten Stock, im Westflügel, wenn man ein so hochtrabendes Wort für diesen Bereich des Herrenhauses verwenden konnte. Hin und wieder versuchte sie, zur Ruhe zu kommen, indem sie am Fenster innehielt, um ihren Blick auf das Fließen des Rheins zu fokussieren. Viel konnte sie zwar nicht von dem mächtigen Strom sehen, da die blühenden Kronen verschiedener Bäume ihr die Sicht versperrten, aber schon das Wissen, dass sie ihm nahe war, hätte sie beruhigen können.

Hätte.

Wenn sie am nächsten Tag nicht heiraten sollte.

Wieder drückte sie angespannt ihre strahlend weißen Zähne in die Fingerknöchel ihrer rechten Hand, der Gedanke an das Versprechen, das sie geben würde, fuhr wie ein lähmender Gedanke in sie. Und zum wiederholten Male untersuchte sie diese Fingerknöchel kritisch, ob diesmal Abdrücke geblieben waren, die bis zum nächsten Tag, wenn Heinrich diese rechte Hand ergreifen würde, vielleicht noch zu sehen waren.

Vor Heinrich wäre es ihr nicht unangenehm gewesen. Aber vor Susanna, ihrer zukünftigen Schwiegermutter. Diese Schwiegermutter, die zwar über die *Herkunft* Bettys glücklich war, nicht aber über Betty selber.

Kapriziös.

Das war eines der netteren Wörter, mit denen sich Heinrichs Mutter in der Weseler Gesellschaft über sie ausließ.

Die hochgewachsene, nicht mehr ganz junge Frau warf ihre dunklen Locken, die ihr manchmal in das fein geschnittene Gesicht fielen, mit Schwung über ihre Schulter.

Melodramatisch, *egoistisch* und *launisch* waren die weniger schönen Worte.

Betty ballte ihre Hände zu Fäusten und versuchte, ihren Atem zu beruhigen. Die Wände des großen Zimmers schienen auf sie zuzukommen. Sie fühlte sich eingeengt, nein, eingesperrt, wie der zerlumpte, jämmerlich aussehende Löwe, den sie bei einem Besuch ihrer Schwester Lina im Zoologischen Garten in Berlin gesehen hatte. Der, genau wie sie jetzt, mit stumpfem Blick zwischen zwei Wänden hin und her ging.

Wie hatte sie nur dieser Eheschließung zustimmen können?

Nein, dachte sie sofort, nicht schon wieder diese selbstzerfleischenden Gedanken!

Heinrich war ein warmherziger, geduldiger Mann, der sie so liebte, wie sie war. Nicht melodramatisch, sondern engagiert, nicht egoistisch, sondern selbstbewusst, nicht launisch, sondern sensibel.

Vor allem ihr gemeinsamer Wunsch zu reisen, bevor die familiären Verpflichtungen und das Älterwerden unbeweglich machten, ließ Betty seinem Heiratsantrag zustimmen.

Und natürlich ihr Alter. Sie war jetzt 29 Jahre alt. Ihre beiden älteren Schwestern Luise und Berta drängten sie schon länger, endlich einen der mittlerweile weniger gewordenen Heiratsanträge anzunehmen. Und als selbst ihre freigeistige große Schwester Lina mahnende Worte aus Berlin schrieb, sie solle sich genau überlegen, wie sie alt werden mochte, wurde Betty nachdenklich. Nach vielen Gesprächen mit dem Weseler Brauereibesitzer Heinrich Tigler fasste sie schließlich den Entschluss, seinen Antrag anzunehmen.

Und dieser Entschluss war richtig, sagte sie sich jetzt immer wieder.

»Betty!«, hörte sie plötzlich eine Stimme hinter sich. »Du bist ja immer noch nicht umgezogen.« Vorwurfsvoll betrachtete Berta, die Herrin des Hauses Ahr, ihre jüngere Schwester und schüttelte den Kopf. »Bitte, zieh dich jetzt endlich um. Du möchtest doch gleich, wenn der liebe Heinrich dich abholen kommt, nicht hetzen.«

Heinrichs Mutter hatte ihre zukünftige Schwiegertochter eingeladen, schon einen Tag vor der Hochzeit nach Wesel zu kommen und bei ihr und ihrem Mann zu übernachten. Betty war die Vorstellung, eine so lange Zeit mit Susanna Tigler zu verbringen, fast unerträglich, aber sie wollte nicht schon wieder als *kapriziös* gelten und sagte zu. Trotzdem hatte Heinrichs Mutter ihre Lippen zusammengekniffen. Sie fand, dass ihre zukünftige Schwiegertochter etwas begeisterter hätte zustimmen können.

Ihre Schwester Berta Auguste betrachtete kopfschüttelnd Bettys einfaches Tageskleid. »Du immer mit deinen tristen Kleidern! Meinst du, hier bei uns in der niederrheinischen Provinz wäre es nicht nötig, sich ein wenig eleganter zu kleiden?«, neckte Berta ihre kleine Schwester.

»Meine liebe Berta«, hob Betty jetzt zu einer Erklärung an, »du weißt, dass meine einfache Kleidung keine Geringschätzung eurer Gesellschaft ist. Eher ein Zeugnis dafür, wie wohl ich mich bei euch fühle und wie dieses Haus und diese Gegend hier noch mein Zuhause sind. Aber, nun denn«, Betty hob ihren rechten Arm und legte den Handrücken gegen ihre Stirn. Dabei rollte sie dramatisch mit den Augen und sprach dann weiter. »Ich werde mich jetzt in Tand und Flitter werfen, bis meiner geliebten, zukünftigen Schwiegermama die Augen herauskommen!«

Berta prustete los. »Ja, meine Liebe, so kenne ich dich! Das wird dir zwar mit dem lindgrünen Kleid hier nicht ganz gelingen, aber dafür hast du ja goldene Stickereien auf deinem Brautschleier.« Berta ging zu ihrer kleinen Schwester und legte ihre Arme um deren schlanken Oberkörper. »Du wirst sehr glücklich werden«, vorsichtig strich sie Betty über den Rücken, »dein Conrad Heinrich ist ein sehr feiner Mensch. Und eure Reise durch Amerika wird ein ganz besonderes Erlebnis. Du wirst sehen, es wird die richtige Entscheidung sein, ihn morgen zu heiraten.«

Durch das gestärkte Oberkleid und das Mieder konnte Berta spüren, wie sich Bettys Körper bei ihren Worten versteifte.

ERSTER TEIL

1. Kapitel

Samstag, 8. Dezember 2018

Sie wunderte sich darüber, wie sie, die graue, schüchterne Maus, über sich selbst hinausgewachsen war. Sie hatte nicht im Traum daran gedacht, sich für die Hauptrolle der Betty im gleichnamigen Theaterstück zu bewerben. Sie musste sich schon überwinden, ihr Interesse an einer kleinen Nebenrolle zu signalisieren. Aber plötzlich war sie die Betty!

Ein letzter Blick in den Spiegel.

Ihre großen, dunklen Augen. Die langen, braunen Haare in der Mitte gescheitelt, die Locken umspielten sanft ihre Schultern. Der kleine Mund, mit der etwas kräftigeren Unterlippe, in einem dunklen Rot geschminkt.

Perfekt, dachte sie. Und das Schönste war, dass es sich so echt anfühlte.

Endlich einmal.

Erstaunlicherweise hatte sie kein Lampenfieber. Vielleicht weil alles so gut passte? Bei diesem Gedanken musste sie innerlich kichern. Es waren mehrere Anproben nötig gewesen, bis die Schneiderin das Kostüm so geändert hatte, dass es richtig passte. Sie selbst war noch schlanker als Ingrid und hatte dann auch noch, vor lauter Nervosität, etwas abgenommen. Aber jetzt saß es, wie für sie persönlich gefertigt.

Sie raffte mit beiden Händen etwas den Rock in die Höhe, bevor sie gemessenen Schrittes die Treppe hinunterging.

Ihre Mutter kam in den Flur. »Du bist schon fertig?« Kritisch musterte sie die Tochter, von den glänzenden Locken bis zu den geschnürten Stiefeletten, dann lächelte sie. »Willst du etwa schon los?«

»Ja«, antwortete Lena, »ich gehe noch etwas spazieren, muss jetzt ein bisschen meine Ruhe haben und runterkommen.«

»Bei dem Sauwetter? Und es wird doch schon dunkel! Pass ja auf, dass nichts an das Kleid kommt«, ermahnte Kerstin Pachel ihre Tochter.

»Ja, Mama. Es ist trocken, nur ein bisschen windig. Nur ein paar Schritte. Wann fahrt ihr los?« Bei dieser Frage schaute Lena in den Spiegel, der im Flur hing, um ein letztes Mal ihr Aussehen zu überprüfen. Dabei schnitt sie eine Grimasse in Richtung des Spiegelbilds ihrer Mutter.

»Na, wir haben ja noch ein bisschen Zeit. Denk dran, uns die Plätze zu reservieren. Vier Stück.« Zur Bekräftigung hielt sie die entsprechende Anzahl Finger ihrer rechten Hand in die Höhe und schnitt dabei die gleiche Grimasse wie ihre Tochter.

Nachdem Lena gegangen war, hielt Kerstin Pachel die Klinke der Haustür noch umklammert. Ihre Lena! Ihr schüchternes Mädchen spielte gleich die Hauptrolle in einem Theaterstück! Vor Hunderten Zuschauern! Hoffentlich verdarb Mick seiner Schwester nicht ihren Triumph.

* * *

Zum wiederholten Male schaute Ingrid Hassmann auf ihre Armbanduhr. Achtzehn Uhr. Und Betty, nein Lena, war noch nicht da.

Mein Gott, bremste sie ihre Ungeduld, es war noch früh genug!

Um neunzehn Uhr ging es erst los. Und nur, weil sich schon langsam der Saal füllte, brauchte sie nicht nervös zu werden.

Aber Ingrid hatte nicht damit gerechnet, dass dieses von ihr selbst geschriebene Theaterstück über die berühmte Voerderin Betty Tendering so viel Aufmerksamkeit bekommen würde. Sie hätte sich schon gefreut, wenn sie überhaupt eine kleine Truppe zusammenbekommen hätte, die das Stück unter ihrer Regie auf einer kleinen Bühne aufführen würde. Aber in der Aula des Gymnasiums! Und dann noch vor ausverkauftem Haus!

Einige Mitglieder des Ensembles waren schon da, zum Beispiel Mathilda Erlenbeck, die Betty als junges Mädchen spielen würde. Anna, die Zweitbesetzung, war noch nicht da. Das war zu erwarten gewesen.

Manchmal ärgerte Ingrid sich, dass sie sich hatte breitschlagen lassen, Lena die Hauptrolle zu geben. Anna wäre eindeutig die bessere Besetzung gewesen. Die junge Frau war wirklich eine gute Schauspielerin. Trotzdem sie eher launisch und oft auch sehr arrogant war, hatte sie eine tolle Bühnenpräsenz. Auch die leisen, gefühlvollen Szenen meisterte sie perfekt. Und obwohl Anna bei den Proben oft mit heruntergezogenen Mundwinkeln herumlief, veränderte sie sich völlig, wenn sie auf der Bühne stand. Sie erstrahlte richtig! Dann dachte Ingrid immer, ja, so könnte Betty Tendering gewesen sein.

Lena war auch gut, keine Frage.

Und wenn es dieser jungen Frau half, dachte sie, wie schon häufiger. Denn nach dem Vorsprechen hatte tatsächlich Lenas Therapeut bei ihr angerufen. Dass diese Rolle Lenas Entwicklung aus ihrer extremen Schüchternheit heraushelfe, hatte er gesagt. Sie sei ja schon auf einem guten Weg. Außerdem sei sie doch sowieso die perfekte Besetzung, bei ihrer Vernarrtheit in das 19. Jahrhundert. Als dann noch Vater Pachel sie um ein Gespräch bat, hatte Ingrid ihrem Herzen einen Ruck und Lena die Hauptrolle gegeben.

Ingrid Hassmann lief durch die »Garderobe« der Schauspieler. Wenn man diesen Raum neben der Aula, in dem sich jeder einen Platz suchen musste und in dem alles kreuz und quer herumlag, überhaupt so nennen konnte.

* * *

Anna betrachtete den kleinen Gegenstand in ihrer Hand. Klein, aber gemein. So wie das Leben eben sein konnte. Wenn alles so funktionieren sollte, wie sie es geplant hatte, müsste sie jetzt los.

Zögernd gestattete sie sich ein Grinsen, das sich dann über ihr ganzes Gesicht ausbreitete.

* * *

Lena parkte ihren kleinen Twingo auf dem Parkplatz am Tenderingssee. Es war schon dunkel, nur der Mond spendete etwas Licht.

Sie atmete tief durch und zählte langsam bis fünf. Obwohl sie nicht in Hektik verfallen wollte, nahm sie die Zigarette aus der Packung, bevor sie bei zehn angekommen war. Eine zur Beruhigung.

Gerade als sie die Zigarette anzündete und ein paar Schritte zum Ufer des Sees ging, hörte sie ein Geräusch hinter sich.

* * *

»Hast du schon Lena gesehen? Oder Anna? Bist du etwa auch gerade erst gekommen?«, fragte sie Gerald, der mit einem Zylinder in der Hand und hochrotem Kopf an ihr vorbeihetzte.

»Nein, äh, ja«, stotterte er, zog den Kopf zwischen seine Schultern und lief weiter.

Fünf nach halb sieben. Ingrid atmete tief durch und wandte sich dann Luisa zu, die Schwierigkeiten beim Binden ihres Häubchens hatte.

»Da bist du ja endlich!«, zischte Ingrid Hassmann wenige Minuten später Anna an. »Wo ist Lena? Ist sie mit dir gekommen?« Aufgebracht reckte die ältere Frau ihre Hände in die Höhe, man konnte ihr ansehen, wie sie sich beherrschen musste, nicht aufzustampfen oder Anna zu schütteln. Auch Gerald, der hinter Ingrid aufgetaucht war, schaute sie durch sein drahtiges Brillengestell vorwurfsvoll an.

Verwirrt verneinte Anna. »Sorry, mein Autoschlüssel war spurlos verschwunden! Ist Lena noch nicht da?«

Ingrid sah in Annas gerötetes Gesicht und traf blitzschnell eine Entscheidung. »Nein, Lena ist noch nicht da. Es kann doch echt nicht wahr sein, dass ihr zwei so zuverlässig und toll mitgearbeitet habt und heute, gerade heute beide so spät kommt.« Ingrid nickte in Richtung des Garderobenraums. »So, egal jetzt. Wir müssen uns beeilen. Du bist jetzt die Betty. Da Lena das Kostüm mitgenommen hat, müssen wir improvisieren. Komm!«

* * *

Blitzlichtgewitter. Das Dröhnen des tosenden Applauses. Und immer wieder Verbeugungen zum Publikum, das sie, geblendet durch die Scheinwerfer, gar nicht sah. Und ein Lächeln, das nur einer Person im Publikum galt, die sie bisher nicht gesehen hatte, aber von der sie wusste, dass sie da war.

In ihrem ganzen, bisher zwanzig Jahre währenden Leben hatte sich Anna noch nie so rundum glücklich gefühlt. Sie hatte ein Empfinden, als wäre ihr ganzer Leib mit Freude und Zufriedenheit gefüllt.

Bis auf eine kleine Stelle, irgendwo in einer der hinteren Herzkammern. Genau eine kleine Stelle, die ihr sagte, dass es nicht ganz richtig war.

2. Kapitel

Sonntag, 9. Dezember 2018

Du hättest nicht mitkommen müssen, Krümmel und ich hätten das auch alleine geschafft.« Patrick versuchte alles, um seine missmutige Freundin zu besänftigen. Obwohl er keine Schuld an ihrer schlechten Laune hatte. Sie hätte nach ihrer Nachtschicht weiterschlafen können, aber gerade als er den Hund anleinen und sich hinausschleichen wollte, fegte dieser vor Aufregung drei Flaschen, die zum Altglas mussten, um. Das laute Scheppern und Klirren hatte Charlotte geweckt, und sie beschloss, die beiden bei dem Spaziergang zu begleiten.

»Nein, ist okay. Ich lege mich gleich noch einmal hin. Oder vielleicht auch nicht«, überlegte sie laut, »war ja meine letzte Nachtschicht, sonst kann ich heute Abend nicht schlafen.«

Von der B 8 aus fuhr Patrick rechts in den Tenderingsweg und parkte dann auf einem Parkplatz, auf dem sich sonst die Taucher trafen. Nur ein weiteres Auto stand noch dort, ansonsten war kein anderer Mensch zu sehen.

Beide mochten den Spaziergang am Tenderingssee. Man brauchte nicht weit zu fahren und hatte eine schöne, ruhige Strecke zwischen dem Wasser und den Bäumen.

Eine Weile schlenderten sie, ohne miteinander zu reden, den Fußweg am See entlang. Auch hier begegnete ihnen niemand – kein Wunder, so früh an einem Sonntagmorgen im Dezember. Charlottes Miene hellte sich auf. Ihren jungen Hund beim Herumtollen zu beobachten, machte ihr immer Freude. Zwischen den mit Raureif überzogenen Bäumen und der Aussicht auf ein paar freie Tage fiel der Stress der vergangenen Nachtschicht langsam von ihr ab.

»Gott sei Dank ist es nicht so matschig«, grinste sie ihren Freund an, »dann brauchst du das Krümmelchen gleich nicht komplett zu baden!«

»Ja, aber ins Wasser soll er trotzdem nicht«, antwortete Patrick und schaute dem Hund hinterher, der sich einen Weg hinunter zum Ufer gesucht hatte. »Krümmel!«, rief er. Dann stutzte er. »Guck mal, Charlotte, da ist ein Boot! Da, unter den Bäumen, direkt am Ufer!«

Zusammen gingen sie den gleichen Weg, den vorher schon ihr Hund genommen hatte, zum See hinunter.

»Patrick! Da liegt jemand! Eine Frau! Das kann doch nicht wahr sein!« Aufgeregt ergriff sie Patricks Arm. »Die schläft. Ist der nicht kalt?«

Patrick wand sich aus dem Griff seiner Freundin und rannte zum Boot, das ganz sanft hin und her schaukelte. »Ruf einen Krankenwagen, hier … sie … da stimmt was nicht!«

Nur kurz nahm er die schlaffen, heruntergezogenen Mundwinkel in dem stark geschminkten Gesicht der jungen Frau wahr. Ihre wie zum Gebet ineinander gefalteten Hände, in denen eine dunkelrote, fast schwarze Rose vor sich hin welkte. Das ordentlich drapierte, altmodische Kleid.

Dann stapfte er ins Wasser, zog das Boot zu sich und beugte sich über die Frau. Er legte zwei Finger an ihre Halsschlagader – und fühlte nur noch eine unendliche Stille.

* * *

Mit zusammengepressten Lippen krempelte er sich die Ärmel seines Hemdes hoch. Dann griff er entschlossen zur Flasche und kippte sich eine ordentliche Portion des Inhalts auf die Handfläche. Ohne eine Miene zu verziehen, verrieb er die Substanz zwischen seinen Handflächen. Er fixierte den Berg aus Fleisch, der vor ihm aufragte.

Er atmete tief durch und konzentrierte sich darauf, dass ihm seine Gesichtszüge nicht entglitten. Dies würde sie ihm nie verzeihen.

Er legte seine Hände auf den Fleischberg. In dem Moment spürte er einen kleinen Schlag gegen seine rechte Hand.

»Wenn Sie Widerstand leisten, werde ich meine Kollegen anfordern!«, knurrte Freddie leise durch die Zähne. »Verhalten Sie sich ruhig, da müssen wir jetzt beide durch.«

Christins ebenso angespannte Miene löste sich auf. »Dein Gesicht müsstest du sehen«, prustete sie laut heraus. Sie musste sich auf ihre Ellenbogen stützen, weil ihr sonst vor Lachen die Luft weggeblieben wäre.

Auch Freddie konnte sich nicht mehr beherrschen. »Sorry«, schnaubte er hervor, »irgendwie finde ich das alles hier sehr lustig. Ich komme mir vor, als ob ich einem Walross den Bauch kraulen sollte!«

Wieder prusteten Freddie und Christin los.

»Psst!«, ermahnte Martina Klöppels lächelnd.

Martina war die Hebamme, die »das alles« anleitete. Christin und Freddie besuchten nun schon zum vierten Mal den Geburtsvorbereitungskurs im Geburtshaus Mandala, aber der Polizist konnte sich immer noch nicht mit dem nötigen Ernst auf die ihm gestellten Aufgaben einlassen. Er hätte nie gedacht, dass Atmen so kompliziert sein könnte und dass er mal Körperteile einer Frau zwischen den Fingern massieren würde, über die er noch nie in seinem Leben nachgedacht hatte.

Auch jetzt sah er naserümpfend auf seine von Massageöl triefenden Hände, von denen schon ein paar Tropfen auf seine Lieblingsjeans gekleckert waren. Er riss sich zusammen, hob seine Hände und legte sie erneut auf den irrwitzig kugeligen Bauch seiner Frau. Wieder trat sein ungeborenes Kind gegen seine Handflächen.

»Christin«, stöhnte er mit gespielter Verzweiflung auf, »ich hoffe, das Minimum meint das nicht persönlich. Im Moment überlege ich echt, ob es in Deutschland noch Besserungsanstalten gibt.«

Wieder musste Christin kichern. »Keine Sorge. Es ist im Moment wach. Außerdem, da es mindestens zur Hälfte deine Gene hat, wird es wohl etwas lebhafter als Matti und Oskar. Und deine Eltern sind auch mit dir klargekommen. Du bist ja sogar Beamter geworden!«

In diesem Moment hörten sie ein leichtes Brummen von Freddies Diensthandy. Beide guckten das Handy mit bösem Blick an. Entschuldigend sah Freddie zu Martina.

»Ich habe dir ja gesagt, dass ich Bereitschaft habe«, meinte er. Dann blickte er hilflos auf seine öligen Hände.

Christin, die sein Dilemma erkannte, richtete sich auf, nahm das Handy und hielt es an Freddies Ohr.

»Ja? Oh. Mannomann! Okay, bin gleich da«, hörte die Pfarrerin ihren Mann einsilbig antworten. Fragend blickte sie ihn an. »Ich glaube, wir wissen jetzt, warum diese Lena gestern nicht zur Premiere da war«, murmelte er mit belegter Stimme.

* * *

Eine Szene wie aus einem Film.

Freddie und Christin sahen einen Streifenwagen, der die weitere Durchfahrt des Tenderingsweges blockierte. Die blauen Blinklichter rotierten leise im milchigen Dunst des Wintermorgens. Ein Rettungswagen und das Auto des Notarztes standen nebeneinander halb auf der Straße, halb in der Zufahrt des Parkplatzes, das Fehlen jeglicher hektischer Aktivitäten unter den Sanitätern ließ das Schlimmste ahnen. Rot-weißes Absperrband, das kraftvoll und straff die Szenerie zu umarmen schien, komplettierte das Bild.

Freddie wurde schon erwartet, seine neue Kollegin, Polizeianwärterin Laura Bauer, fing ihn ab. »Du musst hier halten«, informierte sie ihn, »wir haben alles rund um den Taucherparkplatz abgesperrt.«

Freddie fuhr an den rechten Straßenrand.

»Dir ist klar, dass du hier sitzen bleiben musst?« Frederick Neumann wandte sich Christin auf dem Beifahrersitz zu und strich ihr zärtlich über die Wange. »Dies scheint ein Tatort zu sein, da darfst du jetzt nicht mit.«

»Das weiß ich«, nickte die Pfarrerin und zog ein Buch, auf dessen Cover ein attraktiver Mann lächelte, aus ihrer Tasche. »Ich warte jetzt hier, und wenn es mir zu lange dauert, rufe ich meine Eltern an, ob die mich eben abholen können.« Dann fügte sie noch hinzu: »Meinst du, das klappt heute Abend mit dem Vortrag?« Sie hielt ihm das Buch entgegen.

Freddie zog kurz die Augenbrauen hoch. Dann fiel es ihm wieder ein. Der Autor, dessen Buch Christin momentan verschlang, war am Abend in der hiesigen Buchhandlung zu Gast und würde aus seinem Werk lesen. »Um sechs ist das? Vielleicht, ich kann es nicht versprechen«, antwortete er zögerlich.

»Alles klar, sonst gehe ich alleine«, sagte Christin und lächelte ihn an.

Innerlich grinsend warf Freddie die Autotür zu. Er wusste genau, dass seine Frau diese geschenkte Zeit zum Lesen genießen würde. »So, Polizeianwärterin Bauer«, wandte er sich im Gehen an seine Kollegin, »was ist hier los?«

Laura Bauer strengte sich an, mit Freddies ausholenden Schritten mitzuhalten.

»Ein Pärchen hat vor circa einer Dreiviertelstunde, also gegen halb zehn, beim Spazierengehen um den See ein Boot bemerkt, in dem eine tote Frau liegt«, berichtete Laura Bauer.

»Wie ist sie gestorben?«, fragte Freddie, als von seiner Kollegin nichts mehr kam.

»Wahrscheinlich Fraktur des Os occipitale«, antwortete sie.

»Alles klar, Frau Musterschülerin«, knurrte Freddie. »Und jetzt auf Deutsch.«

»Bisher sieht es so aus, als wäre der Schädelknochen des Hinterkopfes zertrümmert«, erläuterte die angehende Polizistin.

Geräuschvoll sog Freddie Luft durch seine zusammengebissenen Zähne ein. »Aua, bestimmt kein schöner Anblick. Wissen wir schon, wer die arme Frau ist?«

Laura nickte und guckte dann auf ihren Notizblock.

»Ja. Zufällig kam heute Morgen gegen neun Uhr ein Ehepaar auf die Wache«, sagte Laura. »Sie fragten nach, ab wann jemand als vermisst gilt. Sie hatten seit gestern Abend, circa achtzehn Uhr, keinen Kontakt mehr zu ihrer Tochter, die noch bei ihnen wohnt. Leo hat erst einmal nur informell die Daten aufgenommen, aber die Beschreibung passt genau. Schlüter ist auf dem Weg zu ihnen, um uns ein aktuelles Foto zu schicken.«

»Der Name?« Freddie hatte den Wirbel um die nicht aufgetauchte Schauspielerin hautnah miterlebt. Fast schämte er sich schon für seine spöttischen Bemerkungen, die er am Vorabend losgelassen hatte. Er hatte sich grinsend zu seinem Stiefsohn Oskar geneigt und gesagt, dass das Stück wohl so öde sei, dass selbst die Hauptdarstellerin laufen gegangen sei. Woraufhin Oskar sich vor Lachen kaum noch einkriegte. Und Christin sie mit ihrem schärfsten Blick, der die beiden Kulturbanausen fast sofort durchbohrt hatte, anguckte.

»Lena Pachel«, bestätigte Laura.

»Oh Mann!« Der Polizist schüttelte den Kopf.

»Was ist? Kennst du sie?« Laura schaute ihren Vorgesetzten kurz von der Seite an, sah aber nur auf sein ausdrucksloses Narbengewebe.

»Ja. Das ist die junge Frau, die die Betty in diesem Theaterstück spielen sollte, in dem Matti auch mitspielt«, klärte Freddie sie auf. »Und zu dem du gestern nicht hingekommen bist«, ergänzte er vorwurfsvoll. Im Vorbeigehen nickte der Polizist den Rettungssanitätern zu, die dabei waren, ihren Wagen für die Abfahrt zu schließen. Die Notärztin stand unschlüssig an ihrem geöffneten Kofferraum.

»Jaja, schon gut«, antwortete Laura unwirsch, »ich werde nie wieder den Geburtstag eines meiner Familienmitglieder einem Auftritt Mathildas bei einer Premiere vorziehen. Aber ich habe Karten für heute Abend.«

Freddie sprach die Notärztin an, die sich gerade aus dem Schutzanzug schälte, den sie bei ihrer Ankunft vorsichtshalber angezogen hatte. »Hallo, Polizeihauptmeister Freddie Neumann«, stellte er sich kurz vor. »Was können Sie mir zu der Leiche sagen?«

»Fraktur des Os occipitale«, antwortete die Ärztin und klappte den Kofferraumdeckel zu.

Freddie nickte. »Können Sie mir sagen, wie lange sie schon tot ist?«, fragte er weiter.

»Nur ganz grob«, entgegnete sie. »Da ich auf den ersten Blick keine Verletzungen sah, habe ich nur den Kopf angehoben. Die Haare sahen so verklebt aus. Der Hinterkopf ist komplett eingedrückt, Hirnmasse ist ausgetreten.« Die Ärztin stockte kurz. »Ich habe den Kopf ganz vorsichtig wieder hingelegt. Die Körpertemperatur habe ich nicht gemessen, da hätte ich zu viel verändern müssen, aber aufgrund der Hautfarbe und der Leichenstarre würde ich auf mindestens zwölf Stunden tippen.«

Freddie bedankte sich bei der Notärztin, die zu einem neuen Einsatz musste.

»Das kommt ja dann mit der Aussage der Eltern, dass sie ihre Tochter um achtzehn Uhr zuletzt gesehen haben, hin«, meinte Freddies junge Kollegin.

»Hm«, nickte der Polizist. »Sind das die beiden, die die Tote gefunden haben?«, fragte er, in Richtung eines Pärchens weisend, das eng nebeneinanderstand. Der Mann, dessen Hosenbeine bis zu den Knien nass waren, hielt seine Freundin im Arm, sie hatte ihren Kopf auf seine Schultern gelegt. Zu ihren Füßen kauerte ein Hund, der unruhig alles beobachtete.

»Ja«, antwortete die Polizeianwärterin und schaute auf ihren Notizblock. »Charlotte Kund und Patrick Niehaus. Beide arbeiten als Krankenpfleger. Gingen hier mit ihrem Hund spazieren und entdeckten das treibende Bötchen mit der Leiche. Er hat den Tod festgestellt und dann nur noch das Boot etwas an Land gezogen, damit es nicht wieder auf den See hinaustreibt. Dann haben die beiden 112 und uns benachrichtigt.«

Freddie sagte dem Pärchen seinen Namen, dann stellte er ohne Umschweife seine Fragen. »Kennen Sie die Tote?«, wollte er als Erstes wissen.

»Nein«, antworteten beide nacheinander.

»Nie gesehen?«, hakte der Polizist nach.

»Nein«, entgegneten wieder beide.

»Ist Ihnen heute Morgen irgendjemand hier auf dem Parkplatz oder auf dem Weg begegnet?«

Die Krankenpfleger guckten sich an und überlegten.

»Nein«, sagte die junge Frau. »Wir haben tatsächlich niemanden gesehen. Das hat mich gewundert, eigentlich treffen wir hier immer jemanden. Andere Leute mit Hund oder auch Jogger.«

»Ist Ihnen ein Auto auf dem Parkplatz begegnet?«, fragte Freddie weiter.

»Nein«, antwortete jetzt der Mann. »Wir haben nur den kleinen Twingo ganz in der Ecke gesehen, aber sonst stand da kein anderes Auto, und uns ist auch keins entgegengekommen.«

»Können Sie mir bitte jetzt die Stelle zeigen, wo Sie die Tote gefunden haben? Laura, holst du bitte Schutzanzüge?«, bat Freddie.

Nachdem sich alle vorschriftsmäßig die dünnen Overalls angezogen hatten, die einen Tatort vor der Verunreinigung durch Spuren von Unbeteiligten schützen sollten, ging das Pärchen voran, rechtsherum zurück auf den Weg, der am Ufer des Sees verlief.

Auch hier war entlang des Weges alles mit dem rot-weißen Absperrband der Polizei markiert.

Schweigend gingen sie etwa zweihundert Meter, dann führte der Weg linksherum, und Freddie konnte schon die Spitze eines kleinen Bootes sehen.

»Da ist es«, sagte der Krankenpfleger in die Stille hinein und deutete auf das Boot. »Da vorne ist unser Hund runtergerannt. Und wir dann hinterher.«

Jetzt sah Freddie auch die junge Frau, die, wie aufgebahrt, in dem kleinen Holzboot lag. Nur das absolut schneeweiße Gesicht und die ineinander gefalteten, ebenso weißen Hände ließen ahnen, dass dieser Körper nicht mehr lebendig war.

Polizeihauptkommissar Frederick Neumann ließ den Anblick auf sich wirken. Langsam ging er ein paar Schritte weiter. Seine Begleiter blieben stehen.

»Haben Sie meinen Kollegen schon gesagt, was Sie alles angefasst haben?«, fragte Freddie dann, den Blick immer noch auf das Boot mit dem stillen Passagier gerichtet.

»Ja«, antwortete der Krankenpfleger.

»Haben Sie auch die Wunde am Hinterkopf gesehen?«

Patrick nickte. »Ja«, sagte er nur.

Freddie kniff seine Augen zu einem Schlitz zusammen, so als ob er schärfer sehen wollte. »Was hat die Tote zwischen ihren Händen?«, fragte er den Krankenpfleger.

»Eine Rose«, antwortete dieser und fügte noch »ziemlich gruselig« hinzu.

Freddie nickte bestätigend. »Danke«, sagte er dann an das Pärchen mit dem Hund gewandt. »Sie beide müssen jetzt zur Wache an die Frankfurter Straße und sich Ihre Fingerabdrücke abnehmen lassen.« Dann wandte er sich an Laura. »Du rufst jetzt bitte die Kripo in Duisburg an. Die sollen die Spurensicherung mitbringen«, wies Freddie sie an. »Und bitte sie darum, Skalecki zu schicken. Die kennt unsere Mörderstadt ja schon«, fügte er mit einem bitteren Lächeln hinzu.

»Gehen wir da jetzt runter?«, fragte die Polizeianwärterin. »Nein, natürlich nicht«, schüttelte Freddie energisch den Kopf, »oder willst du Ärger mit der Kriminaltechnik?«

In diesem Moment gab Lauras Smartphone ein kurzes »Ping« von sich. Sie schaute auf das Foto, das Schlüter ihr geschickt hatte, und hielt dann ihrem Kollegen den Bildschirm hin.

Freddie nickte. »Ja, mein Gott«, stöhnte er leise, »das ist Lena.«

3. Kapitel

Sonntag, 9. Dezember 2018

Manuel Klein musterte seine Mutter, die ihm am Frühstückstisch gegenübersaß. Sie war immer sehr schlank gewesen und hatte sich aufrecht gehalten, aber jetzt sah sie mager aus, die spitzen Schultern waren leicht nach vorne gebeugt. Ihre sonst so adrette und elegante Kleidung hing formlos an dem schmalen Körper, sogar Flecken konnte er auf der Bluse erkennen. Kraftlos rührte sie in ihrem Kaffee, die lieblos hergerichtete Scheibe Brot mit Marmelade hatte sie noch nicht angerührt.

»Schade, dass du gestern Abend nicht mitgekommen bist«, versuchte Manuel in ihre Gedanken einzudringen.

Seine Mutter schaute fragend auf.

»Mama!«, rief er tadelnd und ergänzte: »In das Theaterstück, Betty.«

Ein kurzes Aufleuchten in ihren Augen ließ erkennen, dass sie sich erinnerte. »Das von der eingebildeten Ingrid Hassmann«, stieß sie hervor und schnaubte durch die Nase. »Das interessiert mich nicht. Nur Lügen.«

»Anna hat die Hauptrolle gespielt. Sie hat das sehr gut gemacht«, berichtete er weiter. »Wann bist du denn von deinem Spaziergang nach Hause gekommen? Du warst noch nicht da, als ich ging, und es war schon dunkel.«

»Guck mich nicht so vorwurfsvoll an«, sagte sie, jetzt liebevoll lächelnd und sich auf dem Küchenstuhl aufrichtend. »Ich habe eine schöne Runde gemacht. Leider hatte das Schokoladenmuseum schon zu, sonst wäre ich dort mal wieder hineingegangen.« Mit dem abgespreizten kleinen Finger führte sie geziert die Tasse mit dem Kaffee zum Mund.

Manuel konnte sich nicht daran erinnern, wann seine Mutter zuletzt in Köln gewesen war, aber es schien ihr noch positiv im Gedächtnis zu sein. Zufrieden registrierte er, dass sie den Kaffee mit dem leichten Sedativum ausgetrunken hatte. Schon gähnte sie.

So konnte er sich in Ruhe auf den heutigen Abend vorbereiten.

* * *

Ihr schlanker Körper steckte in hautenger Sportkleidung, und sie strahlte ihm entgegen.

Er schaute sich verstohlen um, ob sie auf diesem kleinen Nebenweg, mitten im beliebten Wohnungswald, der etwas abseits der üblichen Laufstrecken lag, alleine waren.

»Na«, begrüßte sie ihn, »wie war ich?«

Am liebsten hätte er sie in seine Arme geschlossen, hob stattdessen aber nur kurz die Hand. »Grandios!«, grinste er Anna an. »Ich habe nichts anderes erwartet!

Du hast es tatsächlich geschafft, dass du spielen konntest!«

Die junge Frau zuckte mit den Schultern. »Ja, hat mich auch gewundert!«, sagte sie. »Aber Lena ist einfach nicht aufgetaucht. Ich hatte ...«, sie zögerte, bevor sie weitersprach, »dieses Pulver dabei, das du mir gegeben hattest, aber Gott sei Dank brauchte ich es nicht. Sie war einfach nicht da! Ingrid hat getobt!«

»Egal, du warst spitze!« Jetzt strich er ihr doch leicht über die Schulter. »Ich habe heute schon mit meinem Freund telefoniert und ihm erzählt, wie gut du warst«, fuhr er fort, »er möchte dich unbedingt kennenlernen. Bei einem offiziellen Vorsprechen.«

Annas fröhliche Miene erstarrte ein wenig. Wäre er nicht so ein aufmerksamer Beobachter, wäre es ihm entgangen.

»Was ist los? Freust du dich nicht?«, fragte er nach.

Anna wandte sich etwas ab. »Ich ... weißt du, ich weiß gar nicht, ob ich überhaupt noch Schauspielerin werden will«, stieß Anna hastig hervor, als ob sie allen Mut zusammennähme. »Meinen Eltern passt das nicht, und wie soll ich die Schauspielschule und alles bezahlen, wenn sie sich querstellen?«

»Aber darüber haben wir doch schon gesprochen!«, rief er. »Du wirst bei mir wohnen, und ich bezahle die Schulgebühren.«

Jetzt drehte sie ihm komplett ihren Rücken zu und machte, wie um die Nebensächlichkeit ihrer Aussage zu unterstreichen, ein paar halbherzige Dehnübungen. »Also«, sagte sie wie zu niemand Bestimmtem, »eigentlich habe ich mir überlegt, eine Ausbildung zu machen, bei Papa im Betrieb. Außerdem habe ich mich, glaube ich, in Gerald verliebt – und er sich in mich.« Zaghaft lächelnd drehte sie sich wieder zu ihm, sah aber nur in seine besorgte Miene.

»Anna«, sagte er mit ruhiger Stimme, »du weißt, dass das mit deinem Vater niemals gut gehen wird. Und Gerald? Wie alt ist der denn? Er ist doch noch ein Kind! Er wird dir nicht guttun.«

Die junge Frau wandte sich wieder ab.

»Anna, lass erst einmal alles sacken, wir reden später noch einmal.«

Als sie sich, bevor sie wieder losrannte, zum Abschied noch einmal zu ihm umdrehte, sah Anna, wie erwartet, kein Lächeln mehr.

* * *

Freddie hatte die wartende Christin noch nach Hause gebracht, bevor er selber zur Voerder Polizeiwache weiterfuhr. An seiner verschlossenen Miene erkannte sie, wie nah ihm dieser Fall ging. Kein Wunder, auch sie war geschockt über diesen brutalen Mord an der jungen Frau, die tatsächlich Lena Pachel war, wie Freddie noch am Tatort erfahren hatte. Auch die Überlegung, wie sie die grausamen Geschehnisse ihrer Tochter Mathilda schildern sollte, bedrückte sie. Matti hatte nach den Theaterproben oft begeistert von Lena erzählt.

Gerade als sie den Schlüssel ins Schloss stecken wollte, machte jemand von innen die Haustür auf. Die Pfarrerin verlor kurz das Gleichgewicht und stolperte über die Schwelle, wo ihr Dietmar Ohler reflexartig die Hand entgegenstreckte.

»Entschuldigung«, riefen beide gleichzeitig.

»Oh, Sie sind schon zurück«, stammelte ihre Vertretung und wich dabei so weit zur Seite, dass Christin mit ihrem beträchtlichen Leibesumfang an ihm vorbeikonnte.

»Ja, ein Notfall«, erklärte sie.

»Oh«, sagte er wieder und hastete dann nach draußen. Dort drehte er sich noch einmal kurz zu ihr um. »Äh, aber nichts mit …«, deutete er fragend auf ihren Bauch.

»Nein, nein. Freddie wurde zu einem Einsatz gerufen«, erklärte sie.

»Gut. Also, Entschuldigung, natürlich nicht gut«, stotterte er fast und wurde rot. »Ich gehe jetzt zur Senioren-Adventsandacht«, sagte er noch, bevor er zu seinem Auto hastete.

Kurz war Christin von ihren düsteren Gedanken abgelenkt. Nachdem sie die Haustür geschlossen hatte, schüttelte sie den Kopf. Dietmar Ohler war jetzt seit fast zwei Monaten ihr Vertreter in der Kirchengemeinde. Da die Vertretungszeit auf sechs Monate begrenzt war und er seine Wohnung in Osnabrück noch unterhielt, hatte man dem gebürtigen Voerder das geräumige Dachzimmer im Pfarrhaus angeboten. Die Familie Erlenbeck-Neumann konnte sich nicht über ihn beschweren, Ohler war sehr ruhig und freundlich, aber seine Verschlossenheit verhinderte einen unkomplizierten, herzlichen Umgang miteinander. Und dass er es ablehnte, sich mit Christin und Freddie zu duzen, verstärkte dieses Fremdbleiben noch.

Wie erwartet brach Mathilda in Tränen aus, als Christin ihren Kindern behutsam von dem Verbrechen erzählte. Der elfjährige Oskar, Mathildas jüngerer Bruder, starrte fassungslos aus dem Fenster. Dann wandte er sich wieder an Christin. »Kommt Skalecki? Freddie und Skalecki werden den Mörder doch bestimmt wieder kriegen?«, fragte Oskar mit zitternder Stimme.

»Ja«, antwortete seine Mutter. »Die beiden schaffen das ganz bestimmt wieder.«

* * *

»Diiiiiiiietmar«, hallte es in ihm nach. Bevor er den Motor startete, legte er beide Hände ans Lenkrad und umklammerte es so fest, als ob er es zerquetschen wollte.

Diese verdammten Blagen, dachte er wütend. Glaubten sie wirklich, er würde ihr Getuschel nicht hören?

Die Knöchel auf seinen Handrücken wurden ganz weiß, er zählte seine Atemzüge, dann lockerte er seinen Griff und startete den Wagen.

Er wusste nicht, wie lange er es noch in dem Pfarrhaus der evangelischen Gemeinde Grünstraße aushalten musste. Jeden Tag ärgerte er sich über sich selbst, dass er sich von dem wohlmeinenden Vorschlag der Presbyter und der Pfarrerin, in das geräumige Dachzimmer zu ziehen, hatte überrumpeln lassen. Lächelnd hatte er den Vorschlag, der seiner Meinung nach eher wie ein Befehl formuliert war, angenommen. Aber er hatte Angst gehabt, dass eine Ablehnung zu viele Fragen aufgeworfen hätte. Fragen nach einer plausiblen Begründung. Er hätte dann schlecht sagen können, dass er diese Nähe zu anderen Menschen nicht mochte. Dass er im Grunde ein Einzelgänger war. Dass Frauen ihn verunsicherten. Dann hätten sie vielleicht weiter nachgebohrt, warum er im Moment zur Verfügung stand und in Osnabrück entbehrt werden konnte.

Außer der räumlichen Nähe zu für ihn wildfremden Menschen wog für ihn schwer, dass ausgerechnet Frederick Neumann einer seiner Gastgeber war.

Bisher war er Miriam noch nicht begegnet, und er hoffte auch stark, dass das so bleiben würde. Vorerst.

Miriam Neumann.

Jetzt hieß sie anders. Wie er herausgefunden hatte, war sie mittlerweile verheiratet und hatte zwei Kinder. Wahrscheinlich hatte sie ihn längst vergessen.

Hoffentlich!

Und dass dieser Hund, diese haarige, große Töle ihn immer so intensiv musterte, bildete er sich wahrscheinlich nur ein.

* * *

Polizeioberkommissar Michael Schlüter wartete geduldig. Er versuchte, sich in sich selbst zurückzuziehen, in der Hoffnung, dass diese furchtbarsten Minuten bald vorbei sein würden. Diese Minuten, nachdem man einer Mutter und einem Vater hatte mitteilen müssen, dass ihr Kind gestorben war. In diesen Minuten machte es erst einmal keinen Unterschied, *wie* ihr Sohn oder ihre Tochter zu Tode gekommen war.

Erst später, wenn die Erkenntnis, dass ihre Tochter ermordet worden war, sich langsam in den Vordergrund schob, würde eine unfassbare Wut Kerstin und Jörg Pachel übermannen.

Immer wieder, was Gott sei Dank selten vorkam, war Schlüter in so einer Situation etwas erleichtert, wenn er erfuhr, dass es noch ein Geschwisterkind gab. Und immer wieder grübelte er darüber nach, ob dies wirklich einen Unterschied machte. Sicher war auf jeden Fall, dass das Leben der ganzen Familie nach diesem Verlust anders werden würde.

Freddie schien Laura Bauer schon instruiert zu haben, sie lehnte still an einem Highboard, auf dem gerahmte Fotos standen, und sagte kein Wort.

Jetzt musste er es schaffen, dass sich Lenas Eltern und ihr etwa achtzehnjähriger Bruder Mick etwas fingen, damit er die Fragen stellen konnte, die erst einmal den Ausgangspunkt ihrer Ermittlungen bilden würden.

Schlüter versuchte, Jörg Pachels Blick einzufangen. Auch hier stellte er sich oft die Frage, warum es in so einer Situation meistens dem Klischee entsprach, dass Männer gefasster waren. War dies ein Urinstinkt? Vernünftig bleiben, um die Familie beschützen zu können?

Jörg Pachels Augen waren zwar unnatürlich gerötet, aber sie waren trocken. Er schluckte und nickte dem Polizisten zu.

»Ist es in Ordnung, dass meine Kollegin sich ganz kurz Lenas Zimmer anguckt?«, fragte Schlüter beiläufig.

Noch bevor Lenas Eltern antworten konnten, stieß Laura sich vom Highboard ab und wandte sich zur Tür.

»Ihr Zimmer ist im Dach. Einfach beide Treppen hoch«, murmelte Jörg Pachel. »Soll Mick mitgehen?«

»Nein, meine Kollegin muss dort erst einmal alleine alles sichten«, entgegnete Schlüter. Dann fuhr er fort. »Es tut mir sehr leid«, begann Schlüter mit fester Stimme die Befragung, »aber ich muss jetzt sofort schon ein paar Dinge wissen.«

Das Ehepaar reagierte nicht, auch Mick starrte fortwährend teilnahmslos auf den Fußboden, deswegen öffnete Schlüter seinen Notizblock und sprach weiter.

»Wann haben Sie Ihre Tochter zuletzt gesehen?«

Kerstin Pachel schluchzte auf, schaffte es aber zu antworten. »Gestern Abend«, presste sie hervor.

»Können Sie mir eine ungefähre Uhrzeit nennen?«, hakte der Polizist nach.

Kerstin Pachel nickte kurz. »Etwa Viertel vor sechs.«

»Können Sie mir erzählen, was Ihre Tochter vorhatte?«

Lenas Mutter löste sich zitternd aus der Umarmung ihres Mannes und setzte sich vorsichtig hin, als hätte sie Angst, dass der Sessel sie nicht tragen könnte. »Gestern war die Premiere eines Theaterstücks, in dem Lena die Hauptrolle spielt.« Die falsche Zeitform bemerkte sie offenbar nicht und erzählte weiter: »Sie musste erst gegen zwanzig nach sechs in der Aula des Gymnasiums sein.« Erneutes Schluchzen. »Sie war für den Auftritt schon komplett fertig. Sie … sie kam die Treppe runter und wollte los. Ich … ich fragte noch, ob sie schon loswolle, es … es war noch so früh, aber sie wollte noch etwas frische Luft schnappen, um sich selber zu beruhigen.« Ihre Stimme brach, ein tiefes Schluchzen übermannte die trauernde Mutter wieder.

»Wollte Lena sich mit jemandem treffen?«, fragte Schlüter.

Jörg Pachel schüttelte den Kopf. »Nein. Oder«, er zögerte kurz, bevor er weitersprach, »eigentlich wissen wir das nicht.«

Schlüter guckte ihn fragend an. »Hatte sie einen festen Freund?«

* * *

Laura Bauer hatte keine Probleme, das Zimmer der ermordeten Lena zu finden. Die Doppelhaushälfte der Pachels war ähnlich gebaut wie viele andere. Es freute sie ungemein, dass Schlüter ihr zutraute, das Zimmer eines Mordopfers als Erste zu untersuchen.

Schon vor der Zimmertür konnte die Polizeianwärterin einen ersten Eindruck von Lena bekommen. Andere junge Menschen hätten vielleicht noch ein leicht angegilbtes Schild *Kein Zutritt!* oder *Für Eltern verboten!* an der Tür kleben gehabt, aber Lena hatte dort ein Poster hängen, das über und über mit unleserlichem Gekritzel versehen war. Inmitten dieses Gekritzels waren drei Skelette gezeichnet. Eines spielte Geige, eines schwang eine Sense, und das dritte hielt einen Kontrabass oder ein Cello vor seinen Knochen.

Laura zögerte kurz, warf einen verstohlenen Blick über die Schulter nach hinten und machte dann mit ihrem Smartphone ein Foto von diesem merkwürdigen Bild.

Dann drückte sie die Türklinke nach unten, öffnete die Tür und ging hinein.

Es war, als ob eine Zeitmaschine sie mindestens fünfzig Jahre zurückversetzt hätte. Waren das Antiquitäten? Fast schon ehrfürchtig ging die angehende Polizistin ein paar Schritte weiter und stand dann in der Mitte des großen Zimmers.

Biedermeierstube. Vintage. Gute Stube. Das waren alles Begriffe, die ihr durch den Kopf schossen. Sie wusste nicht, ob sie diesen Einrichtungsstil cool oder total abgedreht finden sollte. Wieder nahm sie ihr Smartphone und fotografierte Lenas Welt. Das Bett unter der Dachschräge aus dunklem, glänzendem Holz und die weiße Bettwäsche, die tatsächlich mit einer gezackten Bordüre eingefasst war. Den matt schimmernden Kleiderschrank, der aus dem gleichen, edel aussehenden Holz wie das Bett gefertigt war und dessen Türen mit aufwendigen Schnitzereien verziert waren. Und dann machte sie noch Fotos von dem Sekretär und dem zierlichen Stuhl, der davorstand.

Laura steckte ihr Smartphone wieder ein und stellte sich an den antiken Sekretär, der Lena wohl als Schreibtisch gedient hatte. Eine kleine Schreibtischunterlage lag darauf, die ein ähnliches Motiv wie das Poster an der Tür hatte. Auch davon machte sie ein Foto, bevor sie sie näher betrachtete. Wie von einer alten Feder geschrieben muteten die Buchstaben an, die wie wahllos hingeworfen aussahen. Die auffälligsten Buchstaben waren aber immer wieder B und T.

Plötzlich blieb ihr Blick an etwas hängen. Unter die Schutzfolie war ein fliederfarbenes Stück Papier geschoben, auf dem mit ganz zeitgemäßen Druckbuchstaben *BENIM GÜLÜM* geschrieben stand, daneben eine fein skizzierte Rose.

* * *

»Nein, nicht dass wir wüssten«, antwortete Jörg Pachel.

»Und du?«, wandte sich Schlüter an Mick, »hat deine Schwester dir mal etwas von einem Freund erzählt?«

Der Teenager schien sich nicht angesprochen zu fühlen. Einige totenstille Momente vergingen, bis der Junge seinen Blick hob. Schlüter schien es, als ob er etwas sagen wollte, es sich dann aber anders überlegte und mit zusammengekniffenen Lippen den Kopf schüttelte.

»Wissen Sie, Lena ist …«, Jörg Pachels kieksige Stimme, die von irgendwo aus seiner Kehle kam, durchbrach plötzlich die Stille. »Lena war extrem schüchtern. Wir glauben nicht, dass sie einen Freund hatte. Sie brauchte viel … ›Alleinzeit‹, wie wir es irgendwann nannten.« Er zuckte mit den Schultern, und ein winzig kleines Lächeln huschte über sein Gesicht. »Vielleicht hat sie auch nur heimlich eine rauchen wollen. Sie wusste, dass es da mit uns nur Diskussionen gegeben hätte.«

»Nun, aber das wäre doch ein ziemlicher Umweg!« Schlüter versuchte, das Gespräch in Gang zu halten. »Von hier, der Friedrichstraße aus, über den Tenderingssee zum Gymnasium. Nur um heimlich zu rauchen?«

Wieder ein Schulterzucken von Jörg Pachel. »Ich weiß nur, dass sie gerne am See … war«, wieder kam dieser unterdrückte Schrei aus seiner Kehle.

»Waren Sie dabei, als Lena das Haus verließ?« Schlüter versuchte, auch diese Frage behutsam zu stellen.

»Nein«, antwortete Kerstin Pachel für ihren Mann, der damit kämpfte, seine Fassung zu bewahren.

»Wo waren Sie denn?«, hakte Schlüter vorsichtig nach.

Eine winzige Sekunde lang stutzte Jörg Pachel, bevor er antwortete. »Im Gartenhaus. Ich wollte noch ein paar

Regale einräumen, die ich neu montiert hatte, bevor wir zu der Aufführung gingen.« Dann verzog er das Gesicht. »Bitte, können wir jetzt unsere Ruhe haben?«

»Und du?«, wandte sich Schröder wieder an Mick, »wann hast du deine Schwester zuletzt gesehen?«

Wieder dauerte es einige Momente, bis der Junge reagierte. »Ich war unterwegs«, nuschelte er.

Schlüter beließ es dabei.

»Kennen Sie jemanden, der Ihre Tochter gehasst hat? Oder hat Lena irgendwann mal etwas in der Richtung erzählt?« Der Polizist wusste, dass diese Frage die Gefühlslage der Trauernden deutlich verändern würde. Jetzt stieg das langsame Begreifen aus den Untiefen hervor. War der Mord an ihrer Tochter bisher ein diffuses Unglück, bekam er mit dem Gedanken an »jemanden« plötzlich eine andere Dimension.

Das Ehepaar guckte sich stumm an, Mick hob seinen Kopf und schaute, scheinbar ungerührt, aus dem Fenster.

»Nein«, Kerstin und Jörg Pachel schüttelten ihre Köpfe.

»Nein«, wiederholte Kerstin Pachel, »Lena … war ein absolut friedlicher Mensch! Sie war viel zu scheu, um überhaupt mit anderen in einen Konflikt zu geraten!«

»Dieses Theaterstück, bei dem sie mitspielte«, fuhr jetzt ihr Mann fort, »das war das bisher Ausgefallenste, was sie in ihrem Leben gemacht hat.« Als ihm seine Wortwahl bewusst wurde, senkte er den Kopf. »Und das wird es wohl bleiben.« Plötzlich hob er seinen Kopf und guckte Schlüter in die Augen. »Anna«, sagte er mit rauer Stimme. »Anna Tigler hatte getobt, als sie hörte, dass nicht sie die Hauptrolle bekommt, sondern Lena.«

4. Kapitel

Sonntag, 9. Dezember 2018

Alle zuständigen Ermittler schwiegen beklommen, als sie in der Voerder Polizeiwache, in dem größten Raum, den sie hatten, zwei Tische zusammenschoben und von überallher Stühle organisierten.

Kriminalhauptkommissarin Skalecki betrachtete kopfschüttelnd die Kaffeemaschine. Sie konnte billigen Prosecco nicht von Champagner unterscheiden, und ob sie einen teuren Laphroaig oder einen einfachen Johnny Walker zu trinken bekam, war ihr auch egal. Aber bei Kaffee war sie zimperlich. Und von so einer Maschine konnte man keinen guten Kaffee erwarten. Damit er zumindest einigermaßen schmecken würde, machte sie sich selber an die Zubereitung einer Kanne.

»Oh, wie praktisch«, schallte es plötzlich laut hinter Skalecki in den Raum. »Hat man aus Duisburg direkt eine Maus zum Kaffeekochen mitgeschickt? Wo ist denn der Kommissar?«

Langsam, in der einen Hand das Kaffeelot und in der anderen das offene Päckchen mit dem Pulver, drehte sich die 1,90 Meter große Polizistin um. Spätestens nach einem Blick in die wie Schießscharten zusammengekniffenen Augen hätte jeder andere das Weite gesucht, aber Freddie grinste nur.

»Du kannst so froh sein, dass es das einzige Päckchen Kaffee hier ist, sonst hättest du es schon an der Stirn gespürt«, konterte Skalecki mit Grabesstimme. Dann grinste sie auch und schüttelte wieder ihren Kopf.

»Mann, Mann, Mann!«, seufzte sie. »Rolf und ich überlegen schon, ob es nicht praktischer wäre hierherzuziehen! Was ist hier schon wieder los?«

Skalecki spielte damit auf die beiden Morde an, zu denen sie im Frühling und im Sommer gerufen wurde.

In diesem Moment kamen Polizeioberkommissar Schlüter und sein Schützling Laura Bauer in die Wache.

Während Freddie und Schlüter sich schon an den Anblick einer Laura Bauer, die in Uniform ihrer verstorbenen Mutter zum Verwechseln ähnlich sah, gewöhnt hatten, musterte Skalecki die junge Frau erst einmal in Ruhe.

»Laura«, nickte sie dann, »ich habe mich sehr gefreut, als ich hörte, dass du dich für unseren Verein beworben hast und noch in die Ausbildung gerutscht bist. Ich wünsche dir viel Erfolg.«

»Na«, grinste die junge Frau, »›gerutscht‹ kann man das bei so viel Fürsprache«, dabei blickte sie von Freddie zu Schlüter und dann wieder zu Skalecki, »wohl nicht nennen. Aber danke.«

»Und dann auch noch ein Mord in ihrer ersten praktischen Einheit«, ergänzte Schlüter und wies seine Kolleginnen und Kollegen an, sich an den bereitgestellten Tisch zu setzen. »Übrigens, klasse, dass du gekommen bist«, fügte er noch in Richtung Skalecki hinzu.

»Dann erzählt mal«, forderte die Polizistin aus dem Kriminalkommissariat Duisburg ihre Voerder Kollegen auf.

Konzentriert hörte Skalecki zu. Als alles gesagt war, stand Schlüter auf und stellte sich mit gezücktem Stift an das Flipchart, das er nach dem ersten Mord im Frühjahr angeschafft hatte, und fasste in Stichworten den bisherigen Stand zusammen. Zwei Punkte umkreiste er mehrmals, als er fertig war. *GEPLANT/MOTIV* und *ZUFALL/AFFEKT*. Alle starrten wie gebannt auf die niedergeschriebenen Stichpunkte.

Dann platzte Freddie als Erster in die Stille. »Zufall/Affekt kann man doch wohl streichen. Ich meine, wer rennt abends mit einer solchen Rose rum?«

Keiner reagierte.

»Einer, der sie gerade jemandem schenken wollte, abblitzte, zum Heulen zu diesem See fuhr, Lena sah und seine Wut an ihr ausließ«, warf Skalecki in ihrer direkten Art ein.

Wieder trat Stille ein.

Dann räusperte Laura sich. »Also mir ist heute auch eine Rose begegnet.« Weil alle sie plötzlich anstarrten, wurde sie nervös, sie nestelte ihr Smartphone aus ihrer Tasche und legte es auf den Tisch. »Schaut euch das einmal an.« Sie entsperrte ihr Handy, tippte auf das Fotosymbol, vergrößerte den Ausschnitt mit der gezeichneten Rose und den fremdsprachigen Wörtern und ließ es dann herumgehen.

Alle waren ratlos, man hörte vereinzelt ein gemurmeltes »*Benim Gülüm …*«.

»Meine Rose«, sagte plötzlich jemand laut und deutlich. Alle schauten überrascht zu Polizeikommissarin Elif Çelik, die nach ihrer Ausbildung erst seit ein paar Wochen in ihrer Heimatstadt Voerde arbeitete. »Was?«, rief sie mit weit aufgerissenen Augen in die Runde ihrer Kollegen. »Könnt ihr etwa kein Türkisch?«

»Nun, Elli«, lächelte Schlüter. »Dann halte dich mal bereit. Vielleicht brauchen wir deine Türkischkenntnisse noch.«

Freddie strich mit einer Hand über seine linke, vernarbte Gesichtshälfte, ein Zeichen dafür, dass ihn etwas bewegte. »Diese Rose. Irgendwie …«, er suchte nach Worten, »irgendwie erinnert die mich an etwas. Aber ich komme nicht drauf.«

»Vielleicht daran, deiner Frau mal wieder Blumen zu schenken?«, witzelte Polizeioberkommissarin Katja Weber.

Freddie ging auf den flapsigen Kommentar nicht ein. »Wie sie da in dem Boot lag, mit dem Kleid und der Rose, das sah fast wie auf einem Gemälde aus«, nahm Freddie den Faden wieder auf.

Schlüter ergriff das Wort. »Ich denke auch, dass es keine Zufallstat war und Lena gezielt angegriffen wurde. Ob der Mord geplant war oder irgendetwas außer Kontrolle geriet, können wir im Moment wohl noch nicht sagen. Da wir Selbsttötung oder einen Unfall ausschließen, ist es nun offiziell eine Mordermittlung.« Er wandte sich an Skalecki. »Kriminalhauptkommissarin Skalecki kennen einige von euch ja schon. Sie wird die Ermittlungen leiten. Bitte, Skalecki.«

»Danke, Schlüter«, übernahm Skalecki das Wort. »Eigentlich hätte ich euch lieber erst zur Weihnachtsfeier wiedergesehen, zu der Freddie mich schon eingeladen hat.« Die Voerder Kolleginnen und Kollegen murmelten allgemeine Zustimmung. Skalecki fuhr fort: »Ich denke, es ist offensichtlich, dass wir mehrere Ansätze haben. Zunächst mal Lena selbst. Laura, du hast einen ersten Eindruck von ihr bekommen. Du wirst mit Schlüter mehr über sie herausfinden. Danach wirst du verstehen, warum Schlüter der perfekte ›Good Cop‹ ist!« Alle mussten schmunzeln. »Eine Liebkosung in türkischer Sprache und eine Rose. Elif, du stellst uns bitte Informationen über mögliche Berührungspunkte mit türkischen Mitbürgern zusammen. Ob es welche in der direkten Nachbarschaft gibt, ob sie türkische Klassenkameraden hatte und so weiter.«

Elif Çelik nickte. »Das mit der Nachbarschaft könnte länger dauern«, bemerkte sie trocken.

Skalecki stutzte. »Wieso?«

»Na, weil das Opfer in Möllen wohnte?« Und als Skalecki immer noch fragend guckte, ergänzte die Polizeikommissarin: »In Möllen wohnen viele türkische Familien. Unter anderem auch meine.«

»Gut«, nickte die Duisburgerin verstehend, »dann wirst du ja prima zurechtkommen.« Skalecki sah kurz auf ihre Notizen. »Katja, du wirst dich mit Ingrid Hassmann von der Theatergruppe in Verbindung setzen. Lass dir alles erzählen, jeden Streit, jede Diskussion und wer mit wem am besten konnte. Und warum sie Lena die Hauptrolle gegeben hatte.«

Katja Weber nickte. »Alles klar.«

»Leo.«

Begierig, auch eine Aufgabe in der Mordkommission zu erhalten, war Leo Rademacher sofort bei Skalecki. »Ja!«

»Versuch du mal herauszufinden, woher das Boot kam«, wies die Duisburgerin ihn an.

»Wird gemacht!«

»Freddie.« Skalecki erhob sich. »Wir beide werden dieser Anna Tigler mal einen Besuch abstatten. Jetzt ist«, sie blickte auf ihre Armbanduhr, »halb eins. Wir treffen uns um 18 Uhr wieder hier.«

* * *

Skalecki ließ es sich nicht nehmen, von der Voerder Wache aus zum Pfarrhaus, das unmittelbar neben der Polizeistation lag, zu laufen, um Christin und den Kindern kurz Hallo zu sagen. Unbeholfen drückte sie die hochschwangere Pfarrerin vorsichtig an sich, umarmte auch Mathilda und strubbelte Oskar durch das blonde, kurze Haar.

»Oskar, kannst du mal gucken, wie viele Schimi-CDs ich dir letztens mitgebracht habe?«, bat Skalecki den Jungen, der ihr besonders ans Herz gewachsen war, als sie sich an den Küchentisch gesetzt hatten.

Oskar verzog das Gesicht, trollte sich dann aber nach oben, in sein Zimmer.

»Matti«, wandte sich Freddie, der seine Kollegin natürlich begleitete, dann an seine Stieftochter. »Ist dir gestern irgendetwas komisch vorgekommen? Ich meine, außer natürlich, dass Lena nicht da war.«

Mathilda ahnte, dass Oskar nichts von den Fragen mitbekommen sollte, und schüttelte schnell den Kopf. »Nein«, antwortete sie. »Ingrid war total aufgeregt, weil Lena nicht kam. Und Anna und Gerald kamen auch zu spät. Aber dann hat die schnell was angezogen, sich geschminkt, und die Aufführung konnte fast pünktlich anfangen.«

Daran konnte sich Freddie, der mit Christin und Oskar natürlich Mathilda in diesem Theaterstück sehen wollte, erinnern.

»Aber sonst waren alle da?«, fragte nun Skalecki.

Mathilda nickte. »Ja.«

»Wie hat sich Anna gegenüber Lena verhalten?«, wollte Freddie wissen.

Mathilda überlegte. Sie war ein sehr feinfühliges, sensibles Mädchen, dem jede Art von Lästerei zuwider war. Aber da sie wusste, dass dies so etwas wie eine offizielle Befragung war, antwortete sie ehrlich. »Anna war eigentlich ganz nett«, begann sie diplomatisch. »Aber man merkte schon, dass sie ziemlich sauer darüber war, nicht die Betty bekommen zu haben.« Sie überlegte kurz, bevor sie weitersprach. »Alle wissen, dass sie ernsthaft über eine Karriere als Schauspielerin nachdenkt. Sie behauptet auch, Kontakte zu einer Schauspielschule in Köln zu haben. Deswegen war sie echt enttäuscht, dass Lena die Rolle bekam.«

»Wie hat sie sich denn Lena gegenüber verhalten? Das war bestimmt nicht leicht für sie, immer bei den Proben zu sein, obwohl sie wusste, sie war nur für den Notfall eingeplant!«, fragte Skalecki.

Wieder überlegte Matti, bevor sie antwortete. »Also, am Anfang war Anna echt oft zickig und hat sich manchmal über Lena lustig gemacht. Aber dann war sie auf einmal total nett.«

Als sie Oskar wieder die Treppe herunterrennen hörten, dankten Freddie und Skalecki ihr mit einem Augenzwinkern.

* * *

Elif Çelik, die auf der Polizeiwache von allen nur »Elli« genannt wurde, fuhr langsam mit ihrem Auto in den Voerder Stadtteil Möllen.

Die junge Polizeikommissarin war ehrgeizig und hatte vor, ihr Bestes zu geben, um die wohlwollende Aufmerksamkeit Skaleckis zu erlangen. Ihr nächstes Karriereziel war nämlich das Kriminalkommissariat Duisburg. Und sie glaubte, dass ihre Chancen gut standen, denn durch ihre türkische Herkunft war sie in einem großen Netzwerk eingebunden, dem der »Mitbürger islamischen Glaubens«, wie viele Deutsche es politisch korrekt ausdrückten.

Als einziges Mädchen unter vier Brüdern, zwei älteren und zwei jüngeren, hatte sie zudem kämpfen gelernt. Und das buchstäblich. Für ihre Mutter Dilek war sie das *büyülü melek*, das zauberhafte Engelchen, das sie mit überschwänglicher Freude in vorzugsweise rosafarbene Rüschenkleidchen steckte. Für ihre Brüder war sie das *küçük seytan*, das kleine Teufelchen. Da ihre älteren Brüder ihre berufstätigen Eltern bei der Aufsicht der kleineren Geschwister unterstützen mussten, ließ es sich nicht vermeiden, dass sie Elif mit zu ihrem Kickboxtraining nahmen. Schon bald reichte es der kleinen

Elif nicht mehr, mit ihrer Puppe auf einer Bank am Hallenrand zu sitzen. Entschlossen und mutig stellte sie sich den Kämpfen mit gleichaltrigen Jungen.

Lena war zwanzig Jahre alt geworden, so alt wie ihr Bruder Kaya. Er war, wie Lena, auf das hiesige Gymnasium gegangen. Elif hoffte, dass er das tote Mädchen gekannt hatte und vielleicht etwas über sie wusste. Kaya lebte noch bei ihren Eltern. Sie bewohnten eine Doppelhaushälfte im Bruchkamp, die sie jetzt ansteuerte.

Elif hatte Glück, Kaya war nicht nur zu Hause, er war sogar schon wach. Nach der stürmischen Begrüßung ihrer Eltern und den üblichen Witzchen über Kayas Verweichlichung in seiner Ausbildung zum Bankkaufmann kam sie direkt zur Sache.

»Kennt ihr Lena Pachel?« Diese Frage war nicht nur an Kaya gerichtet, auch ihre Eltern waren in Möllen sehr gut vernetzt und hörten viel.

»Lena Pachel?«, murmelte Kaya nachdenklich. »Hast du mal ein Bild von der?«

Elif zeigte ihm ein Foto von der noch lebenden jungen Frau, das Schlüter von Pachels bekommen hatte.

Mit gespitzten Lippen musterte ihr kleiner Bruder das Porträt der scheu in die Kamera lächelnden Lena. »Ja. Die war in meiner Stufe«, sagte er dann, blickte aber an seiner Schwester vorbei. »Total uninteressant. Bist du jetzt offiziell hier, also, so als Polizistin? Muss ich jetzt aufpassen? Durchsuchst du mein Zimmer gleich nach Drogen?«

»Ich kenne dieses Mädchen«, mischte sich nun Dilek ein. »Mit ihrer Mutter …«, sie überlegte kurz, dann kam sie auf den Namen, »Kerstin, war ich im Kleinkindturnen. Und auch so, später, vom Sehen. Was ist mit ihr? Warum fragst du?«

Elif senkte ihren Blick und fuhr dann mit einem Finger das Muster der Tischdecke nach. »Sie ist gestern Abend getötet worden«, antwortete sie ihrer Mutter. »Bitte, Kaya, überleg mal. Wir haben einen Hinweis, dass sie eventuell einen, hm, Verehrer hatte. Einen von uns.«

Kaya riss die Augen auf. Misstrauisch musterte Elif ihren kleinen Bruder.

»Oh mein Gott!«, stieß er aus. »Lass mir ein bisschen Zeit. Ich frag mal 'rum.« Sofort fing er an, hektisch in sein Smartphone zu tippen.

»Ja, bitte.« Dann schaute sie ihn streng an. »Und ja, ich bin als Polizistin hier. Du musst mir alles erzählen. Auch ob du in deinem Zimmer was versteckt hast.«

* * *

Polizeioberkommissarin Katja Weber parkte vor dem Mehrfamilienhaus, in dem laut Melderegister Ingrid Hassmann wohnen sollte. Sie stieg noch nicht sofort aus dem Auto aus, sie musste noch einmal kurz über die erste Besprechung der gerade gegründeten »Mordkommission Lena Pachel« nachdenken. Genau genommen über ihre neue Kollegin Elif Çelik.

Elli. Mit ihren tiefschwarzen, langen Locken. Mit dem dichten Kranz schwarzer Wimpern um ihre braunen Augen herum. Bestimmt gefärbt. Beides, die Haare und die Wimpern. Ihre kesse, fröhliche Art. Wie affektiert! Und von abwartender Zurückhaltung, wie es einer »Neuen« gut zu Gesicht stünde, hatte sie auch noch nichts gehört. Wie Elif ihr immer verschwörerisch zuzwinkerte!

Die junge Türkin wollte mehr erreichen, als in Voerde zu versauern. Das merkte man.

Und sie selber? Eigentlich fühlte sie sich hier wohl. Sowohl in Voerde selbst als auch auf der Wache mit ihren Kolleginnen und Kollegen. Freddie war sehr nett. Schlüter natürlich auch.

Sie schüttelte kurz den Kopf wie ihr Pferd, wenn es sich ihrer Führung verweigern wollte, und stieg aus.

Aus dem Internet hatte Katja erfahren, dass Ingrid Hassmann eine anerkannte Lyrikerin war. Schon seit vielen Jahren engagierte sie sich im Kreis Wesel bei vielen künstlerischen Events, die Inszenierung ihres selbstgeschriebenen Theaterstücks »Betty« hatte deswegen im Vorfeld schon viel Aufmerksamkeit bekommen.

Ingrid Hassmann war tief erschüttert, als sie die Nachricht von Lenas Tod erfuhr. Fassungslos sackte die hochgewachsene Frau auf einem Esszimmerstuhl zusammen. »Nein«, sagte sie immer wieder tonlos.

»Bitte, Frau Hassmann«, forderte Katja die elegante, schwarz gekleidete Frau auf, »ich glaube, dass Sie geschockt sind, aber wie Sie sich denken können, müssen wir sofort mit den Ermittlungen beginnen.«

Ingrid Hassmann schaute sie fragend an.

»Es war ein Gewaltverbrechen«, klärte Katja sie auf. »Mehr kann ich Ihnen im Moment nicht sagen.« Die Polizeioberkommissarin setzte sich ebenfalls unaufgefordert auf einen der Stühle.

Unauffällig guckte sie sich um. Überall lagen Bücher, viele sahen schon sehr alt aus. An den Wänden hingen

Bilder, die teilweise wie alte Gemälde aussahen, teilweise wie moderne Kunst. Dies war eindeutig das Zuhause einer der Literatur und Kunst zugewandten Person. Direkt über dem Esstisch hing das Porträt einer Frau, eine Schwarz-Weiß-Zeichnung. Mit einem leicht süffisanten Blick schaute die dunkelhaarige Schönheit auf die beiden Frauen herab.

Die großen Augen Ingrids weiteten sich noch mehr, als ihr klar wurde, dass Lena ermordet worden war.

»Wie beliebt war Lena Pachel in Ihrer Theatertruppe?«, begann die Polizistin mit ihrer Befragung.

Ingrid Hassmann schob die Unterlippe leicht nach vorne und dachte nach. »Das ist schwer zu sagen«, antwortete sie dann. »Lena war ein extrem ruhiges Mädchen. Sehr scheu.« Sie seufzte tief auf. »Sie war nicht der Typ Mädchen, der laut lachend mit einer Gruppe zusammenstand. Aber ich weiß auch von keinen Streitereien.«

»Wie wir gehört haben, erhoffte sich Anna Tigler die Rolle dieser Betty«, warf Katja Weber ein.

Ingrid Hassmann sah die Polizistin mit hochgezogenen Augenbrauen an. »Ist Anna deswegen verdächtig?«, fragte sie.

»Würden Sie es ihr zutrauen?«, konterte Katja.

»Nein, niemals!« Die Lyrikerin fuhr fast schon wütend auf. »Mein Gott! Das hier ist Provinztheater, es ging nicht um die Hauptrolle für einen Blockbuster in Hollywood!«

Ungerührt fragte Katja Weber weiter. »*Wie viel* Hoffnung hatte sich Anna auf die Rolle gemacht? Wie knapp war Ihre Entscheidung?«

Ingrid Hassmann blickte auf den Tisch. »Tatsächlich hatte ich mich schon entschieden, Anna die Rolle zu geben. Ich kenne sie schon länger und wusste, wie gut sie ist. Außerdem wäre es ja auch passend gewesen, dass eine Nachfahrin der Betty Tendering diese Rolle spielt.«

Die Polizistin stutzte. »Eine Nachfahrin? Äh, diese Betty gab es wirklich?«

»Ja, natürlich. Aber das können Sie alles im Netz nachlesen.« Ingrid schien nicht in der Stimmung zu sein, ihrem Gegenüber einen Vortrag über die berühmte Voerderin zu halten.

»Gut, das werde ich tun. Und warum haben Sie die Rolle dann doch Lena gegeben?«

»Weil Jörg Pachel, Lenas Vater, mich darum fast angefleht hat«, antwortete die ältere Frau.

»Lena war eine erwachsene Frau, warum mischte sich ihr Vater ein?«, wollte die Polizistin wissen.

»Tja«, Ingrid Hassmann runzelte die Stirn. »Da beißt sich die Katze in den Schwanz. Ihr Vater wollte unbedingt, dass seine Tochter mehr aus sich herauskam, und gleichzeitig mischte er sich immer in alles ein. Wobei ich persönlich glaube, dass es Lena nicht an Selbstbewusstsein mangelte, sondern dass sie einfach nur lieber in der hinteren Reihe stand.«

Die Polizistin überlegte kurz und nickte dann. »Kommen wir zu gestern Abend«, Katja Weber warf einen Blick in ihre Notizen. »Schildern Sie mir bitte ganz genau, was gestern Abend passierte. Natürlich mit dem Augenmerk auf das, was Ihnen auffiel.«

Ingrid Hassmann schürzte ihre Lippen und blickte nachdenklich vor sich hin. »Tatsächlich bleibt mir in Erinnerung, dass irgendwie alle zu spät kamen.« In dem Moment, als sie dies ausgesprochen hatte, schüttelte sie schon fassungslos den Kopf. »Mein Gott!«, schluchzte sie auf, »ich habe geschimpft, und in diesem Moment ist sie wahrscheinlich …«

»Bitte, Frau Hassmann, erzählen Sie weiter«, forderte die Polizistin sie auf. »Also, wer genau kam alles zu spät?«

Die Lyrikerin versuchte, sich zu fassen. »Anna. Und, um es genau zu nehmen, auch Gerald. Die männliche Hauptrolle.«

»Wann genau kamen die beiden?«, fragte Katja Weber schon etwas atemlos.

Ingrid Hassmann überlegte kurz. Dann machte sich die Erkenntnis über die Folgen ihrer weiteren Aussage in ihrem Gesichtsausdruck breit.

»Wann genau kamen Anna Tigler und dieser Gerald?«, wiederholte Katja ihre Frage und betonte dabei jedes Wort.

»Um genau fünf nach halb sieben habe ich die beiden an diesem Abend das erste Mal gesehen.«

5. Kapitel

Sonntag, 9. Dezember 2018

Schweigend fuhren Laura und Schlüter wieder zur Friedrichstraße in Möllen, in der die Familie Pachel wohnte. Oder der Rest der Familie, wie es Laura durch den Kopf ging.

»Wie geht es dir?«, unterbrach ihr Kollege das Schweigen.

Laura überlegte, bevor sie antwortete. »Tatsächlich geht es mir gut«, sagte die Polizeianwärterin.

Laura Bauers Mutter war selbst Polizistin in Voerde gewesen, als sie über zwanzig Jahre zuvor unter mysteriösen Umständen zu Tode kam.

Schlüter nickte. »Gut.« Dabei beließ er es. »Kennst du diesen Mick? Deine Brüder sind doch ungefähr in seinem Alter.«

Laura tippte auf ihrem Smartphone herum und brummte nur so etwas wie »… Moment eben …«.

Schlüter verzog das Gesicht. Gerade als er seiner jungen Kollegin einen Vortrag über gute Manieren halten wollte, wandte sich Laura ihm wieder zu.

»Ich habe gerade mal gecheckt, ob Mick bei Facebook ist«, sagte sie.

»Oh! Okay!« Schlüter war positiv überrascht. »Und?«

»Ja, ist er. Auch in dieser ›Voerde heute‹-Gruppe. Er vertritt wohl den Standpunkt, dass viele Ausländer viele Probleme machen, um es mal vorsichtig zu formulieren«, informierte sie ihren älteren Kollegen.

Beide dachten an die türkischen Wörter und die Rose.

»Ich frage meine Brüder später nach diesem Mick, wir sind gleich da«, sagte Laura.

»Mach das. Du wirst dich jetzt mit diesem Jungen unterhalten, ich denke, dir wird er vielleicht eher was erzählen«, wies Schlüter Laura an. »Ich werde versuchen, von den Pachels noch etwas mehr zu erfahren.«

* * *

Freddie und Skalecki fuhren gemeinsam in einem Auto zu Anna Tigler. Da Freddie sich als Ortsansässiger besser auskannte, saß er am Steuer des Dienstwagens. Kurz überlegte er, wie man am besten zur Rahmstraße fuhr, in der Anna wohnte, als ihm einfiel, dass es nur einen sinnvollen Weg gab. Die Dinslakener Straße, die von Voerde nach Möllen führte, war seit einigen Monaten komplett gesperrt, was bei vielen Möllenern zu Unmut führte. Der Stadtteil war nun schwierig zu erreichen. Und viele, die diesen Weg nach Dinslaken nutzten, waren gezwungen, einen großen Umweg zu fahren. So blieb Freddie nichts anderes übrig, als über die Frankfurter Straße zu fahren.

Freddie machte Skalecki auf zwei Gebäude an der linken Straßenseite aufmerksam. »Hier«, deutete er mit seiner linken Hand, »ist das alte Rathaus.« Nur ein paar Meter weiter fuhr er fort: »Und hier ist das noch ältere Rathaus«, zeigte er und deutete wieder auf die linke Seite, als sie an einem alten, weißen Haus vorbeifuhren. »Da war früher die Polizeiwache drin.« Freddie musste grinsen, als er daran dachte. »Und jetzt ein Yogainstitut. Da will Christin in ein paar Monaten mal hin.«

Auch Skalecki schmunzelte. »Echt Dorf!«, sagte sie. »So beschaulich war es in Duisburg zuletzt im Mittelalter.«

Kurz darauf durchfuhren sie eine Unterführung der alten Hochbahn. Auf der rechten Straßenseite, direkt an der Einmündung zu der Straße Breiter Deich, die, wie der Name schon sagte, zum Rhein und dessen Deich führte, stand ein Haus, auf dem ein Bild war, das an das Hochwasser von 1926 erinnerte. Die gleiche Kulisse, nur wassergeflutet. »Stell dir vor, was das für Wassermassen gewesen sein mussten, wenn die Anwohner mit Kähnen hier durchschippern konnten! Der Rhein ist immerhin noch knappe zwei Kilometer weit weg.«

Skalecki brummte, nicht sonderlich beeindruckt. Sie, als Duisburgerin, kannte viele Geschichten von überfluteten Stadtvierteln.

Da Skalecki jetzt schon zum dritten Mal in Voerde ermittelte, dachte Freddie, es könne nicht schaden, wenn sie etwas touristischen Input bekäme. »Daran kannst du dann sehen, warum die Bürgermeisterei, die auch mal in Löhnen war, wieder in das Rathaus von da hinten zurückgelegt wurde. Wenn nämlich Hochwasser war, konnte man nicht zum Bürgermeister.«

»Soso, interessant«, murmelte Skalecki.

Der Voerder Polizist guckte seine Kollegin unsicher von der Seite an. »Du brauchst gar nicht so zu spotten«, antwortete er beleidigt, »Christins Geschichtskenntnisse haben uns schon geholfen.«

»Alles gut«, schüttelte Skalecki lachend den Kopf. »Ich wundere mich nur ein bisschen über dich.«

»Okay, dann zeige ich dir jetzt eine Strecke, die ich als jugendlicher Fahranfänger geliebt habe. Leider hat man ihr vor Jahren die Schärfe genommen.«

Freddie schaltete einen Gang runter, umklammerte mit dramatischer Geste das Lenkrad und legte sich, soweit es die Sitze des Streifenwagens zuließen, zurück. Sobald sie die Häuser der kleinen Ansiedlung links und rechts der Straße hinter sich gelassen hatten, beschleunigte er den Wagen.

»Mann, Mann, Mann!« Skalecki konnte sich ein Grinsen nicht verkneifen und rollte dabei mit den Augen. »Du hast ja wirklich wilde Sachen gemacht! Soll ich das Blaulicht obendrauf machen?«

Links und rechts der Fahrbahn lagen Felder und Wiesen, die jetzt, im Dezember, eher trostlos und grau aussahen. Die Idylle trog, denn schon viele waren früher dem Reiz der Kurven erlegen und, anstatt gemütlich zu cruisen, gerast. Nicht selten endete dann eine Fahrt im Straßengraben. Auch Freddie hatte hier als Fahranfänger sein Lehrgeld gezahlt. Buchstäblich. Er war auch im Graben gelandet und hatte dem Bauern für den Zaun einen Monat seines schmalen Einkommens geben müssen. Sein Auto hatte er in seinem Lehrbetrieb, einer Autowerkstatt, wieder reparieren können. Und nachdem seine Mutter ihn vor Erleichterung feste an sich gedrückt hatte, gab sie ihm die erste und letzte Ohrfeige ihrer gemeinsamen Erziehungsgeschichte.

Später wurde diese Strecke entschärft, die Kurven etwas begradigt.

Bevor die beiden Polizisten durch das Industriegelände, das sich auf beiden Seiten der Straße erstreckte, fuhren, bog Freddie links ab. Kurz darauf parkten sie vor dem Haus der Tiglers.

Eine hohe, weiß getünchte Backsteinmauer, die anscheinend um das ganze Grundstück führte, schirmte die Bewohner vor den Blicken der Passanten ab und erweckte den Eindruck, dass es sich eher um ein Anwesen handelte als um ein einfaches Einfamilienhaus. Auch Anna wohnte, genau wie Lena, noch bei ihren Eltern.

»Na, wie Marxloh sieht das hier aber nicht aus«, bemerkte Skalecki und musterte aus dem Auto heraus die Gegend, in der das Haus der Tiglers stand.

Freddie grinste. »Was hast du denn erwartet?«

Skalecki antwortete nicht, sondern betrachtete die Straße und den Eingangsbereich.

Das Läuten der Klingel schien im ganzen Haus widerzuhallen, kurz darauf hörten die beiden Polizisten das Klacken hoher Absätze auf den Fliesen. Eine attraktive Frau mittleren Alters öffnete die Tür. Freddie und Skalecki stellten sich vor und fragten nach Anna.

»Meine Tochter ist sehr aufgewühlt, sie hat schon von dem Unglück gehört.« Elke Tigler signalisierte mit der nur wenig geöffneten Haustür keine Bereitschaft, die beiden eintreten zu lassen.

»Wir müssen sie aber sprechen.« Skalecki trat einen Schritt vor.

Unvermittelt tauchte der zu der gepflegten Frau passende Mann auf und übernahm das Reden. »Es tut uns leid«, lächelte er freundlich, »aber Anna hat sich zurückgezogen. Es war für sie ein unglaublicher Schock, von dem Tod ihrer Freundin zu hören.«

»Es tut uns leid«, echote die Kriminalhauptkommissarin, »aber so einfach ist das nicht. Es geht um Mord, und wir müssen Ihre Tochter jetzt sprechen.« Skalecki wartete kurz, ob sie härtere Geschütze auffahren musste.

Als ob Ansgar Tigler Skaleckis Gedanken lesen konnte, öffnete er mit widerwillig verzogenen Mundwinkeln die Tür, ließ die beiden Polizisten aber im Flur stehen, während er die Treppe hochging, um seiner Tochter Bescheid zu sagen.

Skalecki verschränkte ihre Arme hinter dem Rücken und wippte leicht auf ihren Füßen vor und zurück, Freddie musterte interessiert die Garderobe, die Hausherrin blickte immer wieder nervös von den Polizisten zur Treppe, die nach oben führte. Nach einer gefühlten Ewigkeit kam die junge Frau die Treppe herunter, dicht gefolgt von ihrem Vater. Ihre dunkelbraunen, langen Haare fielen zerzaust über ihre Schulter, die großen, dunklen Augen waren gerötet.

Vor den Polizisten blieb sie stehen.

»Sollen wir uns hier unterhalten?«, fragte Skalecki unbeteiligt.

Ratsuchend schaute Anna ihren Vater an.

»Gut, gehen wir ins Wohnzimmer. Aber Sie werden Anna nicht lange befragen, gleich wird unser Hausarzt kommen«, stellte Ansgar Tigler klar und ging voraus.

»Herr Tigler, Ihre Tochter ist volljährig. Wir würden gerne ungestört, also mit ihr alleine sprechen.« Freddie deutete zur Tür.

Überrascht registrierten Skalecki und Freddie den panischen Blick in Annas Augen.

»Aber wenn sie«, Ansgar Tigler schaute zu seiner Tochter, »mich dabeihaben möchte, verstößt das wohl nicht gegen die Vorschriften, oder?«

Skalecki richtete sich auf und straffte ihre Schultern. »Sagen wir es mal so: Ab jetzt ist es eine offizielle Befragung. Die werden wir mit Ihrer Tochter alleine durchführen«, sagte sie mit resoluter Stimme.

»Frau Tigler«, begann Freddie, nachdem Ansgar Tigler wutschnaubend das Wohnzimmer verlassen hatte. »Wann sind Sie gestern Abend zur Aula des Gymnasiums gekommen?«

Die Wut ihres Vaters hatte anscheinend auf Anna abgefärbt, sodass sie in einem ziemlich patzigen Ton antwortete: »Das weiß ich nicht so genau. Ich denke gegen zwanzig nach sechs.«

»War das die verabredete Zeit? Wir haben gehört, dass Sie zu spät kamen«, fragte Skalecki.

Ein kaum merkliches Stocken ging durch Annas Körper. Sie überlegte kurz, dann antwortete sie. »Ja, stimmt. Ich habe meinen Autoschlüssel nicht gefunden.«

»Dann aber doch irgendwann?«

»Äh, ja, klar. Sonst wäre ich ja schlecht zur Aula gekommen«, rief Anna unwirsch aus.

»Und Ihre Eltern? Sind die auch zu der Vorstellung gekommen?«, wollte Freddie wissen.

»Nein«, antwortete die junge Frau kurz.

»Warum nicht?« Skalecki verschränkte ihre Arme vor der Brust.

Anna zuckte mit den Schultern. »Meine Eltern hatten gestern eine wichtige Einladung, irgendwo in Wesel. Geschäftlich. Außerdem interessierte es sie auch nicht so wirklich. Auch wenn einige Leute so einen Aufstand gemacht hatten, von wegen Nachfahre von Betty Tendering und so.«

Die beiden Polizisten stutzten. »Wie, Nachfahre der Betty Tendering? Wer ist das denn?«, rief Skalecki erstaunt.

»Na, die Betty aus dem Stück. Die lebte mal hier, ist eine Voerderin, die es rausgeschafft hatte, damals, vor etwa hundertfünfzig Jahren. Sie hatte auch berühmte Freunde. Und mein Papa ist ihr Nachfahre«, informierte Anna sie.

»Wir haben gehört, dass Sie zuerst ziemlich sauer auf Lena waren, sich dann aber mit ihr angefreundet hatten?«, wechselte Skalecki das Thema.

Wieder zuckte Anna mit den Schultern. »Ja, ich war erst total sauer. Es war wirklich unglaublich! Da hat die Hassmann diesem Nerd die Rolle gegeben, nur weil ihr Vater der einen vorgeheult hat.«

»Aber dann haben Sie sich mit ihr angefreundet?«, ermunterte die Polizistin Anna weiterzureden.

»Na ja, also nicht so busenfreundinnenmäßig.« Langsam entspannte sich die junge Frau. »Ich war nicht mehr so wütend, weil ich von der Kölner Schauspielschule auch so, ohne die Hauptrolle in diesem Stück, eine Einladung zum Vorsprechen bekommen habe. Aber das ist auch nicht mehr so wichtig. Lena war einfach total nett, und ich merkte, dass man mit der total gut quatschen kann.«

»Worüber haben Sie beide denn so gequatscht?«, fragte Freddie.

Anna zuckte wieder mit den Schultern. »Über alles Mögliche. Sie war ein absoluter Fan dieser Betty. Total krass! Die hatte sich total oft so Sachen angezogen, so wie früher. Aber sonst war sie eigentlich echt okay.«

Sie schniefte etwas, und eine Träne lief über Annas Gesicht, die sie nicht wegwischte.

»Hat Lena Ihnen mal etwas von einem Freund erzählt oder von jemandem, den sie anhimmelte?«, wollte Skalecki wissen.

Diese Frage schien Anna zu verunsichern. Sie zögerte kurz und antwortete dann: »Hm, nein, eigentlich nicht. Obwohl wir uns etwas angefreundet hatten, war Lena nicht der Typ, der gleich so einen Mädchenkram herumerzählte. Ich hatte aber schon das Gefühl, dass da jemand sein könnte.«

»Warum? Anna, es ist enorm wichtig, dass Sie uns alles erzählen, was Sie wissen. Schließlich müssen wir einen brutalen Mörder finden«, hakte Freddie nach.

Anna wiegte ihren Kopf hin und her, ihre dunklen, leicht gewellten Haare schwangen dabei mit.

»Es war eher so, dass mir auffiel, was sie *nicht* erzählte. Also, wenn ich mal so über ein paar nette Jungs alberte, machte sie eher dicht. Also, hörte auf zu quatschen«, erläuterte Anna ihre Eindrücke.

»Zu welchen Plätzen fuhr oder ging Lena denn immer, wenn sie alleine sein wollte?« Freddie hielt fast den Atem an, als er diese Frage stellte.

Anna liefen jetzt noch mehr Tränen über die Wangen. »Na ja, zum Tenderingssee«, überlegte sie laut, »aber auch mal nach Götterswickerhamm, wo das Haus von Betty Tendering stand.«

»Sie wussten also, dass Lena öfter allein sein wollte? Wahrscheinlich auch immer vor aufregenden Situationen?«, stellte Skalecki fest.

Anna Tigler erstarrte, als ihr die Tragweite dieser Frage klar wurde. Dann wischte sie hektisch die Tränen aus dem Gesicht und verwandelte sich wieder in die patzige, junge Frau, die sie am Anfang des Gesprächs gewesen war.

»Glauben Sie etwa, ich hätte Lena aufgelauert?«, kreischte sie wutentbrannt die beiden Polizisten an. »Nur um so eine Scheißhauptrolle in so einem Scheißprovinzstück zu spielen?«

* * *

Nachdem sich die Haustür hinter den beiden Polizeibeamten geschlossen hatte, brach Anna Tigler weinend zusammen. Sofort rannte ihre Mutter zu ihr und nahm sie in den Arm. Ansgar Tigler fuhr sich mit den Fingern durch die akkurat geschnittene Frisur.

»Anna!«, rief er aufgebracht. »Hast du irgendetwas damit zu tun?«

Seine Tochter befreite sich aus der Umarmung ihrer Mutter. Langsam verdrängte die Wut ihre Verzweiflung. »Papa! Was denkst du eigentlich?«, zischte sie wütend. »Was meinst du mit ›damit‹? Verdammt, red doch Klartext! Lena ist *ermordet* worden! Glaubst du wirklich, ich hätte es getan?«

Plötzlich überkam Anna eine unglaubliche Ruhe. Natürlich. In den Augen ihrer Eltern war sie verdächtig. Nicht nur eine Hysterikerin. Unberechenbar. Immer schon gewesen.

Anna, du musst keine Geschichten erfinden, wir lieben dich auch so.

Anna, schrei nicht so rum.

Anna, was hast du schon wieder, bitte, da liegt doch dein Nintendo.

Anna, warum hast du das Mädchen geschubst, es wollte doch nur nett zu dir sein.

Es hatte irgendwann in der Grundschulzeit angefangen.

Sie konnte sich noch haargenau an den angewiderten Gesichtsausdruck ihrer Mutter erinnern, als Anna ihr, völlig aufgelöst, den Inhalt der Windel ihrer Babypuppe gezeigt hatte — Kot. Echter Kot. Den sie *nicht* da hineingeschmiert hatte. Natürlich glaubte ihr keiner, letztendlich zweifelte sie selbst an ihrer Erinnerung, dann wurde »die Sache« totgeschwiegen. Und immer wieder verlegte Anna wichtige Dinge und fand sie später an den absonderlichsten Orten wieder.

Oder gar nicht mehr. Wie zwei heißgeliebte Haarspangen von Prinzessin Lillifee. Sie hatte sie gehütet wie einen kostbaren Schatz. Und sie war sich so sicher, dass sie die Spangen vor dem Schwimmkurs auf ihren Schreibtisch gelegt hatte. Aber sie blieben für immer verschwunden.

Dann die Geschichte mit Morle, ihrer Katze. Nie würde sie den Anblick der von der Kehle bis zum Bauch aufgeschlitzten Morle vergessen, als sie, nichts ahnend und ein Lied summend, durch den großen Tigler'schen Garten streifte. Erst hatte sie gedacht, da sei irgendwo ein Echo, sie hörte einen sirrend brummenden Ton, aber als sie sich dem Geräusch näherte, stellte sich heraus, dass es Heerscharen von dicken, grünen Fliegen waren, die auf und über Morle schwebten. Über ihrem geöffneten Kadaver, von dem die Pfoten in alle vier Himmelsrichtungen zeigten.

Und nie würde sie das entsetzte Schweigen ihrer Eltern vergessen, als ihre Putzfrau Wochen später Annas blutbeflecktes Schnitzmesser zwischen den Kuscheltieren gefunden hatte.

Sie straffte ihre Schultern und beantwortete sich selbst ihre Frage. »Du glaubst es, nicht wahr?« Sie wunderte sich, wie fest ihre eigene Stimme war. Dann drehte sie sich zu ihrer Mutter um. »Und du auch.« Mehr Feststellung als Frage.

Das flehentliche »Anna«, das auf den Lippen ihrer Mutter erstarb, beachtete sie nicht mehr, als sie aus dem Wohnzimmer lief und zu dem einzigen Menschen wollte, der ihr immer geglaubt hatte.

6. Kapitel

Sonntag, 9. Dezember 2018

Gerade als Schlüter und Laura vor dem Elternhaus der Verstorbenen parkten, wendete sich eine Frau von der Haustür ab und ging mit einem Teller voll Kuchen weg. Anscheinend war sie von dem Mann, der ihr die Tür geöffnet hatte und der Jörg Pachel sehr ähnlich sah, abgewiesen worden.

Als der Mann das Polizeiauto sah, wartete er auf die beiden Polizisten. »Sie wollen wahrscheinlich zu meinem Bruder und meiner Schwägerin«, sagte er statt einer Begrüßung und fuhr sich dabei mit dem Handrücken über die Wange, wie um zu prüfen, ob man noch Spuren der Tränen sah, die er geweint hatte. »Haben Sie schon etwas herausgefunden?«, fragte er dann direkt.

Schlüter winkte ab. »Wir müssen jetzt noch einmal mit Lenas Eltern sprechen.«

Wortlos ließ Thomas Pachel sie eintreten. »Ich unterstütze hier die drei, damit die ihre Ruhe haben. Jeder meint jetzt, unbedingt was sagen oder bringen zu müssen, dabei wollen Jörg und Kerstin nur ihre Ruhe«, erklärte Lenas Onkel.

»Ja«, nickte Schlüter, »das glaube ich. Meine Kollegin möchte mit Mick sprechen, wo ist er?«

»Er ist in seinem Zimmer oben. Zweite Tür rechts«, antwortete Thomas Pachel.

Während Laura die Treppe hochstieg, ging Thomas Pachel ins Wohnzimmer vor.

»Wo ist Ihre Frau?« Schlüter begrüßte Jörg Pachel nur mit einem kurzen Nicken.

»Sie schläft. Der Arzt hat ihr eine Beruhigungsspritze gegeben.«

Jörg Pachel war in den letzten zwei Stunden grau geworden, stellte der Polizist fest. Nicht die Haare, aber sein Gesicht. »Herr Pachel«, begann Schlüter die unangenehme Aufgabe, einen trauernden Vater befragen zu müssen, »Sie müssen mir jetzt so viel wie möglich über Lena erzählen. Wir müssen wissen, mit wem sie sich getroffen hat, was ihre Gewohnheiten waren, wie sie ihre Freizeit verbrachte … einfach alles.«

Nach anfänglichem Zögern hatte sich Jörg Pachel gefasst und gab Schlüter die gewünschten Informationen.

»Was meine Tochter am meisten charakterisierte, war wohl ihre extreme Schüchternheit«, fast lächelte Jörg Pachel liebevoll bei diesem Gedanken. »Damit meine ich, dass sie damit auch in psychologischer Betreuung war. Sie war nicht nur scheu, sie war krankhaft schüchtern. Deswegen lebte sie wohl auch so rückwärtsgewandt, also, sie liebte das 19. Jahrhundert, vor allem das Biedermeier und so. Sie verehrte diese Betty Tendering, eine berühmte Frau von hier, die vor über hundert Jahren hier lebte, und kleidete sich auch so, wenn sie in ihrem Zimmer war.«

»Deswegen diese Rolle in dem Theaterstück«, warf Schlüter ein.

»Ja«, bestätigte der Vater. »Als sie im Chor, sie geht … ging singen, davon hörte, war sie ganz aufgeregt. Wir haben ihr sehr zugeredet, damit sie sich traute, mal zu dieser Frau Hassmann zu gehen. Auch ihr Therapeut hat sie bestärkt. Und als sie dann die Rolle bekam, da …« Jörg Pachel konnte nicht weiterreden, er schüttelte den Kopf wie ein verletztes Tier. Dann fasste er sich wieder etwas und sprach weiter. »Ich bin zu dieser Hassmann hingegangen und habe sie bekniet, Lena die Rolle zu geben. Ich habe ihr auch eine Spende für die Theaterkasse in Aussicht gestellt. Eigentlich wollte sie diesem verwöhnten Blag der Tiglers die Hauptrolle geben, aber dann entschied sie sich tatsächlich für Lena. Lena ist so aufgeblüht!«

* * *

Vorsichtig klopfte Laura an die Zimmertür von Mick, Lenas Bruder. Als sie keine Antwort hörte, öffnete sie zaghaft die Tür, stellte aber fest, dass das Zimmer leer war. Einer Eingebung folgend ging sie eine Treppe weiter hoch ins Dachgeschoss, wo sich Lenas Zimmer befand.

Tatsächlich fand sie Mick in dem Zimmer, das noch Lenas Vorliebe für das Leben in der vergangenen Zeit widerspiegelte.

»Ich habe auch zwei Brüder«, sprach Laura den Jungen an. »Ich glaube, ich wäre total von der Rolle, wenn einer von ihnen auf einmal weg wäre. Für immer.«

Mick reagierte zunächst nicht. Dann wandte er sich der Polizistin zu. »Ich muss das erst einmal begreifen«, gab er zu. Und als Laura nichts sagte, sprach er weiter. »Wir standen uns nicht sehr nahe. Also, wir waren nicht so Bruderherz und Schwesterherz.«

»Das ist doch völlig normal. Meine Brüder und ich leben auch in ganz verschiedenen Welten«, entgegnete die Polizistin. »Und dann kommt noch der familiäre Knatsch dazu.«

»Lena war immer der Mittelpunkt«, ereiferte er sich plötzlich. »Immer wurde gefragt, oh, Lena, wie geht es dir, würde dir dies oder das gefallen, mein Gott, hast du jetzt eine Freundin? Oh, wie toll!«, äffte er augenscheinlich seine Eltern nach.

Laura erkannte, dass sie sich sehr gut in Mick einfühlen konnte. Nur dass SIE damals in ihrer Familie die Rolle gehabt hatte, die Lena in ihrer Familie hatte. »Trotzdem weißt du vielleicht doch mehr als deine Eltern«, ermunterte sie ihn zum Weitersprechen.

Mick gab ein schnaubendes Geräusch von sich, als ob er gleich auflachen würde. »Tja, unsere«, ein kurzes Stocken bei diesem Wort, »Eltern wissen zwar, dass Lena Kontakt mit einem Türken hatte, aber sie wissen nicht, dass da mehr lief.«

Laura musste sich anstrengen, bei dieser Information weiter die Gelassene zu spielen. »Tja«, sagte sie beiläufig, »so ist das doch immer. Und dieser Junge … wie heißt er denn? Der ist wohl jetzt auch sehr traurig.«

»Ahmet. Wie soll so einer schon anders heißen? Keine Ahnung, ob der traurig ist. Ich glaube eher …« Mick verstummte.

»Was?«, bohrte Laura weiter. »Was glaubst du?«

»Der hat Lena bedrängt. Wollte mehr. Aber Lena hatte nur noch dieses Stück im Kopf. Und hat sich auch schon mal mit diesem Gerald, der da auch in dem Stück mitspielt, getroffen. Zum Proben. Das hat diesem Ahmet bestimmt nicht gepasst.«

»Hast du mal mit Ahmet gesprochen? Oder war er mal hier?«, fragte Laura.

»Nein!« Fast schon heftig stieß Mick diese Antwort aus. »Das hätte dieser Nerd von meiner Schwester sich niemals getraut. Total verschlossen. Zumal meine Mutter auch … ich sag's mal so, die Türken, vor allem die Männer, die sind nicht ihre Lieblinge. Die wurde mal als Teenager von drei Türken bedrängt. Das hat sie nicht vergessen. Aber so was darf man ja nicht laut sagen, dann heißt es ja wieder, man sei ein Rassist.«

Laura musste sich sehr beherrschen, um nicht mit diesem Jungen über seine Vorurteile zu diskutieren. »Woher weißt du das denn, das mit Lena und diesem Ahmet?«

Mick zuckte mit den Schultern. »Von ein paar Kumpels. Und aus Facebook.«

»Wie ist sein Familienname?«

Dem Jungen wurde anscheinend gerade der Ernst dessen, was er erzählt hatte, bewusst. Er wandte sich von Laura ab.

»Mick, wie heißt Ahmet mit Nachnamen«, wiederholte sie, diesmal in einem strengeren Tonfall.

»Can«, stieß Mick hervor. »Er heißt Ahmet Can. Aber halten Sie mich da raus«, fügte er trotzig hinzu.

Plötzlich wurde die Tür aufgestoßen, und Thomas Pachel stand im Türrahmen. »Befragen Sie meinen Neffen?

Muss da nicht jemand dabei sein?«, blaffte er die Polizistin aufgebracht an.

»Wir unterhalten uns nur«, versuchte Laura so ruhig wie möglich zu erklären. »Sie wollen doch bestimmt auch, dass der Mörder Ihrer Nichte so schnell wie möglich gefasst wird, oder nicht?« Dann wandte sie sich wieder an Mick.

* * *

»Wie war Ihre Tochter in der Schule? Was machte sie jetzt eigentlich?«, wollte Schlüter wissen.

»Lena hatte dieses Jahr ihr Abitur gemacht. Und wir hatten gemeinsam beschlossen, dass sie sich noch einmal voll auf ihre Therapie konzentrieren sollte, bevor sie entscheidet, ob sie studiert oder eine Ausbildung macht.«

»Wie heißt dieser Therapeut?« Schlüter zückte sein Notizbuch und seinen Kugelschreiber, um sich den Namen von Lenas Psychotherapeuten zu notieren.

»Lipper, Wolfgang Lipper. In Dinslaken«, antwortete Jörg Pachel teilnahmslos.

»Mit wem traf sich Lena in ihrer Freizeit? Wer war ihre beste Freundin? Oder Freund?«, fragte Schlüter dann.

Jörg Pachel überlegte. Seine Blicke schweiften durch den Raum, als ob irgendwo dort die Antwort auf diese einfache Frage stünde. Oder als ob er Zeit gewinnen wollte.

»Ehrlich gesagt glaube ich, dass sie gar keine engen Freundinnen oder Freunde hatte«, antwortete er endlich. Dann fing er unvermittelt wieder an zu weinen.

»Mein Gott, wie traurig!«, haderte er. »Meine Frau und ich und auch Mick, wir haben so viele Freunde und Bekannte! Und … unsere Tochter war … so eine Einzelgängerin!«

»Herr Pachel«, beschwichtigte Schlüter ihn, »das muss für Lena ja nicht traurig gewesen sein.« Kurz wartete der Polizist ab, bis Jörg Pachel sich wieder etwas beruhigt hatte, dann stellte er die nächste Frage. »Und wie war das hier in der Nachbarschaft? Vielleicht hatte sie ja näheren Kontakt zu den Nachbarskindern, die, mit denen sie früher vielleicht als Kind gespielt hat?«

Als aufmerksamer Polizist, für den bei dieser Befragung jede Geste, jede Mimik und jedes Wort wichtig war, entging ihm nicht, wie Jörg Pachel bei dieser Frage erstarrte. Dann, als ob ihm bewusst würde, dass er genau beobachtet wurde, schüttelte er den Kopf, fuhr sich mit beiden Händen durch die Haare und antwortete bestimmt: »Nein. Wirklich, sie hatte auch zu diesen Kindern oder Jugendlichen keinen Kontakt.«

»Das hätte ich auch nicht gewollt«, krächzte plötzlich eine unsichere, aber laute Stimme durch das Wohnzimmer.

Kerstin Pachel stand leicht schwankend in der geöffneten Tür. Von der gepflegten Frau am Morgen war nichts mehr übrig geblieben. Der Schlaf schien ihr nicht gutgetan zu haben, die Erkenntnis vom Tod ihrer Tochter schien sie nach dem Aufwachen erneut mit voller Wucht getroffen zu haben. Hinter ihr versuchte ihr Schwager, sie mit der Hand auf dem Arm zu beruhigen, aber sie schüttelte sie ab und verschränkte ihre Arme vor dem Körper.

»Sollte sie sich etwa ihre Freunde unter den Türken hier suchen?«, rief Kerstin Pachel mit rauer Stimme aus.

* * *

Während sie ungeduldig auf die Rechercheergebnisse ihres Bruders Kaya in den sozialen Medien wartete, ließ sie es sich nicht nehmen, sich von ihrer Mutter verwöhnen zu lassen. Belustigt nahm sie die Weihnachtsdekoration zur Kenntnis, die ihre Mutter trotz ihres muslimischen Glaubens immer wieder aufstellte. Viel war es nicht, vor allem Tannengrün und rote Kerzen schmückten das Wohnzimmer. Auch der ein oder andere Elch lugte aus einem Regal hervor.

»Nein! Ahmet!«, rief Kaya plötzlich aus.

»Welcher Ahmet? Zeig mal!« Ungeduldig wollte Elif ihrem kleinen Bruder das Smartphone aus der Hand reißen, aber er hielt es über seinen Kopf, außerhalb ihrer Reichweite. Ihr Temperament zügelnd legte sie ihre Hände auf den Tisch, bevor ihr Bruder ihr sein Handy grinsend zuschob.

»Kaya, das ist nicht witzig«, schimpfte Dilek mit ihrem Sohn. »Denke mal daran, wie es Pachels ein paar Straßen weiter geht.«

Schuldbewusst senkte Kaya den Blick. »Ja, sorry, du hast recht.«

Elif bekam davon schon nichts mehr mit. Aufgeregt las sie die Posts der Facebook-Nutzer, die sich über die Liebe von Ahmet Can zu dem *Nerd* oder dem *stummen Fisch*, wie Lena Pachel teilweise bezeichnet wurde, lustig machten. Viele Kommentare waren es nicht, das Interesse daran hatte irgendwann nachgelassen. Doch den letzten Posts zufolge wussten schon einige über den Tod von Lena Bescheid und sprachen Ahmet ihr Mitgefühl aus.

»Kaya, mach bitte Screenshots von den ganzen Unterhaltungen. Bevor irgendetwas gelöscht wird«, bat Elif ihren Bruder. Dann stand sie auf. »Ich muss jetzt wieder los. Kaya, bleib da weiter am Ball. Speicher für mich alles, was mit Ahmet, Lena und ihrem Tod zu tun hat.«

In aller Eile verabschiedete sie sich und eilte zu ihrem Auto. Noch bevor sie ihren Wagen erreichte, hatte sie sich mit Freddie abgestimmt. Schlüter hatte fast gleichzeitig zu Elifs Erkundigungen in ihrem Elternhaus mit Skalecki besprochen, dass Freddie mit ihr zusammen Ahmet Can einen Besuch abstatten würde, während Skalecki mit Katja Weber zu Gerald von der Mühlen fahren wollte. Schlüter selber würde in der Wache schon einmal die Ergebnisse zusammentragen.

* * *

Kurz darauf trafen Freddie und seine türkische Kollegin vor dem Mehrfamilienhaus, in dem die Familie Can wohnte, ein. Gerade als beide für eine kurze Lagebesprechung zusammenstanden, sah Elif über Freddies Schulter einen jungen Mann auf sie zukommen.

»Ich glaube, das ist er.« Die Polizistin kniff die Augen zusammen und meinte, eine Ähnlichkeit mit den Bildern in den sozialen Medien zu erkennen. Freddie drehte sich um, beide warteten darauf, dass sich Ahmet Can näherte. Doch als der junge Türke sie bemerkte, drehte er sich plötzlich um und lief in die Richtung zurück, aus der er gekommen war.

»Ahmet!« Die Polizeikommissarin war überrascht. »Ahmet Can! Moment bitte, wir müssen mit Ihnen reden!«

Noch während sie ihn beim Namen rief, blickte sich der junge Mann noch einmal um und fing dann an zu rennen.

Völlig überrumpelt von dieser Flucht setzten sich die beiden Polizisten ebenfalls in Bewegung und nahmen die Verfolgung auf. Ahmet lief schneller und wechselte zwischen den Autos die Straßenseite.

»Halt! Stopp!«, schrie Freddie, ebenfalls die Seite wechselnd.

Doch Elif reagierte schneller. Mit ihren langen Beinen setzte sie zu einem Sprint an. Ahmet Can beschleunigte ebenfalls, blickte hektisch über seine Schulter zurück. In diesem Moment prallte er gegen ein Hindernis und fiel der Länge nach über einen Blumenkübel aus hartem Beton.

»Oh Mist!« Freddie verzog das Gesicht. Die Befragung begann anders, als er es sich vorgestellt hatte.

Elif Çelik stand über Ahmet und half ihm hoch. »Alles in Ordnung? Mensch, spinnst du? Wir wollen nur mit dir reden! Du machst dich doch total verdächtig mit deinem Wegrennen!« Als Ahmet dann aufrecht vor ihr stand, verstummte sie.

Sie hatte noch nie so einen schönen Mann gesehen.

* * *

Polizeioberkommissarin Katja Weber wartete in ihrem Auto vor dem Mehrfamilienhaus, in dem Gerald von der Mühlen wohnen sollte, auf Skalecki. Die Wohnung des Studenten des Maschinenbaus lag hinter dem Möllener Wohnungswald, direkt an der Voerder Straße, die in die Dinslakener Innenstadt führte.

Katja war aufgeregt. Vielleicht verhafteten sie gleich den Mörder? Würde er sich wehren? Die Vorstellung, dass sie womöglich maßgeblich an der Auflösung des Mordfalls beteiligt sein würde, gefiel ihr. Und wie sie abends lässig Elli davon erzählen würde.

Plötzlich fiel ein Schatten auf sie, und es klopfte an der Scheibe ihres Autos. Katja erschrak fast zu Tode und lachte dann erleichtert auf, als sie Skalecki in der Kälte vor ihrem Auto warten sah.

Gemeinsam gingen sie zur Haustür und klingelten. Als sie schon dachten, dass keiner aufmache, hörten sie plötzlich eine blecherne Stimme aus der Gegensprechanlage. Nachdem Skalecki ihre Dienstgrade und Namen genannt hatte, herrschte kurz Stille. Dann summte der Türöffner.

Etwas verunsichert, wie sie sich verhalten sollte, beobachtete Katja Weber Skalecki, deren hünenhafte Gestalt vor ihr die Treppe hochging. Da Skalecki nicht den Eindruck erweckte, von ihrer Dienstwaffe Gebrauch machen zu wollen, versuchte Katja entspannt auszuatmen.

Die junge Polizeioberkommissarin hatte, während sie im Auto auf Skalecki wartete, über Betty Tendering und das Theaterstück recherchiert. Gerald von der Mühlen spielte die männliche Hauptrolle, Georg Weerth, einen Zeitgenossen der Betty. Katja war gespannt, wie ähnlich er dem historischen Bild seiner Rolle war.

Als ein verwirrt aussehender, junger Mann ihnen die Tür öffnete, musste sie fast schon über die Vorstellung eines bewaffneten Einsatzes lachen. Wie Georg Weerth hatte er eine hohe Stirn, und sein Haar lichtete sich schon hier und da. Seine Augen blickten ihnen hinter einer etwas unmodernen Brille verschlafen entgegen. Er war eher klein und wirkte schmächtig. Tatsächlich konnte sie ihn sich weniger als zukünftigen Maschinenbauer vorstellen, sondern eher als theaterspielenden Künstler.

Skalecki hielt sich nicht lange mit Formalitäten auf, sie stürmte direkt in die Wohnung des jungen Mannes, der ihr verdutzt zur Seite wich. »Sie sind Herr von der Mühlen?«, fragte sie.

»Ja«, antwortete er. Sichtlich bemüht, etwas mehr Selbstbewusstsein auszustrahlen, verschränkte er die Arme vor der Brust.

»Wo waren Sie gestern Abend zwischen 18 Uhr und 18:30 Uhr?«, wollte die Duisburger Polizistin wissen.

»Äh, warum?«, tatsächlich schaffte der Student es, einigermaßen aufmüpfig zu gucken.

Skalecki und ihre Kollegin sahen sich an.

»Lena Pachel ist gestern Abend ermordet worden«, informierte ihn Katja Weber.

Der forsche Gesichtsausdruck des Mannes wich einem Ausdruck des absoluten Unglaubens. »Sorry, aber wollen Sie mich verarschen?«, brach es aus ihm hervor.

Erstaunt über diese Ausdrucksweise ließen die beiden Kriminalbeamtinnen ihm Zeit, sich zu sammeln.

»Leider nicht. Deswegen war Lena Pachel gestern nicht bei der Aufführung. Da war sie wahrscheinlich schon tot«, erklärte Katja ihm mit sanfter Stimme.

»Also, Herr von der Mühlen, wo waren Sie gestern vor der Aufführung? Wir wissen, dass Sie später gekommen sind«, sagte Skalecki wieder mit energischer Stimme.

Hilflos starrte Gerald die beiden an. »Ich, ich …«, begann er stotternd, »nirgends Besonderes, ich habe mich verbummelt, ganz einfach.«

»Sind Sie von hier aus losgefahren?«, wollte Skalecki wissen.

»Ja«, nickte er.

»Um wie viel Uhr?«

Er zuckte mit den Schultern. »Na, so gegen Viertel nach sechs.« Dann stutzte er. »Verdächtigen Sie mich etwa, Lena … ermordet zu haben?«

»Im Moment sammeln wir nur alle Fakten«, erläuterte Skalecki. »Und eine Tatsache ist, dass Sie die zeitliche Möglichkeit zur Tat gehabt haben.«

Gerald blickte zu Boden. »Aber warum sollte ich das tun? Ich mochte Lena sehr!«

»Wie sehr mochten Sie denn Anna Tigler?«, fragte nun Katja Weber.

Eine leichte Röte huschte über seine Wangen. »Anna? Auch, also die mag ich auch sehr gerne«, antwortete er zaghaft.

»Nun, da hätten wir doch schon ein Motiv«, rief Skalecki gnadenlos aus. »Vielleicht wollten Sie ihr die heiß ersehnte Hauptrolle verschaffen?«

7. Kapitel

Sonntag, 9. Dezember 2018

Ahmet Can hatte ein Gesicht wie gemalt. Dunkle, fast schwarze Augen unter fein geschwungenen Augenbrauen, eine gerade, nicht zu große und nicht zu kleine Nase und einen hellen, fast milchigen Teint, der ihn aber nicht blass oder krank wirken ließ. Schwarze, wie Samt schimmernde, leicht gewellte Haare umspielten sein Gesicht. Sein Körper war wie eine griechische Statue geformt, lange Glieder und breite Schultern, eine schmale Hüfte, alles perfekt proportioniert. Einzig seine schmutzig wirkenden Fingernägel passten nicht zu diesem Aussehen.

Elif Çelik hatte Bilder von alten Gemälden vor Augen und konnte verstehen, dass Lena mit ihrem Faible für das 19. Jahrhundert Gefallen an diesem jungen Mann gefunden hatte.

Abwehrend hielt er seine Hände hoch, die durch den Sturz verletzt worden waren. Blut trat aus den Schürfwunden. Auch seine Hose war in Mitleidenschaft gezogen worden, das rechte Hosenbein war in Kniehöhe aufgerissen.

»Lassen Sie sich jetzt befragen und kommen freiwillig mit, oder müssen wir Sie festnehmen?«, fragte Freddie ganz pragmatisch.

Ahmet schürzte seine geschwungenen Lippen und guckte sich missmutig um.

Die türkischstämmige Polizistin konnte sich denken, was Ahmet befürchtete. Wenn er seine Freundschaft zu Lena geheim gehalten hatte und er noch bei seinen Eltern wohnte, würden sie ihn später einer sehr unangenehmen Befragung unterziehen.

»Gehen wir hoch.« Ahmet Can deutete ergeben auf das Mehrfamilienhaus. Da wahrscheinlich sowieso schon jeder vom Fenster aus alles beobachtet hatte, würde er seinen Eltern sowieso Rede und Antwort stehen müssen.

Wie erwartet stand das Ehepaar Can schon im Hausflur, aber Ahmets Aufforderung, ihn und seine Begleiter alleine zu lassen, und ein Blick von Freddie genügten, um das Wohnzimmer für sich alleine zu haben.

»Ahmet, das war wirklich scheiße, dass du abgehauen bist«, schimpfte Elif. Selbstverständlich duzte sie ihn. Auch wenn sie Ahmet nur vom Sehen kannte, war es fast abzusehen, dass sie irgendwann auf der gleichen Hochzeit feiern würden.

Der junge Mann zuckte mit den Schultern.

»Sie wissen, was mit Lena Pachel geschehen ist?«, eröffnete Freddie die Befragung.

Ahmet nickte nur, schaute dabei aber auf den Couchtisch, der zwischen ihnen stand. Demonstrativ hielt er die Handflächen nach oben, sodass das Blut nicht das Sofa beschmutzte. Und so, dass die beiden Polizisten seine Verletzungen ständig im Blick hatten.

»Waren Sie ein Paar?«, fragte Freddie.

Ahmet schüttelte den Kopf.

»Hören Sie, Sie müssen etwas kooperativer sein, sonst dauert das hier Stunden«, wies Freddie ihn scharf zurecht.

»Ich weiß nicht, ob wir ein Paar waren«, fing Ahmet langsam an. »Wir haben jedenfalls nicht rumgeknutscht oder so was. Wir haben uns ab und zu heimlich getroffen, uns Briefe geschrieben. Vielleicht hätten wir beide irgendwann mal den Mut gehabt, ein richtiges Paar zu werden.«

»Wo habt ihr euch getroffen?«, wollte Elif wissen.

Resigniert schnaubte Ahmet durch die Nase. »Wenn ich jetzt sage, dass wir uns am Tender getroffen haben, werde ich wahrscheinlich sofort verhaftet.«

»Wo warst du gestern zwischen 18 Uhr und 18:30 Uhr?«

»Hier, zu Hause. Gegen zwanzig nach sechs bin ich dann zur Aula gefahren«, antwortete Ahmet.

»Hast du dich nicht gefragt, wo Lena ist? Hast du ihr keine WhatsApp geschrieben?«, wollte Elif wissen.

»Also, ein bisschen habe ich mich schon gewundert, aber dann dachte ich, sie hat doch Angst bekommen«, überlegte er laut. »Und nein, wir haben nicht über WhatsApp geschrieben. Das wollte sie nicht. Sie hatte zwar ein Handy, hat aber ganz klar gesagt, dass sie so nicht mit mir schreiben will. Entweder sollte ich ihr richtig schreiben oder mit ihr richtig sprechen.«

Freddie Neumann nickte. Das passte in das Bild, das sie bisher von Lena hatten.

»*Benim gülüm*«, sagte Elif. »Das hast du ihr geschrieben? Und die Rose dazu gemalt?«

Ahmet nickte. Eine Träne löste sich aus seinem Augenwinkel und lief langsam über sein schönes Gesicht.

»Wollten Sie mehr?« Freddie richtete sich etwas vor ihm auf. »Wollten Sie vielleicht intim mit ihr werden, und sie wollte das nicht?«

Ahmet Can guckte den Polizisten verwundert an. »Nein!«, rief er energisch. »So weit waren wir noch nicht!«

»Lena vielleicht nicht, aber vielleicht wollten Sie schon mehr?«, beharrte Freddie.

»Nein«, beteuerte Ahmet. »Außerdem, meine Eltern können bezeugen, dass ich in der Zeit hier war.« Plötzlich leuchteten seine dunklen Augen auf. »Und meine Tante in der Türkei. Wir haben geskypt, ich musste die Sitzung für meine Eltern einrichten, das können Sie bestimmt in irgendeinem Protokoll einsehen.«

»Wer könnte Lena getötet haben, Ahmet?« Elif schaute Ahmet eindringlich an. »Hast du irgendeine Vermutung?«

Beide, Freddie und Elif, hatten in diesem Moment das Gefühl, als ob Ahmet etwas sagen wollte, aber er kniff seine zum Reden geöffneten Lippen wieder zusammen.

»Ahmet, was willst du sagen?«, drängte Elif.

Der junge Mann schüttelte verzweifelt den Kopf. »Nein, das bring ich nicht«, stieß er mit rauer Stimme hervor.

»Los, sagen Sie es. Wir gehen bestimmt nicht los und verhaften einfach irgendjemanden, nur weil Sie einen Namen genannt haben«, ermunterte auch Freddie ihn.

Ahmet schaute auf. »Anna Tigler.« Als wenn ihm eine große Last von den Schultern gefallen wäre, lehnte er sich jetzt in das Sofa zurück. »Lena hat mit mir öfter über sie gesprochen. Sie fand sie irgendwie merkwürdig. Erst war sie ihr gegenüber total unfreundlich, und dann auf einmal wollte Anna sich mit ihr anfreunden.«

* * *

Pfarrerin Christin Erlenbeck ahnte schon am Nachmittag, dass ihr Mann sie nicht zu der Veranstaltung in der örtlichen Buchhandlung begleiten würde. Sie überlegte, alleine hinzugehen, als ihr einfiel, ihre Schwägerin Miriam zu fragen. Christin hatte zwar, seitdem sie wieder in Voerde lebte, den Kontakt zu alten Schulfreundinnen wiederbelebt, aber sie wusste, dass gerade Miriam sich für spirituelle Themen interessierte.

Gegen 17 Uhr kam dann, wie erwartet, Freddies Absage. »Tut mir leid, mein Schatz«, sagte er am Telefon zerknirscht.

»Ist nicht schlimm«, beruhigte Christin ihn, »ich werde Miriam fragen, vielleicht hat sie spontan Zeit und Lust. Wann wirst du etwa nach Hause kommen?«

Sie hörte ihren Mann ins Telefon schnauben. »Keine Ahnung. Wir treffen uns jetzt alle wieder und müssen erst einmal die Aussagen sortieren.«

Christin hatte Mitleid mit Freddie und dem Team der Voerder Polizei. Der Tod dieser jungen Frau war für sie alle sehr erschütternd.

Miriam sagte sofort zu, sie zu der Buchvorstellung und dem Vortrag von Manuel Klein zu begleiten, und so trafen sie sich später vor der Buchhandlung.

Lachend umarmte Miriam die Frau ihres Bruders. »Na, bald wirst du nicht mehr so einfach abends rauskommen«, begrüßte sie Christin und streichelte ihr leicht über den prallen Bauch. »Wer hätte am Anfang des Jahres gedacht, dass ich am Ende des Jahres Tante werde!«

Christin rollte mit den Augen. »Ich bestimmt nicht! Vor allen Dingen hätte ich niemals gedacht, von so einem Draufgänger wie deinem Bruder ein Kind zu bekommen.«

In den Räumen der Buchhandlung waren schon einige Zuschauer eingetroffen, ein paar Stühle schon besetzt. Miriam schlug vor, dass Christin auch schon Plätze für sie beide aussuchen solle, während sie ihnen etwas zu trinken organisieren würde. Als Miriam mit zwei Gläsern neben ihr Platz nahm, sahen sich die beiden Frauen interessiert um.

Auf einmal entdeckte Christin ihren Vertreter, alleine in einer der letzten Reihen sitzend. Bevor sie Miriam darauf aufmerksam machen konnte, stieß diese sie an.

»Guck mal, da, hinter der Wand aus Frauen, scheint der Autor zu sein«, bemerkte sie schmunzelnd.

Christin hielt das Cover ihres eigenen Buches hoch. »Sieht ja auch sehr nett aus«, antwortete sie mit einem Augenzwinkern.

Miriam runzelte die Stirn. »Den kenne ich irgendwoher«, sagte sie nachdenklich.

Kurz darauf begrüßte die Buchhändlerin die Gäste und stellte mit wenigen Worten Herrn Klein vor. »Ich denke, es ist nicht übertrieben, Manuel Klein als einen der bekanntesten Psychologen Deutschlands zu bezeichnen. Ich freue mich, dass Sie«, dabei lächelte sie ihn auffordernd an, »mal den Weg zurück in Ihre Heimat gefunden haben und heute Abend aus Ihrem neuen Buch *Anerkennung* nicht nur lesen, sondern darüber hinaus auch auf Fragen Ihrer Zuhörer eingehen werden.«

* * *

Am späten Nachmittag waren alle Polizisten der »Mordkommission Lena Pachel« in der Wache eingetrudelt. Wieder saßen alle um die zusammengeschobenen Tische herum. Irgendjemand hatte eine Blechdose mit Weihnachtsplätzchen in die Mitte gestellt, in die eifrig hineingegriffen wurde.

Schlüter hatte vergeblich versucht, Dr. Lipper, Lenas Psychotherapeuten, zu erreichen. In der Praxis sprang am heutigen Sonntag natürlich nur der Anrufbeantworter an, und das Haus, in dem er laut Melderegister mit seiner Frau wohnte, wurde der Streife, die Schlüter dann dort hinschickte, nicht geöffnet.

Mit konzentrierter Miene beschrieb er das Flipchart mit Informationen, die ihm die einzelnen Ermittler schon mitgeteilt hatten. Skalecki stand auf, und wie auf Kommando schauten alle auf die Notizen an der Tafel.

»Tatsächlich haben wir, meiner Meinung nach, im Moment nur eine Person, die ein starkes Motiv hatte, Lena umzubringen — Anna Tigler«, fasste sie die Ermittlungen des Tages zusammen. »Spätestens morgen werden wir hoffentlich Lenas Therapeuten befragen können, der uns eventuell noch wichtige Infos geben wird. Aber jetzt konzentrieren wir uns auf Anna Tigler.«

»Was ist mit Ahmet Can?«, fragte Katja Weber. »Türken sind doch totale Machos, der tut vielleicht nur so sensibel und war wütend, weil Lena nicht so wollte wie er.«

»›Türken sind totale Machos‹«, brauste Elif auf. »Was soll das denn heißen? — Äh, sorry, ja klar, aus der Mordstatistik geht ja eindeutig hervor, dass deutsche Männer nie einen Mord aus Leidenschaft begehen!« Elifs schwarze Augen blitzten ihre Kollegin wütend an.

Bevor die etwas antworten konnte, mischte sich Schlüter ein. »Ihr beruhigt euch jetzt beide. Katja«, er schaute die Polizeioberkommissarin streng an, »bitte keine Pauschalisierungen.«

»Wenn wir das Skype-Protokoll haben, können wir, wenn er nicht gelogen hat, diesen Burschen eh ausschließen«, versuchte auch Freddie, die Diskussion etwas zu beruhigen.

»Bleibt aber noch das Umfeld«, nahm Skalecki den Faden wieder auf. »Eine türkische Familie«, dabei warf sie jetzt Elif einen mahnenden Blick zu, »die eine Verbindung zu einem deutschen Mädchen verhindern möchte. Was mir aber sehr schwach vorkommt. Eine deutsche Familie, die aufgrund der schlechten Erlebnisse der Mutter eine Verbindung verhindern möchte. Finde ich auch sehr schwach, schließlich scheinen die Pachels ja schon einige Jahre in Möllen zu wohnen, also scheint da ja keine so starke Ausländerfeindlichkeit zu sein.«

Laura Bauer räusperte sich. Sie, als jüngste und unerfahrenste Polizistin an diesem Tisch, hatte bisher nur zugehört und wusste jetzt nicht, ob sie sich überhaupt an der Besprechung aktiv beteiligen durfte.

Skalecki schaute sie fragend an.

»Äh, ich wollte auch was sagen.« Nervös zupfte Laura an ihren rötlich schimmernden Haarsträhnen.

»Ja, bitte. Oder möchtest du eine offizielle Einladung?«, ätzte Skalecki, die mit Zaghaftigkeit nichts anfangen konnte.

Noch verunsicherter begann Laura zu reden. »Mir sind ein paar Bilder auf dem Highboard der Pachels im Wohnzimmer aufgefallen. Also, eigentlich Bilder, die nicht da waren.«

Skalecki verdrehte ungeduldig die Augen.

Hastig fuhr Laura fort. »Also, da standen total viele Bilder von Lena und ihrem Vater rum. So Arm in Arm, auch von Lenas Abi-Feier. Auch ein paar mit der Mutter. Aber nur ein einziges Bild mit Mick, dem kleinen Bruder.«

* * *

»Anerkennung.« Manuel Klein machte eine kleine Pause, in der er seinen Blick über jeden einzelnen seiner Zuhörer, die gebannt seinem Vortrag lauschten, schweifen ließ.

Kurz hatte Christin das Gefühl, dass seine Aufmerksamkeit etwas länger bei ihr verweilte.

»Anerkennung«, fuhr er mit seiner samtweichen Stimme fort. »Jeder, jede von Ihnen strebt danach. Schon von Kindheit, was sage ich!, vom Säuglingsalter an. Nicht Aufmerksamkeit. Die kann bedrohlich sein. Man denke an gewalttätige Väter oder an Mitschüler, die andere terrorisieren. Das Streben nach Anerkennung ist die Antriebskraft Ihres Handelns. Ist die Ursache für Glück. Oder Unglück.« Wieder eine kleine Pause, bevor er seinen Vortrag beendete. »Anerkennung.«

Nach diesen Worten hätte man in der Buchhandlung eine Stecknadeln fallen hören können. Benommen registrierten die Zuhörer, dass Manuel Klein zum Ende seines Vortrages gekommen war, und fingen an zu applaudieren.

»Ich kenne ihn«, flüsterte Miriam, ebenfalls mit leuchtenden Augen Beifall klatschend, ihrer Schwägerin zu. »Ganz bestimmt! Der war in meiner Klasse. Mein Gott!«

Nachdem Manuel Klein viele seiner Bücher noch signiert hatte, suchten die Pfarrerin und ihre Schwägerin zaghaft das Gespräch mit dem Psychologen und Autor.

Christin hielt ihm ihr Exemplar, in dem sie schon seit Tagen las, zum Signieren hin. Miriam gab sich einen Ruck und sprach Manuel an.

»Entschuldigen Sie, es freut mich, Sie wiederzusehen, wir waren zusammen am Gymnasium in einer Klasse.«

Manuel guckte fragend auf.

»Miriam Straten, äh, Neumann!«, stellte sie sich verunsichert vor.

Erkennen und ein Lächeln breiteten sich auf seinem Gesicht aus.

»Klar! Miriam! Jetzt erinnere ich mich«, rief er aus. »Schön, dich zu sehen.«

»Das ist meine Schwägerin, Christin Erlenbeck«, stellte Miriam die Pfarrerin vor. »Ich wusste gar nicht, dass du so tolle Bücher schreibst und so ein anerkannter Psychologe bist.«

Manuel zuckte mit den Schultern. »Du weißt ja jetzt: Anerkennung! Da ich in Sport eine Graupe war, habe ich es mit Psychologie versucht.«

Christin und Miriam guckten kurz irritiert, dann mussten beide lachen.

»Wohnst du noch hier? Bei ... deinen Eltern?«, fragte Miriam. Bei dem Wort Eltern zögerte sie etwas, eine ferne Erinnerung stellte sich ein, in der sie mal gehört hatte, dass Manuel keinen Vater hatte.

Als ob er dieses Zögern bemerkt hätte und sie ihn an etwas Unangenehmes erinnerte, stockte sein herzliches Lächeln kurz, dann antwortete Manuel. »Nein, schon lange nicht mehr. Meine Mutter lebt noch hier, aber Alltagshelfer kümmern sich ein bisschen um sie.«

»Ihr Vortrag und Ihr Buch haben mich sehr bewegt«, mischte sich Christin jetzt in das Gespräch ein.

»Warum?« Der Psychologe wurde plötzlich ernst und guckte ihr in die Augen. Nein, Christin kam es so vor, als ob er versuchte, *hinter* ihre Augen zu blicken.

Kurz wusste sie nicht, was sie sagen sollte. Nervös lachte sie. »Das haben Sie doch selber ausgeführt. Jeden betrifft es.«

»Die Anerkennung Gottes.« Klein betrachtete Christin weiter. »Er richtet über Richtig und Falsch.«

Der Pfarrerin stockte der Atem. Hatte er tatsächlich gerade für einen Bruchteil von Sekunden den Blick über ihren schwangeren Leib schweifen lassen?

Dann lachte Manuel Klein herzlich. Wohlig hüllte dieses Lachen die beiden Frauen ein.

»Es tut mir leid, Frau Pfarrerin«, sagte er wieder ernst. »Ich habe selten Gelegenheit, Unterhaltungen mit Fachleuten der geistlichen Sparte zu führen. Ich wollte Sie bestimmt nicht brüskieren!«

»Woher wissen Sie, dass ich Pfarrerin bin?« Christin nahm den leichten Ton Manuel Kleins auf.

»Nun, Voerde kommt mir zwar manchmal so weit entfernt wie der Mond vor, aber meine Mutter hat ab und zu noch lichte Momente, und da erzählt sie mir immer mal etwas vom Voerder Tagesgeschehen«, erklärte er augenzwinkernd.

»Im Moment habe ich etwas mehr Zeit, wenn Ihre Mutter es wünscht, kann ich sie auch gerne mal besuchen«, bot Christin an.

Wieder lächelte Manuel Klein amüsiert. »Das würde sie sicher sehr freuen! Und mich auch. Ich werde sie fragen und Ihnen dann Bescheid sagen«, antwortete der Psychologe.

8. Kapitel

Sonntag, 9. Dezember 2018

Als Miriam ihre Schwägerin an diesem Abend nach Hause brachte, folgte sie Christins Einladung, noch kurz mit ins Pfarrhaus zu kommen.

Es war 20:30 Uhr, Freddie war auch gerade erst eingetroffen und hatte Oskar schon ins Bett oder zumindest in sein Kinderzimmer geschickt.

Mathilda spielte an diesem Abend zum zweiten Mal ihre Rolle als junge Betty Tendering. Laura, die mit ihrem Freund Fabian die Vorstellung besuchte, würde sie später am Pfarrhaus absetzen. Skalecki und Ingrid Hassmann hatten lange darüber geredet, ob es pietätlos oder eventuell sogar gefährlich sei, die zweite Vorstellung stattfinden zu lassen, aber sie hatten beide keinen Sinn darin gesehen, sie abzusagen. Im Gegenteil. Skalecki hatte die Dramatikerin eingeschworen, ihr alle verdächtigen Vorkommnisse zu berichten.

Breitbeinig, mit einem Glas Wein in der Hand, saß Freddie auf dem Sofa, als die beiden Frauen hereinkamen. Er starrte auf eine dicke, tiefrote Kerze, die auf dem Couchtisch stand und ihr warmes Licht verströmte. Es hatte mal eine Zeit gegeben, in der er nicht ohne ein beklemmendes Gefühl in der Brust auf ein Feuer, sei es auch noch so klein, gucken konnte. Die Zeit nach dem Angriff der betrunkenen Jugendlichen. Die ihn zu dritt auf den Boden gedrückt hatten, während der vierte seinen »Kameraden« diabolisch grinsend zeigte, wie man eine lodernde Pechfackel langsam ausdrückte. In seinem Gesicht.

Aber daran dachte er nicht, als die beiden Frauen ihn gut gelaunt begrüßten.

»Sorry! Störe ich euch jetzt beim Lästern über mich?«, empfing er Christin und Miriam.

Mühsam versuchte er, sich aufzurichten, aber Christin winkte ab und bedeutete ihm, sitzen zu bleiben. Sie beugte sich zu ihm hinunter und küsste ihn zur Begrüßung.

Christin war immer wieder verblüfft, wie verschieden die beiden Geschwister aussahen. Miriam glich mit ihren dunklen Haaren, die ihr bis auf die Schulter fielen, und ihrer feingliedrigen Figur sehr ihrer Mutter, während Freddie mit seinen borstigen, blonden Strähnen und seinen breiten Schultern eher auf ihren vierschrötigen Vater kam. »Gott sei Dank«, witzelte Familie Neumann immer, wenn man beisammensaß und irgendjemand das Thema zur Sprache brachte, »stellt euch vor, Miriam hätte so einen Oberkörper!«

Die Frauen setzten sich zu Freddie. Der Polizist erzählte ihnen von dem Fall – zumindest das, was sie sowieso am nächsten Tag in der Zeitung lesen würden.

Dann wiegte er nachdenklich den Kopf. »Ein Detail macht mir zu schaffen«, sagte er bedächtig. »Ich bitte euch eindringlich, auf gar keinen Fall mit jemandem darüber zu reden.«

Mit nach unten verzogenen Mundwinkeln schauten die beiden Frauen, die Freddie Neumann am nächsten standen, den Polizisten an.

»Jaja«, fuhr er hastig fort, »ich weiß, das war total überflüssig. Okay. Es gibt eine Besonderheit, die morgen *nicht* in der Zeitung stehen wird.« Er guckte auf den Rotwein in seinem Glas. »Die arme Lena Pachel hatte eine sehr dunkle, rote Rose zwischen ihren toten Händen. Und irgendwie … ich komm nicht drauf, an was mich das erinnert.«

* * *

Zeitlich hatte es genau gepasst.

Mit seinem Auto parkte er hinter einem der riesigen Blumenkübel, die schon zu seiner Zeit auf dem Schulhof des Gymnasiums gestanden hatten. Um diese Uhrzeit und zu dieser Jahreszeit war es fast schon stockdunkel. Nur die Beleuchtung vor dem Eingang zur Aula und die Scheinwerfer der abfahrenden Autos warfen etwas Licht auf den Schulhof.

Die meisten Zuschauer waren jetzt schon weg, und langsam kamen auch die Schauspieler aus dem Eingang der Aula und wurden von wartenden Angehörigen in Empfang genommen oder gingen alleine zu den restlichen Autos, die in der kalten und dunklen Dezembernacht auf ihre Besitzer warteten.

Da ging auch diese Mathilda mit einer jungen Frau über den Schulhof. Die beiden unterhielten sich angeregt, der Teenager schien aufgeregt auf die Frau mit den kurzen, strähnigen Haaren einzureden. Bald darauf fuhren auch sie vom Schulhof.

Für einen kurzen Moment kehrte Ruhe ein. Sein Blick schweifte über das Gelände des Gymnasiums.

Wie er diese Zeit hier gehasst hatte!

Dann sah er wieder zwei Gestalten aus der Aula kommen. In dem gelblichen Licht des Eingangsbereiches konnte er die Atemwolken der beiden erkennen, die sie in die eiskalte Nacht stießen. Sie gingen nicht eng umschlungen oder Händchen haltend. Im Gegenteil. Zwischen ihnen schien eine unsichtbare Entfernung zu liegen.

Die junge Frau fuhr mit einem Beetle-Cabrio davon. Der junge Mann mit einem Fahrrad.

* * *

Miriam riss ihre Augen auf. »Freddie! Erinnerst du dich nicht mehr?« Aufgeregt sprang sie auf.

Freddie beugte sich auf der Sofakante nach vorne. Er fuhr sich nervös mit seiner linken Hand über das Narbengewebe in seinem Gesicht. »Ja, stimmt! Ich glaube, ich erinnere mich …«

»Was denn?« Christin blickte fragend zwischen den beiden hin und her.

Dann begann Miriam zu erzählen.

»Es war 1994. Das werde ich nie vergessen! Ich war gerade sechzehn geworden. Da fing es an.«

Ungeduldig wollte Christin sie drängen, schneller zu erzählen, aber sie hielt sich zurück.

»Ich bekam anonyme Briefe zugeschickt«, fuhr Freddies Schwester fort. »Ist ja eigentlich nicht schlimm, das war ja schon ein Zeichen dafür, dass man in der Beliebtheitsskala … na ja, zumindest nicht ganz unten war. Aber weißt du«, sie wandte sich an ihre Schwägerin, »diese Briefe hatten einen ganz und gar … gruseligen Unterton. Und«, bei dieser Erinnerung weiteten sich ihre Augen, »am schlimmsten war, wo ich sie gefunden hatte. In meinem Putzkasten beim Pferd. Zwischen den Seiten meines Freundebuches in meinem Schulrucksack.« Wieder stockte Miriam kurz. »In der Jeans, die im Umkleideraum in der Sporthalle lag. Also … genau im Schritt. Immer an Stellen, die ziemlich … privat waren. Ich fand das total ekelhaft und bekam Angst. Dann habe ich auch endlich unseren Eltern davon erzählt. Sie schalteten sofort den Peters ein, den damaligen Rektor. Aber der sagte, außer aufzupassen könne man nichts machen.«

»Hattest du denn keinen verdächtigt? Irgendeinen komischen Typen, dem so was zuzutrauen wäre?«, fragte Christin fassungslos.

Miriam druckste ein bisschen herum. »Ja, klar«, gab sie zu. »Aber … du kannst doch nicht ohne den geringsten Beweis irgendjemanden beschuldigen! Auf jeden Fall«, erzählte sie weiter, »kam das Schlimmste noch. Ich war alleine zu Hause. Ich lungerte im Wohnzimmer rum und war total entspannt, weil unsere Eltern weg waren. Freddie war auch weg. Es wurde langsam dunkel, es war Winter. Alle Türen und Fenster waren wegen der Kälte zu. Dann ging ich irgendwann nach oben, wollte ins Bett.« Miriam stockte kurz und sprach dann mit glasigen Augen weiter. »Da war auf meinem Schreibtisch wieder ein Brief. Auf diesem Brief lag eine Rose. Eine tiefrote Rose.«

Freddie musste sich sehr beherrschen, seine alten Brandmale nicht weiter zu malträtieren. Aufgeregt sprang er auf, stellte sich dicht vor seine Schwester. »Miriam! Wen hattest du damals in Verdacht?«, drängte er sie.

Erst versuchte sie, Freddies Blick standzuhalten, dann senkte sie resigniert den Kopf. »Dietmar Schlegel«, antwortete sie leise, als ob alleine das Aussprechen des Verdachts strafbar wäre.

»Dietmar?«, fragten Christin und Freddie wie aus einem Mund.

»Ja«, bestätigte Miriam. Sie hielt ihrem Bruder ihr Glas hin, damit er noch einmal etwas Rotwein nachfüllte. »Dietmar Schlegel. Ein, hm, heute sagt man wohl ›Nerd‹. Aber eher negativ. Also«, Miriam versuchte, die richtigen Worte zu finden, »er war total komisch. Er gaffte zum Beispiel. Glotzte uns Mädchen mit offenem Mund an. Versuchte mitzureden, laberte aber nur Mist. Oder brachte kein Wort raus. Ich kann mich eigentlich gar nicht an etwas Besonderes erinnern. Heute ermahne ich meine beiden eigenen Kinder, immer nett und fair zu denen zu sein, die Außenseiter sind, aber damals hast du natürlich mit der Meute geheult.« Miriam trank einen kleinen Schluck und kicherte dann. »Na ja. Und natürlich der Name! Schlegel. Da hat man auch wenig Chancen.«

Christin zuckte mit den Schultern. »Dietmar. Wir kennen auch so einen … hm, na ja, der ist auch ein bisschen komisch«, sagte sie und guckte dabei ihren Mann an. »Ach!«, rief sie dann aus. »Den hätte ich dir zeigen können, der war auch auf der Lesung. Saß ganz hinten.«

»Hast du ihn jemals darauf angesprochen?«, wollte Freddie von seiner Schwester wissen.

Miriam schüttelte den Kopf. »Nein, nicht direkt. Ich habe in der Klasse herumerzählt, dass meine Eltern die Briefe der Polizei gegeben haben. Und meinen Freundinnen habe ich natürlich erzählt, wen ich in Verdacht hatte. Das hat Dietmar wohl mitbekommen, denn danach bekam ich keinen Brief mehr.«

»Weißt du, was aus dem geworden ist?«, fragte Christin.

Wieder schüttelte Miriam den Kopf. »Nein. Ich habe nur gehört, dass er nach Münster gegangen ist und irgendetwas mit Theologie studiert hat. Eine frühere Klassenkameradin hat ihn da mal getroffen.«

Freddie atmete hörbar ein. Ein nervöser Blick ging zur Decke.

»Christin, ich glaube, du musst morgen mal ein paar Telefonate führen«, sagte er dann.

* * *

Katja Weber starrte auf ihren Fernseher. Der große Flachbildschirm zeigte einen *Tatort* mit Lena Odenthal. Die Handlung war etwas verworren, sie hatte längst den Faden verloren. Weil sie nur an Elif dachte. Elli.

Sie ärgerte sich maßlos über sich selbst. Warum hatte sie diesen bekloppten Spruch über türkische Machos losgelassen? Wie peinlich das war! Und nicht nur peinlich, ruckzuck konnte sie eine Abmahnung wegen fremdenfeindlicher Äußerungen am Hals haben. Dabei hatte sie gar nichts gegen Ausländer.

Morgen, dachte Katja, morgen würde sie Elli zu einem Feierabendbier einladen und sich entschuldigen.

* * *

»Was hast du gesagt?«, brachte Christin zwischen unterdrücktem Kichern und wohligem Seufzen hervor.

Freddie war, wie er es nannte, »abgetaucht« unter ihre Bettdecke, die sie sich bis zum Hals hochgezogen hatte. Zu dem Walfischbauch, für weitere Erkundungen des Minimums.

Um ihn besser zu verstehen, lüpfte sie etwas die wärmende Decke und verstand nur »da weitermachen, wo ich heute Morgen aufhören musste«.

Plötzlich hörte Christin das Schlagen der Haustür und ein leises Schimpfen. »Freddie«, sie schlug die Bettdecke ganz zur Seite, damit ihr Mann mithören konnte. »Wie spät ist es eigentlich? Wo kommt denn Ohler jetzt noch her?«

»Das möchte ich auch gerne wissen«, brummte der Polizist zwischen zusammengebissenen Zähnen.

9. Kapitel

1960

Nach und nach trudelten ihre Freundinnen ein. Margarete hatte sie trotz der Vorbehalte ihrer Mutter eingeladen. Das junge Mädchen hatte mal wieder ihren Willen durchgesetzt. Es wäre für sie auch nie infrage gekommen, ihren fünfzehnten Geburtstag *nicht* im Herrenhaus zu feiern.

Warum auch? Sie verbrachte in dem verlassenen Haus einen Großteil ihrer freien Zeit. In dem Zimmer, das einmal das Zimmer der Betty Tendering gewesen sein soll, hatte sie sich eingerichtet. Obwohl die hohen Fenster schon fast blind waren und das alte Parkett rissig und zerkratzt, war dieser Raum immer noch um einiges schöner als das enge Zimmer, das sie in dem kleinen, ebenfalls schon sehr heruntergekommenen Pächterhaus ihrer Eltern hatte.

Schon seit Generationen kümmerte sich die Familie ihres Vaters um das Anwesen. Genauer gesagt seit 1865, als ihr Urgroßvater Tillmann von der linken Rheinseite hier nach Möllen umgesiedelt war. Stolz war man darauf. Zu den Herren des Gutshauses, der Familie von Rigal, hatten die Kleins immer ein gutes Verhältnis gehabt.

Manchmal fragte sich Margarete aber schon, worauf ihre Eltern immer noch so stolz waren.

»Ihr« Haus Ahr war längst nicht mehr so prächtig. Es wurde schon länger nicht mehr bewohnt, immer mehr Schäden taten sich auf, die eigentlich repariert werden müssten. Aus den Erzählungen ihrer Eltern wusste Margarete, wie sehr die Familie Klein im Zweiten Weltkrieg um das Gutshaus gebangt hatte. Die Rheinüberquerung der Alliierten im März 1945, die sie hautnah miterlebt hatten, hatte alle Bewohner in große Angst und Verzweiflung versetzt. Immer wenn ihre Mutter darüber redete, strich sie ihrer Tochter Margarete liebevoll über das dunkle Haar. »Wir durften alle in das Gutshaus«, erzählte sie dann mit einem verträumten Lächeln im Gesicht. »Wir wollten uns gegenseitig beschützen und sind ganz eng zusammengerückt. Auch …«, hier zögerte sie immer etwas, »dein Vater und ich. Und so bist du heute da. Ein richtiges hochherrschaftliches Kind!« Dann lächelte sie stets verschmitzt.

Und jetzt, fünfzehn Jahre später, sollte sie dort nicht den Kostümball feiern dürfen, von dem sie ihren Freundinnen schon so lange vorgeschwärmt hatte?

Sie hatte schon gemerkt, dass ihre Eltern sich um irgendetwas Sorgen machten. In letzter Zeit waren öfter fremde Männer mit Herrn von Rigal über das Anwesen gegangen. Sind um das Gutshaus herumgegangen, haben hierhin und dorthin gedeutet, mit ernsten Gesichtern den Kopf geschüttelt. Kamen später mit den gleichen, missbilligenden Mienen aus dem großen Haus heraus. Oft verabschiedeten sich diese Männer in ihren dunklen Anzügen gar nicht mehr mit einem Handschlag von Herrn von Rigal, sondern setzten sich sofort in ihre schwarzen Limousinen und fuhren davon.

Dann bemerkte Margarete die sorgenvollen Blicke, die sich ihre Eltern zuwarfen.

Aber heute wollte sie gar nicht daran denken. Heute wollte sie mit ihren Freundinnen feiern! Ihre Mutter hatte ihr zähneknirschend erlaubt, den Schallplattenspieler mit ins Gutshaus zu nehmen, sodass sie die Scheiben, die alle mitbringen würden, abspielen konnten. Evi hatte sogar eine Elvis-Presley-Platte! Und es gab sogar ein paar Flaschen Coca-Cola!

Margarete ahnte nicht, dass diese Nacht, in der sie mit ihren Freundinnen in alten, schon von Motten angefressenen Kleidern durch das Gutshaus sprang, zu Elvis tanzte und Coca-Cola auf das zerkratzte Parkett verkleckerte, die letzte unbeschwerte Nacht ihrer Jugend sein sollte.

10. Kapitel

Montag, 10. Dezember 2018

Ich habe den Eindruck«, fasste Skalecki zusammen, »dass wir eine Menge möglicher Verdächtiger haben.«

Die Mordkommission saß wieder an den zusammengestellten Tischen, alle blickten auf die Ergebnisse der bisherigen Ermittlungen.

Nach einem Telefonat mit der Kriminaltechnik hatte Skalecki zunächst nur erfahren, dass die sehr aufwendige Untersuchung des Gebietes rund um den Taucherparkplatz ergeben hat, dass aus dem »voraussichtlichen Ereignisort« der »wahrscheinliche Ereignisort« geworden war. Mehr würde sie erfahren, wenn die Ergebnisse aus dem Labor kamen. Auch Sonja Kaufmann, die Vorzimmerdame von Professor Ricken, dem zuständigen Gerichtsmediziner, vertröstete die Ermittlungsleiterin auf den späten Nachmittag.

»Im Moment steht tatsächlich Anna Tigler an erster Stelle. Ist es wirklich realistisch, dass sie zwischen 18 Uhr und 18:30 Uhr, na, sagen wir mal 18:20 Uhr, Lena am Tenderingssee abfängt, ihr mit einem harten Gegenstand den Schädel zertrümmert, sie dann in ein Boot schleppt und mit einer Rose in den Händen herrichtet?« Skalecki wiegte skeptisch den Kopf hin und her.

»Und warum die Rose?«, warf Laura ein.

Freddie wollte etwas sagen, aber Skalecki unterbrach ihn. »Das müssten wir später herausfinden. Als Nächstes hätten wir Ahmet Can. Lena wollte die Verbindung beenden, er wurde wütend. Dazu passt die Rose.«

»Aber seine Eltern geben ihm ein Alibi, er war beim Skypen mit der Tante dabei«, gab Elif zu bedenken.

»Dieses Alibi ist erst einmal fragwürdig. Da müssen wir auf die Daten von Microsoft warten. Sehr kompliziert«, antwortete die Duisburgerin. »Gerald von der Mühlen. Der kommt auch infrage. Zeitlich genauso knapp wie bei Anna, aber auch machbar. Sein Motiv wäre seine Liebe zu Anna, er wollte ihr die Rolle verschaffen. Anna seine große Liebe beweisen.« Alle Polizisten starrten auf das Flipchart.

»Und mein Gefühl sagt mir, dass wir Jörg und Mick Pachel nicht ausschließen können.« Skalecki blickte zu Laura. »Wir dürfen die Tatsache nicht ignorieren, dass sehr oft ein nächster Angehöriger der Täter ist. Gestern haben wir nur an der Oberfläche dieser Familie gekratzt, aber wer weiß, was darunter alles verborgen ist?« Die hünenhafte Polizistin ließ ihren Blick über alle Anwesenden schweifen. »Wir müssen herausfinden, warum Lena so extrem schüchtern war, dass sie in psychotherapeutischer Behandlung war. Missbrauch? Was macht das mit dem Bruder, warum gibt es nur ein einziges Bild von ihm auf dem Schrank?«

»Jörg Pachel arbeitete nach seiner Aussage im Garten in der Hütte«, ergriff nun Schlüter das Wort. »Es war schon dunkel, und vom Wohnzimmer aus hat man nicht den besten Blick auf dieses Gartenhäuschen. Theoretisch hätte er seiner Tochter folgen können.«

»Aber auch Mick«, ergänzte Laura.

»Vielleicht brachte der Psychotherapeut den Missbrauch zutage, und Jörg Pachel wollte seine Tochter zum Schweigen bringen?«, brachte Katja Weber ein.

Skalecki nickte. »Ja. Das könnte sein.« Sie blickte sich suchend um. »Leo! Hast du herausgefunden, woher das Boot kam?«

»Ja«, nickte er. »Am Samstag hat eine Tauchschule dort einen Kurs gegeben. Da sie sich mit der Zeit verschätzt hatten, zogen sie das Boot einfach nur an Land und wollten es am nächsten Tag wegräumen.«

Freddie räusperte sich. »Jetzt muss ich euch etwas erzählen. Ich weiß nicht, ob es von Bedeutung ist und es einen Zusammenhang gibt, aber eine Rose ist mir beziehungsweise meiner Schwester schon einmal begegnet.« Er erzählte dem Team, was er am Vortag von Miriam erfahren hatte.

Als Freddie geendet hatte, schwiegen alle.

»Ja, und?«, fragte Schlüter. »Hast du schon nachgeguckt?«

»Ja, gleich heute Morgen. Dietmar Ohler kommt aus Voerde und hat den Namen seiner Ex-Frau angenommen. Er hieß ursprünglich Schlegel und war der komische Klassenkamerad meiner Schwester.«

* * *

Anna fror. Hundserbärmlich.

Sie war nur mit einem weiten Strickpulli hinausgegangen. Jetzt schlang sie ihre Arme, die in den viel zu langen Ärmeln steckten, um ihren Körper. Tränen liefen ihr über das blasse Gesicht und hinterließen eine fahlgraue Spur aus Wimperntusche, die noch vom gestrigen Abend stammte.

Er zog seine Jacke aus und legte sie wärmend um ihre Schultern. Dann strich er zärtlich eine Strähne des ungekämmten Haares aus ihrem Gesicht. Kurz hielt er den Atem an. Nein. Sie wich nicht vor ihm zurück. Sie ließ sich sogar seinen Arm um ihre schmale Schulter legen.

»Anna, du hast gestern wieder hervorragend gespielt! Wirklich, wenn man bedenkt, unter welchem Druck du stehst!« Er lächelte sie liebevoll an. »Wie ein Profi. Wirklich.«

»Die haben mir gesagt«, stieß sie unter Schluchzen hervor, »dass ich Voerde nicht verlassen soll! Die verdächtigen mich! Stell dir das mal vor!« Anna schrie fast.

Er streichelte mit der rechten Hand ihren Arm.

»Papa hat bestimmt, dass ich nur noch in Gegenwart eines Anwalts mit denen reden darf. Er hat schon mit einem Kontakt aufgenommen. Ein alter Freund, muss wohl sehr gut sein.« Sie schluchzte wieder auf.

»Anna, meine liebe, kleine Anna! Das ist bestimmt normale Routine. Die werden bald herausfinden, dass du es nicht gewesen bist! Dann kannst du dieses miese, kleine Voerde, an das du nur schlechte Erinnerungen hast, verlassen!«

Anna löste sich plötzlich von ihm und starrte ihn mit vor Entsetzen geweiteten Augen an. »Und wenn ich es doch war?«, flüsterte sie.

»Ich verspreche dir, ich werde *alles* für dich tun, und du wirst als Unschuldige Voerde verlassen.« Er nahm sie fester in seine Umarmung und drückte seine Nase in ihre verwuschelten Haare. »Vielleicht wäre es besser, wenn du ein paar Tage einfach verschwindest. Bis sie den Mörder haben.«

* * *

Christin presste die Lippen zusammen und legte das Telefon wie in Zeitlupe auf ihren Schreibtisch.

Sie guckte sich um und vergewisserte sich noch einmal, dass sie alleine in ihrem kleinen Büro war. Dann zog sie einen Hocker zu sich heran, legte ihre Füße darauf und lehnte sich in den Schreibtischstuhl zurück. In diesem Moment vergaß sie sogar das drückende Gefühl ihres hochschwangeren Leibes.

Nachdenklich starrte sie aus dem Fenster in den grauen Dezembermorgen. Was sollte sie jetzt tun? Auf jeden Fall musste sie es Freddie erzählen.

Was sie aus der Pfarrei, in der Dietmar Ohler bis vor ein paar Wochen gearbeitet hatte, erfahren hatte, war schlichtweg beängstigend. In ihr tobte der Kampf zwischen sachlicher Überlegung und emotionaler Unruhe.

Als sie in dem Büro des Superintendenten des evangelischen Kirchenkreises Osnabrück anrief, hatte man sie, wie erwartet, zuerst auf einen späteren Telefontermin vertrösten wollen. Natürlich hatte der Superintendent viel zu tun. Aber die Voerder Pfarrerin blieb hartnäckig, zu sehr brannte ihr Miriams Geschichte unter den Nägeln, sie wollte sofort Klarheit. Als sie dann den Namen Dietmar Ohler fallen ließ, hatte sie plötzlich, innerhalb von Sekunden, den gewünschten Gesprächspartner am anderen Ende der Leitung.

Eigentlich sagte er nur wenig zu Dietmar, aber das Wenige reichte. Sie hätten ihm nahegelegt, sich zu verändern. Dass eine Trennung von der Jugendgruppe, die er leitete, guttun werde, es sei ja manchmal nicht gut, wenn Bindungen zu eng würden. Es sei zwar natürlich, dass man sich mit manchen Menschen, mit denen man zusammenarbeite, besser verstehe und auch engere Kontakte entstehen könnten, aber manchmal könne dies auch eine gewisse Unruhe bringen. Und: »Bitte, Frau Kollegin, verstehen Sie jetzt *bitte* wirklich nichts falsch. Pfarrer Ohler ist ein sehr einfühlsamer Mensch und war eine Bereicherung unseres Kirchenkreises«, aber man hatte seine Pläne, sich erst einmal wieder neu zu orientieren, sehr gut gefunden und unterstützt.

Einer Eingebung folgend gab sie die Wörter *Dietmar, Ohler* und *Osnabrück* in die Suchfunktion ihres PCs ein. Es tauchten einige Einträge zu Aktivitäten verschiedener Osnabrücker Jugendgruppen auf. Dann veränderte sie die Suche und klickte *Bilder* an.

Sofort sprang ihr das Foto einer Tageszeitung ins Auge, auf dem eine Gruppe Jugendlicher hinter einem Kanu posierte. Auf dem Kanu saß, ganz eindeutig, Dietmar Ohler. Und neben ihm, in der Bildunterschrift als *Jugendleiterin Isa Staumann* bezeichnet, eine zierliche, brünette, junge Frau.

* * *

»Miriam hat doch dunkle Haare, oder?«, wollte Katja von Freddie wissen. Langsam sickerte die Schlussfolgerung aus dieser Aussage in das Bewusstsein des ganzen Teams.

Skalecki fasste zuerst in Worte, was alle dachten. »Du vermutest also, dass dieser Dietmar früher mal deiner Schwester nachgestellt hat und er jetzt eventuell etwas mit Lenas Tod zu tun hat?«

Freddie nickte.

»Nachgestellt trifft es noch nicht einmal so richtig.« Wie immer, wenn Freddie innerlich aufgewühlt war, rieb er seine linke Gesichtshälfte. »Er kam an private Stellen. Er kam in ein *geschlossenes* Haus!« Die letzten Sätze schrie er fast.

»Ey und jetzt?«, rief Elif. »Was ist mit Christin? Die ist doch jetzt alleine da, oder?« Die junge Polizeikommissarin guckte Freddie mit weit aufgerissenen Augen an.

Unbehaglich druckste der Polizist herum. »Was soll ich denn tun? Wir können, nein, wir *dürfen* jetzt nicht wie wild irgendwelche Vermutungen hinausposaunen!«

»Kann Christin nicht zu ihren Eltern ziehen? Und die Kinder auch? Da lässt sich doch ein guter Grund finden, in ihrem Zustand«, schlug Schlüter vor.

Freddie seufzte mit zerknirschter Miene auf. »Ich werde mit ihr darüber sprechen.«

»Moment mal!«, mischte sich Skalecki wieder ein. Ihre tiefe Stimme dröhnte durch die Wache, alle schauten sie an. »Jetzt mal ganz langsam. Das ist … wie lange her? Dreißig Jahre? Er, wenn er es überhaupt war, war ein kleiner, freakiger Teenager. Wir reden hier jetzt über Mord! Eine Rose bekommt man überall her, ist ja nicht so ausgefallen. Hat für viele eine Bedeutung. Anscheinend auch für Türken. Wir werden über und mit Dietmar Ohler sprechen.« Skalecki verschränkte ihre muskulösen Arme vor der Brust. »Aber wir werden uns weder auf ihn einschießen noch eine voreilige Befragung durchführen.«

Mit aller Macht versuchte Skalecki, die Kontrolle über die Ermittlung zu behalten. Zu viele lose Fäden lagen vor ihnen, es konnte sogar gut sein, dass sie den richtigen noch gar nicht auf dem Tisch hatten.

Entgegen ihrer klaren Haltung drängte sich ihr ein anderer Gedanke auf, den sie nicht weggeschoben bekam: Auch Mathilda hatte dunkelbraune Haare.

11. Kapitel

1960

Wie betäubt beobachtete Margarete das Schauspiel, das sich ihr bot. Sie kam sich vor wie eine Statistin in ihrem eigenen Film. Wie die traurige Holly Golightly in *Frühstück bei Tiffany*, den sie kurz zuvor in der Lichtburg in Dinslaken gesehen hatte. Diesen Film hatte sie nicht ganz verstanden, genau wie sie die Geschehnisse, die sich jetzt vor ihren Augen abspielten, nicht ganz verstand, aber Audrey Hepburn mit ihren großen, traurigen Augen war seitdem ihr neues Idol.

Passenderweise goss es wie aus Kübeln. Der ganze Hof, die Zufahrt, alles rund um das Gutshaus und das Pächterhaus war aufgeweicht, schlammig und matschig.

Mit mürrischen Gesichtern standen die Herren in ihren sich langsam mit Feuchtigkeit vollsaugenden, dunklen Anzügen unter schwarzen Regenschirmen, die vor den Wassermassen kaum schützten. Im Hintergrund rannte der Fahrer der schweren Limousine hektisch um das Auto herum, er befürchtete, dass er sie später nicht mehr aus dem aufgeweichten Untergrund herausgefahren bekäme. Dann beschlossen die Herren, ins Gutshaus zu gehen. Margarete verstand weder, worüber sie redeten, noch, was sie jetzt vorhatten.

Ihre Mutter zog Margarete ins Pächterhaus. »Komm, Kind. Du holst dir da draußen nur den Tod«, sagte sie mit aufmunternder Stimme.

Langsam löste sich Margarete aus ihrer Erstarrung. »Seit wann wusstest du es?«, fragte sie tonlos.

Ihre Mutter seufzte tief. Dann antwortete sie: »Die Verhandlungen liefen schon eine ganze Weile. Herr von Rigal hatte uns vorgewarnt. Jetzt ist es abgemacht. Dieser Fritz Meyer hat unser Haus Ahr gekauft, und wir müssen gehen.«

»Das ist so ungerecht, dass es Menschen gibt, die einfach machen können, was sie wollen«, ereiferte sich Margarete plötzlich.

»Ja, Margarete, da hast du recht«, stimmte ihre Mutter ihr zu. »Aber das wirst du noch oft erleben. Was meinst du, wie dein Vater sich jetzt fühlt? Seit seines Urgroßvaters Zeiten lebt seine Familie hier! Die Familie Klein hat immer hervorragend gewirtschaftet und war in der guten Gesellschaft angesehen gewesen. Immer wenn die Tendering-Schwestern, Betty und Berta, hier zu Besuch waren, haben sie sich freundlich mit Papas Großvater und Vater unterhalten. Die beiden Männer haben sehr für Betty geschwärmt«, fügte sie verträumt hinzu.

»Ja, Mutter«, fiel ihr Margarete ins Wort. »Und immer wieder höre ich von den Andeutungen, die meine Vorfahren gemacht haben. Von wegen Betty war nicht ganz gesund und hat einen ihrer Söhne hier auf Haus Ahr gelassen, weil sie überfordert war. Wenn das wirklich so ist, dann können wir doch um das Haus kämpfen!« Margarete wurde immer lauter, fast schrie sie.

»Woher weißt du davon? Hast du gelauscht?« Überrascht runzelte ihre Mutter die Stirn. »Wenn du schon so viel gehört hast, müsstest du auch wissen, dass uns die Beweise dafür fehlen«, antwortete ihre Mutter resigniert. »Es wurde alles geheim gehalten, und später wollte da keiner mehr drüber reden. Es war ja schließlich nicht akzeptabel, dass eine Dame der feinen Weseler Gesellschaft …«, sie suchte nach dem passenden Wort, »schwermütig war.«

Margarete wollte wieder aufbegehren, aber ihre Mutter hatte genug. »Jetzt ist gut«, fuhr sie ihr über den Mund. »Wir packen jetzt. Wir können froh sein, dass Herr von Rigal uns so ein nettes Haus überlässt.«

»Eine kleine Bruchbude meinst du wohl eher!« Margarete wollte sich noch nicht geschlagen geben. Es war das erste Mal, dass ihre Mutter offen über alte Familiengeheimnisse gesprochen hatte. Obwohl Margarete tieftraurig war und sich gedemütigt fühlte, »ihr« geliebtes Haus Ahr verlassen zu müssen, hatte sie das Gefühl, erwachsener geworden zu sein.

Versöhnlich schlang ihre Mutter die Arme um sie und zog sie leicht an ihre Brust.

»Meine liebe Prinzessin! Du bist wunderschön, du hast die Schönheit von …«, schnell redete sie weiter, »du wirst dir mit Bedacht einen Mann suchen, der Geld hat und was bedeutet. Und dann kauft er dir Haus Ahr.«

12. Kapitel

Montag, 10. Dezember 2018

Christin?«

Christin Erlenbeck fuhr zusammen. Aufgeschreckt von der plötzlichen Störung versuchte sie, sich vorzubeugen und mit der Maus die Seite auf ihrem PC zu schließen. Doch sie konnte sich kaum rühren, die hochgelegten Beine hinderten sie daran, sich vorzulehnen. Hektisch nahm sie die Füße herunter, kam endlich an die Maus und schloss schnell die aufgerufenen Seiten. Dann erst realisierte sie erleichtert, dass es Ursulas Stimme gewesen war, die sie zaghaft angesprochen hatte.

»Christin! Entschuldige, ich wollte dich nicht erschrecken!« Besorgt trat die Gemeindesekretärin zu ihrer Chefin.

»Ursula, nein, ich muss mich entschuldigen!« Christin überlegte kurz, ob sie sich Ursula anvertrauen sollte, kam aber zu dem Entschluss, dass sie erst einmal selber ihre Gedanken ordnen musste. »Ich … habe gerade etwas nachgesehen, etwas … Privates. Da war ich wohl zu sehr in Gedanken.«

»Christin! Du wirst dir doch wohl keine Geburten auf YouTube angeguckt haben? Wo Frauen in Wäldern entbinden oder in Berghütten?«

»Nein, nein! Dafür ist es doch jetzt viel zu kalt«, antwortete Christin, als ob sie diese Art der natürlichen Entbindung tatsächlich in Betracht gezogen hätte. Aber eine kleine Rache für ihren Schreck wollte sie doch noch. »Ich habe nur gegoogelt, ob eine Bauchstraffung direkt nach der Entbindung von der Kasse übernommen wird.«

Ursula Höfer, die Sekretärin und das Herz der evangelischen Gemeinde, brauchte einige Sekunden, bis sie begriff, was die Pfarrerin gerade gesagt hatte. »Äh, du nimmst mich gerade auf den Arm, oder? Weil, wenn nicht, rufe ich sofort die Polizei.«

Endlich entspannte sich Christin wieder und lachte.

»Keine Sorge, meine liebe Ursula, auf so eine Idee würde ich niemals kommen!« Die Pfarrerin setzte sich aufrecht auf ihren Stuhl hin. »Wolltest du etwas Bestimmtes?«

»Ja, klar!« Die Sekretärin hob die Hand. »Da ist einer im Büro. Der möchte dich sprechen. Der sagt, dass ihr euch gestern kennengelernt hättet.«

Huschte da eine leichte Röte über Christins Wangen? Ursula runzelte die Stirn. Nein, das war bestimmt das diffuse Licht der Schreibtischlampe.

»Hat er ausdrücklich nach mir gefragt?«, wollte die Pfarrerin wissen. »Kann Ohler ihm nicht helfen?«

»Nein«, antwortete Ursula. »Außerdem ist der wieder nicht auffindbar. Soll ich diesen Mann wegschicken?«

Christin überlegte kurz. Dann fiel ihr ein, dass sie ihm angeboten hatte, seine Mutter zu besuchen. Sie seufzte über ihre eigene Hilfsbereitschaft. Sie war im Mutterschutz und musste mit solchen Aussagen vorsichtiger sein. Andererseits war Manuel Klein ein Psychologe. Ein Menschenleser. Vielleicht konnte sie mit ihm interessante, aufschlussreiche Gespräche führen?

Und noch etwas Entscheidendes fiel ihr in diesem Moment ein.

Manuel Klein war ein Klassenkamerad von Miriam gewesen.

Und somit auch von Dietmar Ohler.

* * *

»Laura«, die junge Frau zuckte zusammen, als Skalecki ihren Namen bellte. »Du hast doch diese Fotos von dem vollgekritzelten Poster in Lenas Zimmer gemacht. Versuche mal herauszufinden, was dahintersteckt.«

»Äh, Skalecki«, Laura versuchte, die Aufmerksamkeit der Kriminalhauptkommissarin zu bekommen. Diese wandte sich ihr wieder ungeduldig zu.

»Ja?«, bellte Skalecki wieder.

»Das habe ich schon erledigt. Ich war doch gestern in dem Theaterstück, und da habe ich mich noch einmal zufällig mit Ingrid Hassmann unterhalten.« Nervös nestelte die angehende Polizistin ein Notizbuch hervor.

»Zufällig. Ja, klar.« Mit einem Blick auf die Uhr nickte die Duisburgerin Laura zu. »Dann erzähl uns am besten jetzt kurz, was es damit auf sich hat.«

Laura räusperte sich. »Also«, begann sie, »bei dem Poster an der Zimmertür und dem Bild auf der Schreibtischunterlage handelt es sich um Nachdrucke der sogenannten ›Berliner Schreibunterlage‹ von Gottfried Keller.« Die junge Frau sah von ihren Notizen auf und machte eine kurze Pause.

Alle starrten sie an.

»Von wem? Kenne ich nicht«, murmelte Elif.

»Also«, fuhr Laura fort. »Gottfried Keller war ein berühmter Schweizer Schriftsteller, der sehr in Betty Tendering verliebt war.« Die Polizeianwärterin unterbrach sich selbst, überlegte kurz, und mit einem hektischen Blick auf die Ermittlungsleiterin fuhr sie fort: »Betty Tendering lebte im 19. Jahrhundert auf Haus Ahr, in Möllen. Sie und ihre Schwestern wurden früh Waisen. Eine der Schwestern kam zu einem Verwandten nach Berlin und wurde dort eine … Salondame. Das hieß, sie lud Schriftsteller, Politiker oder andere Künstler und berühmte Persönlichkeiten zu sich nach Hause ein. Dort wurden dann Ideen ausgetauscht. Also quasi wie Facebook, nur in echt.«

»Ach so!«, nickten Katja Weber und Elif Çelik gleichzeitig, was ein leises Lachen bei allen auslöste. Elif zwinkerte ihrer Kollegin zu.

Gott sei Dank, dachte Katja, Elif schien nicht mehr sauer auf sie zu sein.

»Na, jedenfalls«, nahm Laura den Faden wieder auf, »besuchte die jüngere und sehr hübsche Betty ihre Schwester Lina öfter in Berlin, wo sie dann diesen Gottfried Keller kennenlernte. Und der verliebte sich in Betty. Und kritzelte dann auf seine Schreibtischunterlage ganz viele Bs und Ts. Und sie wurde die Dortchen Schönfund in dem berühmten Bildungsroman *Der grüne Heinrich*, den ihr wahrscheinlich alle kennt.«

Nun musste Laura schmunzeln. Der Anblick einer kleinen Mannschaft Polizisten, die sie mit großen Augen anstarrten und von denen keiner jetzt wusste, ob es peinlich war, sich zu outen, dass man weder Gottfried Keller noch den *Grünen Heinrich* kannte, war zu köstlich.

»Nun ja«, meldete sich Schlüter zu Wort, »den kenne ich jetzt gerade nicht, aber was hat das mit unserem Fall zu tun?«

Laura schlug ihr Notizbuch zu und legte es vor sich auf den Tisch. »Das weiß ich nicht. Aber vielleicht gibt es einen Zusammenhang. Eine Darstellerin der Betty Tendering wird in ihrem Kostüm auf dem Tenderingssee ermordet aufgefunden. Und dieses Theaterstück war unserer Hauptverdächtigen, Anna Tigler, sehr wichtig. Punkt.«

»Und Anna ist wiederum eine Nachfahrin der Betty Tendering«, warf Katja aufgeregt ein.

»Stimmt!« Skalecki schlug sich leicht gegen die Stirn. »Das hat Anna auch erwähnt, als sie erzählte, dass ihre Eltern nicht zu diesem Theaterstück gekommen sind. Ansgar Tigler ist ein Nachfahre dieser Betty und somit natürlich auch seine Tochter Anna.« Skalecki nickte Laura anerkennend zu. »Gut, Laura, schreibe das bitte auch in deinen Bericht.«

»Habe ich schon«, murmelte die errötende Laura. »Muss nur noch das mit den Nachfahren ergänzen.«

Ihre Kolleginnen und Kollegen grinsten.

Bei dem Druck, unter dem die Mordkommission arbeitete, tat es gut, einmal kurz den grausamen Mord an der jungen Lena Pachel zu vergessen und etwas herumzuwitzeln. Bis sie merkten, dass Polizeioberkommissar Leo Rademacher mit ernster Miene den Besprechungsraum betreten hatte.

Schlüter drehte sich zu ihm um. »Leo, was guckst du so? Was ist los?«

»Gerade ist ein Anruf reingekommen. Ein junger Mann wird vermisst«, sagte er mit seiner tiefen Stimme.

»Ja, und?«, fragte Skalecki mit angehaltenem Atem.

»Es handelt sich um den 23-jährigen Gerald von der Mühlen.«

* * *

Die Pfarrerin empfing Manuel Klein in ihrer Küche. Ihr offizielles Büro gehörte im Moment Pfarrer Dietmar Ohler, und da sie keine Fremden in ihr privates Büro lassen wollte, blieb ihr nichts anderes übrig, als ihren Besucher an den großen Esstisch zu bitten.

Im Alltag sah der Psychologe fast noch besser aus als am Vorabend bei der öffentlichen Veranstaltung. Die kalte Winterluft hatte seine leicht gebräunte Gesichtsfarbe durchblutet, sodass er eher wie ein Mann aussah, der sich überwiegend im Freien aufhielt, und nicht wie ein Psychologe, dessen natürlicher Lebensraum ein nüchternes Praxiszimmer war. Seine dunklen Haare waren etwas unordentlich, auch das verströmte einen gewissen Charme.

Christin bot ihm einen Kaffee an, den er dankbar annahm. Als sie sich dann geschäftig dem Küchenschrank zuwandte, um eine Tasse herauszunehmen, entschuldigte er sich sofort.

»Frau Pfarrerin«, er wollte ihr zur Seite springen, brach aber in der Bewegung ab. »Wie gedankenlos von mir! Sie brauchen sich wirklich keine Mühe zu machen!«

Christin lachte. »Also, zuerst einmal, ›Christin‹, bitte. Wenn Sie das Duzen nicht mögen, dann vergessen Sie einfach mein Angebot, und ich vergesse es dann auch. Und dann, bitte«, mit gespielter Verzweiflung sprach sie weiter. »Ich bin *nur* schwanger. Kaffeekochen bekomme ich gerade noch so hin. Mit meiner Lieblingssportart, Hürdenlauf, wird es aber ein bisschen schwieriger.«

»Hürdenlauf?«, erstaunt riss Manuel seine Augen auf und fügte noch ein leicht demonstratives »Du?« hinzu.

»Nein!« Christin schüttelte lachend den Kopf, und ihr Gast musste mitlachen. »Ich bin eher die Spaziergängerin, mit meinem Hund.«

Wie aufs Stichwort kam Laika in die Küche. Die prächtige Wolfsspitzhündin schaute von Christin zu Manuel Klein und ließ beim Anblick des Gastes plötzlich ein leises Knurren hören.

»Laika!«, rief ihr Frauchen erschreckt auf. »Aus! Los, geh ab auf deine Decke, du Miesepeter.«

Entschuldigend wandte sie sich an den Psychologen. »Das tut mir leid! Aber das kenne ich nicht von ihr.« Sofort verzog sie spöttisch das Gesicht. »Na, wahrscheinlich der am häufigsten gesagte Satz aller Hundebesitzer!«

Manuel Klein, der sich sichtlich erschreckt hatte, entspannte sich, als er sah, wie gut Laika hörte und die Küche verließ.

»Ich denke, es liegt an mir«, versuchte er, Christin entgegenzukommen. »Ich habe rein gar nichts mit Hunden zu tun. Noch nie gehabt. Eigentlich gehe ich ihnen, vor allen Dingen so großen, auch lieber aus dem Weg. Das wird sie gespürt haben«, sagte er und fügte noch mit einem leichten Lächeln hinzu: »Also, sagt man doch so!«

Am Küchentisch sitzend unterhielten sie sich in gelöster Stimmung weiter. Nach ein paar allgemeinen Sätzen über Manuels Arbeit als Psychologe lenkte Christin das Thema auf Miriam.

»Für Miriam ist es im Moment fast schon ein Klassentreffen!«, erzählte sie. »Erst Dietmar Ohler, der zurzeit wieder in Voerde lebt, und jetzt du.« Christin führte ihren Tee zum Mund und pustete in die Tasse.

Aber Manuel Klein guckte nur irritiert. »Dietmar … Ohler? Den kenne ich nicht!«

»Stimmt, natürlich, früher hieß er ja Schlegel. Dietmar Schlegel.« Tatsächlich musste Christin bei der Nennung dieses Nachnamens auch ein Grinsen unterdrücken.

»Nein!«, rief Manuel aus. »Dietmar! An den kann ich mich aber kaum erinnern, nur, dass er etwas … ruhig war. Was macht er denn jetzt?«

Christin erzählte ihm von der Vertretung. Das, was sie von Miriam gehört hatte und am Morgen über ihn erfahren hatte, verschwieg sie selbstverständlich.

»Und früher war er eher ruhig?«, bohrte die Pfarrerin leicht nach.

Manuel Klein nickte. »Ja, wie gesagt, ich habe nur wenig Erinnerungen an ihn.« Dann schaute er sich übertrieben geheimnistuerisch um, ob sie keiner belauschte. »Ehrlich gesagt, na ja, fand ich ihn immer ein bisschen … doof.«

Kurz guckten sich die beiden betroffen an, um dann wieder in Gelächter auszubrechen.

»›Doof‹«, wiederholte Christin kichernd, »da hätte ich von einem Akademiker aber eine geschliffenere Ausdrucksweise erwartet!«

»Und du«, wechselte Manuel das Thema, »hast ja wohl ein sehr aufregendes Jahr hinter dir!«

Etwas aus dem Konzept gebracht, umschloss sie mit beiden Händen ihre Tasse.

Manuel stellte in ganz unaufgeregter Art Fragen zu ihrer Gemeindearbeit, zu ihrem Familienleben und der emotionalen Belastung, die mit alldem einherging. Verwundert stellte die Pfarrerin fest, dass es ihr guttat, mit einem Außenstehenden über die letzten Monate zu sprechen. Nein, korrigierte sie sich, mit einem Psychologen.

»Wie ist das jetzt eigentlich, inwiefern betrifft der Mord an diesem jungen Mädchen eigentlich deinen Mann? Wahrscheinlich gar nicht, oder? Das hat doch die Kripo aus Wesel bestimmt übernommen? Oder aus Duisburg?«, wollte Manuel wissen.

Christin zögerte. »Nein, also ja«, antwortete sie, »das belastet uns schon sehr. Freddie ist bei den Ermittlungen dabei.«

»Und? Weiß man schon, welches Schw…«, der Psychologe konnte sich gerade noch beherrschen, »wer es war?«

Die Pfarrerin presste die Lippen aufeinander. »Das tut mir leid, aber …«

Peinlich berührt fiel Manuel ihr ins Wort. »Das hätte ich nicht fragen sollen, entschuldige, das war völlig daneben. Gerade ich hätte es besser wissen müssen.«

Fragend schaute Christin ihn an. »Warum?«

»Ich arbeite manchmal für das BKA als …«, er zögerte kurz, »Profiler.« Er lachte verunsichert auf. »Das hört sich immer so wichtig an, und man denkt sofort ans FBI, ist aber meistens nur staubtrockene Fallanalyse. Auf jeden Fall weiß ich eigentlich, dass Verschwiegenheit das absolut oberste Gebot ist.«

Dann kamen sie zu dem eigentlichen Grund, warum Manuel Klein die Pfarrerin aufgesucht hatte. Sie tauschten die Telefonnummern aus, und die Pfarrerin versprach ihrem Gast, noch diese Woche seine Mutter zu besuchen.

»Christin«, betonte er, als er ihr zum Abschied die Hand drückte, »das freut mich sehr, dass *du* sie besuchen gehst. Und nicht der do…«

»Nein!«, Christin fiel ihm wieder lachend ins Wort. »Sag es nicht!«

Nachdem sie ihren Besucher zur Haustür gebracht hatte, ging die Pfarrerin, beschwingt von dieser netten Unterhaltung, in ihr Arbeitszimmer zurück. Nur kurz wunderte sie sich darüber, was der Psychologe alles über sie gewusst hatte, zumal seine Mutter wohl schon an fortgeschrittener Demenz litt. Viel interessanter fand sie natürlich seine Kenntnisse als Profiler. Davon musste sie unbedingt Freddie erzählen. Und natürlich von Ohler.

Dann fiel ihr Blick auf Laika, die sie von ihrer Decke aus vorwurfsvoll anschaute, bevor sie sich gähnend abwendete.

* * *

Mit voller Wucht donnerte Ahmet das Blatt des Spatens in die harte Erde. Das satte, knirschend-metallische Geräusch, das dabei entstand, begleitete ihn schon seit einigen Jahren. Trotzdem es ihn auch immer an das Geräusch einer herabsausenden Guillotine erinnerte, mochte er es.

Das Loch, das er grub, war für einen Pfannkuchenapfelbaum gedacht. Noch vor ein paar Jahren hätte er sich an die Stirn getippt und nicht geglaubt, dass es diese Sorte wirklich gab. Aber mittlerweile, da er schon zwei Jahre seit seiner Ausbildung zum Gärtner als Angestellter eines Gartenlandschaftsbaubetriebs arbeitete, kannte er all jene alten Obstbaumsorten, die bei Bauherren der Oberschicht so beliebt waren. Und dazu gehörte auch der Pfannkuchenapfelbaum. Von sich selbst begeistert hatte ihr Auftraggeber davon erzählt, dass er extra nach Hamburg, ins Alte Land, gefahren sei, um diesen Baum zu erstehen. Naturnah und ökologisch korrekt sollte der Garten werden. Das war dann immer der Moment, in dem sich seine Kollegen grinsend wegdrehten und interessiert irgendetwas anderes beobachteten.

Auch dieses Mal.

»Soso«, begann Ahmet, wie erwartet, »naturnah und ökologisch korrekt.« Er konnte nicht anders.

»Ja«, nickte der zukünftige Gartenbesitzer eifrig.

»Sie wissen auch, wie man diesen Apfelbaum pflegt?«, hakte der junge Gärtnermeister nach.

»Ja, natürlich!«, nickte der gut zahlende Kunde selbstsicher. »Viel Wasser«, erläuterte dieser dann, »braucht einen feuchten Boden. Gut wässern.«

»Sie finden es also ökologisch korrekt und naturnah, eine nicht am Niederrhein heimische Apfelsorte setzen zu lassen, die kubikliterweise Wasser verschlingt? Wasser, das immer knapper wird?«, fragte Ahmet.

Nicht nur diese unerwartete Ansage eines Dienstleisters, den er bezahlte, überraschte den Gartenbesitzer, sondern auch der Umstand, dass diese Kritik ganz ruhig und sachlich von einem jungen Mann vorgebracht wurde, der ganz und gar nicht seiner Vorstellung eines kräftigen Gärtners entsprach, sondern eher der eines Dandys, der durch Barockgärten lustwandelt.

Ahmet konnte, wie bei allen anderen Auftraggebern auch, an seinem Gesicht ablesen, wie sich der Kunde um politisch korrekte Fassung gegenüber diesem türkischen Schönling bemühte. Es folgte nur noch verwirrtes Stottern, die Freude an diesem prachtvollen Apfelbäumchen war dahin.

Ahmets trübe Stimmung besserte sich nicht, als es wieder anfing zu regnen. Seine feinen, pechschwarzen Haare band er während der Arbeit immer zu einem Zopf zusammen, jetzt lief ihm der Regen in den Nacken. Trotz seiner eher zart anmutenden Erscheinung war er sehr robust. Er war weder kälte- noch hitzeempfindlich, aber Regen mochte er nicht. Das ganze Jahr war viel zu trocken gewesen, und jetzt im Dezember regnete es endlich, aber ihm wäre es lieber gewesen, wenn der Regen nur nachts herunterkam.

Noch ein kräftiger Hieb mit dem Spaten in die Erde. Wieder dieses vertraute Geräusch, diesmal mit etwas mehr Klirren, weil er wahrscheinlich auf Steine gestoßen war.

Der Regen, der ihm über das Gesicht lief, vermischte sich mit den Tränen, die nun hemmungslos flossen.

Im Frühjahr wäre er endlich weg. In Berlin, wo er sein Biologiestudium beginnen würde. Wo ihn keiner kannte. Wo er sein konnte, was er wollte.

Aber erst einmal musste er aus dieser Sache mit Lena herauskommen.

* * *

Skalecki und Freddie schauten sich an.

Schlüter stand auf. »Ist er ganz sicher nicht in seiner Wohnung?«, fragte er.

Leo schüttelte den Kopf. »Nein, seine Mutter hat einen Zweitschlüssel, sie war da drin.«

»Wir dürfen jetzt nicht in Hektik verfallen«, übertönte Skalecki das allgemeine Stimmengewirr, »aber ich würde schon sagen, wir sollten uns als Erstes auf die Suche nach Gerald machen. Schlüter, koordinierst du das bitte?« Dann wandte sie sich an Polizeioberkommissar Leo Rademacher. »Du und Laura, ihr ladet bitte Anna Tigler vor. Holt sie ab. Jetzt sofort, hierher, in die Wache.« Dann überlegte sie. »Katja und Elli, ihr werdet jetzt sofort den Therapeuten aufsuchen, bei dem Lena war. Wenn er nicht in seiner Praxis ist, fragt die Nachbarn. Lasst euch nicht abwimmeln, unter Umständen ist Gefahr in Verzug. Befragt ihn nach traumatischen Erlebnissen und nach sexuellem Missbrauch. Wir müssen noch mehr über Lena herausfinden.«

»Und was ist mit Ohler?«, fragte Freddie. In seiner Stimme schwang Ärger mit.

Skalecki überlegte. »Was sollte Ohler jetzt mit dem Verschwinden von diesem Gerald zu tun haben? Hat der nicht Zeit?«

Freddie war mit der Antwort seiner alten Mentorin nicht zufrieden. »Sorry, aber du kannst mir doch nicht erzählen, dass du bisher irgendein Muster oder eine Logik erkennst!« Er wurde lauter, schrie fast. »Wir wissen rein gar nichts! *Ich* weiß aber, dass dieser Pfarrer nicht ganz astrein ist. Er hat meine Schwester gestalkt, ist ihr an die Wäsche! Und er lebt unter einem Dach mit meiner Familie!«

Freddie und Skalecki standen sich gegenüber und starrten sich an. Zwischen ihren Augen schossen die Blitze hin und her. Aus dem gerade noch geschäftigen Aufbruch ihrer Kolleginnen und Kollegen wurde gespanntes Beobachten.

Dann nickte Skalecki. »Okay, du hast recht. Wir dürfen nichts vernachlässigen. Nach der Befragung von Anna Tigler werden wir Ohler einen Besuch abstatten.« Wieder ein kurzes Innehalten, den nächsten Schritt überlegen, auch wenn sie gerade das Gefühl hatte, dass eher ein Galopp angebracht sei. »Komm, Freddie, wir fahren jetzt erst einmal in Geralds Wohnung. Dann widmen wir uns dem Fräulein Tigler.«

Verhaltenes, erleichtertes Ausatmen von allen.

13. Kapitel

Montag, 10. Dezember 2018

Schlüter war ratlos.

Nachdem er sich eine Übersicht verschafft hatte, wie viele Kolleginnen und Kollegen ihm noch zur Verfügung standen, war er erleichtert darüber, dass er schon am Vortag zusätzliche Hilfe aus Wesel, der übergeordneten Polizeidienststelle, angefordert hatte. Aber jetzt stellte sich ihm die Frage, was er zuerst tun sollte. Polizeihauptkommissar Michael Schlüter war im Gegensatz zu seiner Duisburger Kollegin Skalecki und seinem Freund Freddie eher der ruhige, analytische Polizeibeamte. Bevor er loslegte, überlegte er genau, was zu tun war. Er hasste Überraschungen. Deswegen betrachtete er erst einmal alle Vermerke, die er auf dem Flipchart gemacht hatte, um sich ein Bild von Gerald von der Mühlen zu machen.

Als er seine Gedanken sortiert hatte, blickte er in die Runde der verbleibenden Kolleginnen und Kollegen.

»Ihr beide«, er wandte sich an die aus Dinslaken angefahrenen Kollegen, von denen er wusste, dass sie sehr oft zusammenarbeiteten, »besucht als Erstes Geralds Eltern. Leider müsst ihr schon damit herausrücken, dass das Verschwinden ihres Sohnes eventuell mit Lenas Tod zusammenhängt. Also, Druck machen und alles über Gerald in Erfahrung bringen. Vorlieben, auch sexuelle, Marotten, Krankheiten, Freunde, einfach alles!«

Schlüter musterte wieder die Tafel, dann sprach er weiter. »Ihr haltet mich ständig auf dem Laufenden. Von hier aus koordiniere ich dann die weiteren Schritte. Geißler«, der angesprochene Polizist richtete sich auf. »Du kümmerst dich um sein Handy. Ich denke mal, der wird ja wohl eins haben.«

Dann griff Schlüter zum Telefonhörer.

* * *

Polizeioberkommissarin Katja Weber und Polizeikommissarin Elif Çelik fuhren mit dem Dienstwagen nach Dinslaken. Dort hatte der Psychotherapeut, den Lena besucht hatte, seine Praxis.

Beide Polizistinnen schwiegen.

»Also, ich möchte mich jetzt erst einmal für meinen dummen Spruch entschuldigen …«, begann Katja, der das Schweigen unangenehm war.

Gleichzeitig fing Elif an zu reden. »Sorry, ich kann manchmal etwas zickig …«

So wie sie gleichzeitig zu reden angefangen hatten, so mussten sie jetzt zusammen lachen. Dabei bemerkte Katja, dass Elli ein tiefes Lachen hatte, etwas rau, aber genau passend zu ihrem lebhaften Temperament. Elif fuhr den Wagen, so konnte Katja sie verstohlen mustern. Ihre grandiosen Wimpern schienen echt zu sein.

Elli warf Katja einen kurzen Blick zu. »Vergessen wir es einfach«, sagte sie noch grinsend.

Katja fühlte sich ertappt und wurde leicht rot. »Sorry, dass ich dich so angestarrt habe, aber ich finde deine Wimpern so toll! Äh, sind die echt?«

Nun lachte Elif aus vollem Hals heraus. »Ja, klar! Willst du mal dran zupfen?«, fragte sie fast schon neckisch.

Katja ging in die Offensive. »Ich weiß echt nicht, wie ich so etwas Blödes fragen konnte! Entschuldige bitte! Aber, wie du mir sicher ansiehst, kenne ich mich da nicht so aus!«

»Worin genau kennst du dich nicht aus?« Wieder dieses verschmitzte Lachen von Elif. Dabei winkte sie schon ab.

Als Elif das Auto durch die Kurvenstrecke der Frankfurter Straße auf das stillgelegte Kraftwerk zusteuerte, fuhr sie etwas langsamer.

»Guck mal«, sie deutete nach rechts, »da muss dieses Haus Ahr gestanden haben.«

»Ja, wo diese Tenderings gelebt haben«, ergänzte Katja. »Da steht jetzt nur noch ein Gebäude, und das sieht ziemlich heruntergekommen aus.«

Schon waren sie daran vorbei und passierten das riesige Gelände des Steinkohlekraftwerks, das sich links und rechts der Landesstraße erstreckte. Während Elif sie in ein Gespräch über ihre gemeinsame Vorgehensweise bei der Befragung des Psychotherapeuten verwickelte, konnte Katja als Beifahrerin entspannt aus dem Fenster schauen. Sie registrierte den hohen Zaun, der Unbefugte am Betreten der Anlage hindern sollte, und die Überwachungskameras, die an den Zaunpfählen angebracht waren.

* * *

»Hallo Udo! Na, wie geht es dir auf deine letzten Tage?«, begrüßte Michael Schlüter den altgedienten Hausmeister des Gymnasiums Voerde, der im kommenden Frühjahr, nach drei Jahrzehnten, in Pension gehen würde.

Sie kannten sich schon sehr lange. Es kam immer mal wieder vor, dass das Gymnasium, das in diesem Jahr seinen fünfzigsten Geburtstag gefeiert hatte, Ziel diverser Straftaten wurde. Sei es, dass dort eingebrochen wurde, oder sei es, dass am Wochenende Randalierer Hausfriedensbruch begingen. So gehörten ein Anruf von Udo Tiefenburg, eine gemeinsame Bestandsaufnahme des Schadens und eine anschließende Tasse Kaffee in der Hausmeisterwohnung fast schon zu einer lieb gewonnenen Routine.

»Na, geht so«, antwortete der Hausmeister, der dann sofort zur Sache kam, »du rufst bestimmt wegen diesem armen Mädchen an.«

»Ja«, antwortete der Polizist. »Und es wird vielleicht noch schlimmer. Ich würde gerne persönlich mit dir reden, aber im Moment arbeite ich unter ziemlichem Zeitdruck.«

»Schieß los«, forderte Tiefenburg ihn auf.

»Hast du gestern Abend nach diesem Theaterstück alles abgeschlossen?«, fragte Schlüter als Erstes.

»Ja«, kam die knappe Antwort.

Schlüter überlegte, wie er die nächste Frage formulieren sollte. »Wen hast du *nach* dem Publikum die Aula verlassen sehen?«

»Boah. Jetzt muss ich mal überlegen«, murmelte Tiefenburg.

»Lass dir Zeit«, sagte Schlüter, obwohl ihm dies schwerfiel, »lieber eine richtige Antwort als irgendeine unbedachte Aussage.«

»Also, ich war in der Mensa. Die Stehtische und die Bar waren schon weggeräumt. Da hatte ich nix mehr zu tun.« Tiefenburg rekapitulierte den vergangenen Abend. »Dann das Übliche. Das Publikum verließ schwatzend die Aula. Ein paar blieben noch im Vorraum stehen, draußen war das ja echt kalt!« Er überlegte weiter laut. »Dann kamen aus den Musikräumen die Schauspieler. Ich habe mich erst gewundert, am Samstagabend haben die noch ziemlich lange gefeiert, aber dann fiel mir das mit der jungen Frau ein, die wohl eigentlich die Hauptrolle spielen sollte. Die war hier auf der Schule gewesen. Ihr Bruder macht hier jetzt sein Abi.« Schlüter hörte aus Tiefenburgs Stimme, wie sehr ihm der Tod einer ›seiner‹ ehemaligen Schülerinnen an die Nieren ging. »Also deswegen war denen wahrscheinlich gestern Abend nicht zum Feiern zumute. Dann holte mich Ingrid, um mit mir den letzten Check des Musikraums zu machen, in dem sie sich umgezogen und geschminkt hatten. Da war dann nur noch ein Pärchen da.«

»Ein Pärchen?«

»Ja, ein Junge und ein Mädchen. Die standen noch im Vorraum rum, als ich mit Ingrid zurückkam«, antwortete der Hausmeister.

»Und in der Garderobe, also in diesem Musikraum? War da noch jemand?«

»Nein«, sagte Tiefenburg energisch, »da war natürlich keiner mehr. Sonst hätte ich nicht abschließen können.«

»Was passierte dann?«, wollte der Polizeihauptkommissar wissen.

»Na, Ingrid ging strammen Schrittes raus, ich denke, zu ihrem Auto, und das Pärchen ging dann auch langsam nach draußen«, berichtete Tiefenburg.

»Kanntest du die beiden?«

Der Hausmeister schüttelte den Kopf, dann fiel ihm ein, dass Schlüter das nicht sehen konnte. »Nein. Also, den jungen Mann kannte ich auf keinen Fall. Das Mädchen ist bei uns auf der Schule gewesen. Hat öfter mal Theater mit der gegeben. Also Ärger. Weiß jetzt aber nicht mehr, wie die heißt.«

»Wie sah sie denn aus?«, fragte der Polizist aufgeregt.

»Hm«, überlegte Tiefenburg, »dunkle Haare, so hochgesteckt, wie so 'ne Oma. Und stark geschminkt war sie.«

Das hörte sich nach Anna an, registrierte Schlüter. »Und der junge Mann? Wie sah der aus?«, fragte er den Hausmeister.

»Auch dunkle Haare. Eher klein und schmächtig. Und 'ne Brille trug er«, erinnerte sich Tiefenburg.

»Und die beiden sind dann auch raus«, nahm Schlüter den Faden wieder auf. »Arm in Arm? Also wie ein Liebespaar?«

»Nein, ganz und gar nicht wie ein Pärchen«, der Hausmeister zögerte keine Sekunde mit der Antwort. »Beide wirkten eigentlich ziemlich traurig. Aber ist ja klar, warum.«

»Und draußen? Vor der Tür?«, wollte der Polizist wissen.

»Da stieg das Mädchen in so einen neumodischen Käfer von VW und der Junge auf ein Fahrrad. Der machte noch sein Fahrradschloss auf, ich bin dann an dem vorbei durch den Haupteingang nach Hause«, beendete der baldige Rentner seinen Bericht.

Einen Moment sagte keiner mehr etwas.

Schlüter brach das Schweigen. »Udo, du hast doch dreißig Jahre Teenager auf dem Buckel. Du hast so viel gesehen, gehört und mitbekommen. Lena ist auch nicht die erste Schülerin, die in deiner Zeit gestorben ist. Bitte denk noch einmal über gestern Abend nach. Ganz in Ruhe. Und wenn dir noch irgendetwas einfällt – wirklich egal was! –, dann melde dich bitte. Hast du noch meine Handynummer?«

»Mache ich, Michael«, erwiderte Tiefenburg, »und klar habe ich noch deine Handynummer! Gute Kontakte sind doch alles, auch im Ruhestand!«

Zufrieden legte Michael Schlüter auf. Dann wählte er schon die nächste Nummer.

* * *

Polizeioberkommissar Leonard Rademacher, von allen nur Leo genannt, fuhr den Dienstwagen, in dem sie Anna Tigler zum Verhör abholen sollten. Laura saß neben ihm. Es fiel ihr schwer, trotz der tragischen Umstände ein Dauergrinsen zu unterdrücken. In ihrer Jugend hatte sie öfter Schwierigkeiten mit der Polizei gehabt. Viel prägender für sie war aber die Tatsache, dass ihre Mutter, die Polizistin war, in einer Nachtschicht ums Leben gekommen war. Es hatte sie überrascht, wie sich der Gedanke, selbst Polizistin zu werden, damals immer mehr in ihr festgesetzt hatte. Nur, um sich selbst zu testen, hatte sie auf Anraten von Michael Schlüter die Bewerbung abgegeben.

Und wurde angenommen.

Sie machte sich keine Illusionen — sie war bestimmt nicht die Beste im Auswahlverfahren gewesen. Sie ahnte, dass Schlüter und Skalecki sich um eine Wiedergutmachung für die nicht sehr gründlichen Ermittlungen vor über zwanzig Jahren bei der Aufklärung des Todes ihrer Mutter eingesetzt hatten. Aber als der Brief mit der Zusage kam, strich sie tatsächlich ehrfürchtig mit dem Daumen über das nordrhein-westfälische Landeswappen und fing an zu heulen. Abends stieß die ganze Familie Bauer mit Sekt an, und wieder musste Laura weinen, diesmal im Chor mit ihrer Stiefmutter Claudia. Und jetzt saß sie bei einer richtigen Mordermittlung in der ersten Reihe. Die Spannung und Konzentration bei der Arbeit ließen sie sich lebendiger fühlen als sonst in ihrem Leben.

Genau wie ihre beiden Kolleginnen Katja und Elif fuhren sie über die Frankfurter Straße nach Möllen. Tatsächlich fuhr das Polizistinnengespann vor ihnen her.

Laura konnte trotz des grauen Dezembertages den Kontrast zwischen den beiden Polizistinnen gut erkennen. Um die Kopfstütze der Fahrerin bauschten sich Elifs lange, schwarze Haare, über dem Beifahrersitz konnte man die Spitzen von Katjas praktischem Kurzhaarschnitt sehen.

»Was meinst du«, wandte sich Laura an ihren Kollegen, »wird Anna einfach so bei uns einsteigen? Also, ich meine, was machen wir, wenn sie sich wehrt?«

Leo schnaubte kurz durch die Nase aus. »Dann wirst du sie überwältigen und in unseren Wagen zerren müssen. Ich als Mann darf sie natürlich nicht anfassen.«

Laura schluckte.

»Also, ich glaube nicht«, antwortete sie nach einer kurzen Weile, »dass ich das kann! Da hättest du Katja oder Elli mitnehmen müssen!«

Dann bemerkte die Polizeianwärterin das Lachen unter dem dichten Bart ihres Kollegen.

»Nein, keine Sorge, du Greenhorn«, Leo wurde wieder ernst. »Wenn sie sich weigert mitzukommen, werden wir vor Ort warten und erst einmal Skalecki und ihren Anwalt verhandeln lassen. Aber wenn es hart auf hart kommt, werden wir sie tatsächlich mit Gewalt«, dabei machte er mit zwei Fingern beider Hände Gänsefüßchen in die Luft, bevor er sie wieder schnell um das Lenkrad schloss, »mitnehmen müssen.«

Laura nickte verstehend.

Als sie links in die Rahmstraße abbogen und durch Möllen fuhren, wurde der jungen Frau bewusst, dass auch dieser Ortsteil Voerdes ein Mikrokosmos für sich war. Seit dem Frühjahr war Lauras Interesse an Heimatgeschichte geweckt worden, und sie sah die Stadt, in der sie aufgewachsen war, immer wieder mit anderen Augen.

Die Stadt Voerde war aus elf Gemeinden zusammengewürfelt. Und jede Gemeinde hatte ihren eigenen Charakter. Während die Dörfer entlang des Rheins sehr ländlich geprägt waren und noch immer so aussahen wie vor hundert Jahren, gab es auch Stadtteile, wie zum Beispiel Friedrichsfeld oder eben Möllen, die sich in ihrer jüngeren Entwicklung komplett verändert haben. In dem ursprünglich ländlichen Möllen entstand Mitte des 20. Jahrhunderts innerhalb von sechs Jahren eine Siedlung, die fünftausend Zugezogenen, die fast alle auf dem Schacht Walsum oder der Thyssenhütte in Hamborn arbeiteten, eine Heimat bot.

Laura überlegte noch, ihren Kollegen Leo an ihrem Wissen teilhaben zu lassen, aber da hielt er schon vor dem Haus der Tiglers, das im noch ursprünglich ländlichen Randgebiet lag und nichts mit der Bebauung im Ortskern von Möllen gemeinsam hatte.

* * *

Mit gemischten Gefühlen schlenderten Freddie und Skalecki durch das kleine Appartement von Gerald von der Mühlen. Sie hatten den Schlüssel zu der Wohnung bei Geralds Eltern abgeholt, die ihnen beteuerten, so ein Verhalten von ihrem Sohn nicht zu kennen.

Ohne es abzusprechen, hatten sich beide vor dem Betreten der Wohnung Einweghandschuhe übergestreift. Auf dem Weg dorthin hatte Skalecki schon mit der zuständigen Staatsanwältin gesprochen, und beide verständigten sich unter den gegebenen Umständen darauf, dass, sollte der Student nicht bis zum nächsten Morgen aufgetaucht sein, die Wohnung als eventueller Ereignisort einzustufen sei.

Die Wohnung an der belebten Voerder Straße war in einem Sechsfamilienhaus. Sie lag direkt unter dem Dach und wurde von beiden Seiten durch Schrägen begrenzt. Auffallend war die Ordnung. Nichts lag herum, das

Bett war gemacht. In dem größten Raum, der gleichzeitig Wohn- und Arbeitszimmer war, stand unter einem Dachfenster ein Schreibtisch. Auch dort herrschte Ordnung. Die Fachbücher, die ein Maschinenbaustudent brauchte, standen in Reih und Glied vor der Wand, das Laptop war zugeklappt, links davon ein Collegeblock, rechts davon eine Tasse mit Stiften, dahinter, in einem Holzständer, ein auffallend eleganter Füller der Marke Montblanc.

»Hier liegt kein Abschiedsbrief«, bemerkte Freddie.

Skalecki sagte nichts dazu. Sie klappte den Rechner auf. Sofort konnte man ein leises Rauschen hören, und die Leiste für die Passworteingabe erschien mit dem typischen Erkennungssignal. Behutsam drückte sie den Bildschirm wieder herunter.

Den Kühlschrank fand Freddie recht gut gefüllt. Ordentlich voneinander getrennt lagerte dort Obst und Gemüse. Ein angeschnittener Weichkäse müffelte aromatisch vor sich hin.

Skalecki wies Freddie stumm auf eine Reisetasche hin, die auf dem Boden des Kleiderschranks stand. Im Badezimmer standen zwei Zahnbürsten im Becher.

»Also hier ist keiner überstürzt abgehauen«, dachte Skalecki laut.

»Und dem gut gefüllten Kühlschrank nach zu urteilen, war auch keine Reise geplant«, ergänzte ihr Voerder Kollege. »Die Lebensmittel sind spätestens Samstag gekauft worden, als Lena noch lebte.«

»Mir machte dieser Gerald gestern, als ich mit Katja hier war, nicht den Eindruck, als ob er Lena umgebracht hätte. Er schien ehrlich überrascht«, sagte Skalecki.

Freddie lachte leise auf. »Schon vergessen? Er ist Hobbyschauspieler! War gestern vor zwei Polizistinnen vielleicht die Rolle seines Lebens?«

»Und dann, im Laufe des Tages, wurde ihm bewusst, was er getan hat? Und seine Angebetete Anna war vielleicht nicht so dankbar, wie er es sich erhofft hatte?«, spann Skalecki den Faden weiter.

»Vielleicht doch Selbstmord?«, fragte er.

»Hm. Ganz schön viele Vielleichts.« Skalecki wiegte den Kopf hin und her, die weizenblonden, kurzen Haarsträhnen fielen ihr ins Gesicht.

»Er ist wahnsinnig in Anna verliebt. Er tötet Lena, um seiner Geliebten diese Hauptrolle zu beschaffen. Dann bereut er seine Tat und bringt sich nach der zweiten und erst einmal letzten Aufführung um«, konstruierte Freddie einen möglichen Ablauf.

Skalecki dachte über diesen Vorschlag nach. »Kann sein«, gab sie zu. »Und diese Rose? Dann lauerte er Lena um circa achtzehn Uhr auf, erschlug sie mit einem Stein. Okay. Er sah das zufällig am Ufer liegende Boot, legte sie dort hinein, drapierte die Rose und radelte dann wie bekloppt zur Aula?«

Jetzt wiegte Freddie seinen Kopf hin und her. »Das müssen wir nachstellen«, schlug er vor. »Wir müssen die Handydaten von Lena und Gerald überprüfen, ob es da einen Kontakt gab. Aber ich finde es auch nicht sehr wahrscheinlich.«

»Komm«, mit einem Blick auf ihr Smartphone wandte sich Skalecki zur Tür. »Schlüter hat geschrieben, dass Leo und Laura Anna Tigler abgeliefert haben.«

14. Kapitel

Montag, 10. Dezember 2018

Die Praxis des Psychotherapeuten, der Lena behandelt hatte, lag mitten in einem Wohngebiet, das überwiegend aus Einfamilienhäusern bestand. Problemlos fanden sie um diese Zeit einen Parkplatz, nur wenige Schritte entfernt.

»Ist schon komisch«, sagte Elif mit gedämpfter Stimme zu ihrer Kollegin. »Mitten in so einem Wohngebiet. Da kann doch die frustrierte Mutti gegenüber, die nix anderes zu tun hat, den ganzen Tag gaffen, wer hier ein und aus geht.«

Unauffällig schaute Katja sich um. »Hm«, bestätigte sie nickend, »da hast du irgendwie recht. Aber ich denke, wenn man diese Art von Behandlung macht, sucht man sich doch eher jemanden aus, der etwas weiter weg von einem ist, oder?«

Elli zuckte mit den Schultern.

Als sie versucht hatten, Wolfgang Lipper, den Therapeuten, telefonisch zu erreichen, sprang immer noch nur der Anrufbeantworter an, aber da die Ansage keinen Urlaub bekannt gab, hofften sie, ihn jetzt in der Praxis zu erwischen. Wahrscheinlich würden sie mitten in eine Sprechstunde platzen.

Tatsächlich machte ihnen ein verärgert aussehender Mann die Tür auf, nachdem sie fast schon Sturm geklingelt hatten. Ohne auf seine Vorwürfe einzugehen, erklärten sie ihm, warum sie ihn sofort sprechen mussten. Der erschütterte Psychotherapeut bat noch darum, den momentanen Patienten in Ruhe entlassen zu können, bevor er mit den beiden sprechen würde.

Die beiden Polizistinnen warteten in einem sparsam, aber gemütlich eingerichteten Zimmer. In tiefe Sessel versunken guckten sie sich beide neugierig um und erschraken kurz, als Lipper in den Raum stürmte.

»Sie haben schon mal etwas von ärztlicher Schweigepflicht gehört?« Die kurze Zeit vom Öffnen der Haustür bis jetzt hatte er wohl genutzt, um seine Erschütterung beiseitezuschieben.

Polizeioberkommissarin Katja Weber räusperte sich, bevor sie antwortete. Bei einem kurzen Seitenblick auf ihre Kollegin hatte sie sehen können, wie Elli eine leichte Zornesröte vom steifen Kragen ihres Diensthemdes aus den Hals hochzog.

»Ja, selbstverständlich«, antwortete Katja ruhig. »Wir können hier auch nur auf Ihre Kooperation hoffen. Wenn Sie darauf bestehen, werden wir von der leitenden Staatsanwältin natürlich erst die entsprechende Befreiung von der Schweigepflicht mitbringen.«

Der Therapeut nickte zufrieden, aber bevor er etwas entgegnen konnte, fuhr Katja fort: »Das würde aber ein paar Stunden dauern. Wertvolle Zeit, die uns bei der Suche eines vermissten Mannes aus Lenas Umfeld verloren geht. Wir ermitteln, wie man so schön sagt, wenn man noch keine wirkliche Spur hat, in alle Richtungen. Aber wir sind alle sehr nervös. Schließlich wurde Gerald von der Mühlens Bühnenpartnerin brutal ermordet.«

»Ja«, der Psychotherapeut hob ergeben beide Hände, »Sie haben recht, Entschuldigung. Bitte, was wollen Sie wissen?«

Polizeikommissarin Elif Çelik stand auf und stellte sich mit dem Rücken ans Fenster. »Herr Lipper«, begann sie die Befragung, »um direkt mit der Tür ins Haus zu fallen, gibt es einen Menschen, der Grund hatte, Lena zu töten?«

Der Therapeut zuckte bei dieser Frage kurz zusammen, dann überlegte er laut. »Nun, ich bin kein Spezialist für einen so komplexen Sachverhalt wie eine Tötung. Aber«, er spitzte die Lippen, »Lena hat mir kein dunkles Geheimnis anvertraut. Nein, ich denke nicht.«

»Meinen Sie, dass es ein ›dunkles Geheimnis‹ gibt?«, fragte Katja gespannt. »Lenas extreme Schüchternheit muss doch einen Grund gehabt haben. Konkret, könnte Lena ein Missbrauchsopfer sein?«

»Wir reden hier von einer sozialen Phobie. Und nein, das glaube ich nicht.« Er schüttelte energisch den Kopf. »Vor drei Jahren fingen Lena und ich gemeinsam zu arbeiten an«, erklärte Lipper. »Eigentlich hätte sie schon viel eher zu mir kommen müssen. Aber …«, er presste kurz seine rechte Faust gegen seinen Mund, »mein Gott, ich will in so einer Situation nicht die Eltern beschuldigen, aber die Pachels haben ihre Phobie zu lange nicht gesehen. Wollten sie nicht sehen. Lena war ein absolutes Wunschkind. Sie ist … war sehr begabt. Sprachlich, künstlerisch. Sogar mathematisch! Ich bin zu dem Schluss gekommen, dass ihr Vater sie von Kind an zu sehr unter Druck gesetzt hat. Eine zu hohe Erwartungshaltung. Wenn Lena über ihren Vater sprach, dann immer als einen lauten, energischen Mann. Manche Menschen ziehen sich dann lieber zurück, aus Angst vor dem Versagen.«

»Ist dann«, Elif hielt kurz inne, »war dann Lenas Fixierung auf die Vergangenheit auch ein Rückzug von der«, jetzt machte sie mit jeweils zwei Fingern Gänsefüßchen in die Luft, »harten Realität?«

»Ja, absolut«, bestätigte der Therapeut. »Dem Frauenbild, das Lena so verehrte, liegt ja die passive Rolle der Frau zugrunde. Eine Frau wurde früher anerkannt oder sogar verehrt, wenn sie angepasst und ohne offensichtliche eigene Meinung *hinter* ihrem Mann stand. Wenn sie ihre eigene Bildung und Intelligenz zurückstellte und nur etwas äußerte, wenn sie gefragt wurde.«

»Aber das, was ich mittlerweile über diese Betty Tendering, die Lena so verehrte, herausgefunden habe, deckt sich nicht mit diesem Bild«, zweifelte Katja Lippers Erläuterung an.

»Nein?« Lipper lächelte. »Kannten Sie Betty Tendering schon vor ein paar Tagen?«

»Äh, nein!« Katja Weber schüttelte verwirrt den Kopf.

»Sehen Sie!« Der Psychotherapeut schien sich über die Schlüssigkeit seiner Beweisführung zu freuen. »Da verkehrt eine Frau aus der niederrheinischen Provinz mit allem, was im damaligen Berlin Rang und Namen hatte, und ein hoch anerkannter Dichter schafft ihr ein Denkmal in einem der bedeutendsten Romane der Weltliteratur, und Sie behaupten, Betty Tendering würde nicht dem Ideal der zurückhaltenden Frau entsprechen?«

Lipper hatte sich etwas in Rage geredet. Die Polizistinnen waren beeindruckt von der Vehemenz, mit der der Therapeut seine Erläuterungen vorbrachte, und mussten sie erst einmal verdauen.

»Okay«, nickte Katja Weber dann verstehend. »Mir ist noch ein anderer Punkt aufgefallen, den Sie ansprachen. Sie sagten, Lena sei ein absolutes Wunschkind gewesen. Was ist mit ihrem Bruder Mick? War er auch ein absolutes Wunschkind?«

Lipper ließ sich mit der Antwort Zeit. »Nein«, sagte er schließlich, »Mick Pachel war … nicht mehr geplant gewesen.«

15. Kapitel

1978

Musst du unbedingt rauchen?«

Margarete verdrehte genervt die Augen. Konnte ihre Mutter sie immer nur gängeln? Nicht nur, dass sie wieder in dem schäbigen, alten Haus gelandet war, nein, ihre Mutter meinte nun auch, ihr ständig zeigen zu müssen, wer in dieser verhassten Hütte das Sagen hatte. Ungeduldig nahm Margarete einen weiteren, tiefen Zug von der Zigarette.

»Ich habe gelesen, dass Rauchen dem ungeborenen Kind schaden soll.«

Noch so ein Satz, den sie sich mindestens dreimal täglich anhören musste. Sie war so froh, wenn *er* sie bald holen kam. So, wie er es versprochen hatte.

Leider war es wirklich wahnsinnig schwierig, in Köln eine Wohnung zu finden. Er wollte ja auch eine elegante Wohnung, in einer repräsentativen Gegend, für ihre gemeinsame Zukunft. Damit sie nicht schon bald wieder umziehen mussten. Und das dauerte eben. Auch die

Scheidung von seiner Frau zog sich noch hin. Er wollte vollkommen frei sein, bevor er sie und das Baby nach Köln holte. Was sie ihrer Mutter, die auch mindestens dreimal am Tag nach ihm fragte, immer wieder erklärte.

Margarete konnte sich noch genau an den Umzug in dieses Haus erinnern. Ihre Eltern hatten versucht, ihr den Auszug aus Haus Ahr, also eigentlich aus dem Pächterhaus, den sie nur als Rausschmiss empfand, schmackhaft zu machen. Sie würde ja jetzt näher bei ihren Freundinnen wohnen. Möllen sei sehr stark gewachsen, und in die neuen Häuser seien viele nette Familien gezogen, man würde jetzt ja schließlich nicht mehr so einsam wohnen.

Das alles hatte Margarete nicht interessiert. Und sie wusste, dass auch ihre Mutter den Umzug im Grunde als sozialen Abstieg empfand.

Hatte man vorher nur mit den wohlhabenden Leuten aus dieser Gegend verkehrt oder zumindest neben ihnen gelebt, lief man jetzt ständig den Arbeitern des Schachts Walsum und ihren schlecht gekleideten Frauen über den Weg. Die stolz darauf waren, eine achtzig Quadratmeter große Wohnung für sich und ihre drei Kinder zu haben und einen Gartenanteil, auf dem sie Kaninchen hielten.

Ihr Vater hatte eine Arbeit als Handlanger in einer benachbarten Schreinerei gefunden, ihre Mutter half in dem kleinen Lebensmittelmarkt im Ort aus. Ihre Freundinnen hatten sie nur einmal besucht. Dann nicht mehr. Es machte ihnen keinen Spaß, in Margaretes beengtem Zimmer zu hocken, statt wie früher durch ein Herrenhaus zu toben.

Mit siebzehn hatte Margarete endgültig die Nase voll von ihrem Elternhaus und von Möllen. Von ihrem Vater, der verbittert ihr und ihrer Mutter nur noch das Leben schwermachte. Und von ihrer Mutter, die angestrengt versuchte, so etwas wie ein besseres Leben hinzubekommen.

Margarete hatte sich heimlich in verschiedenen Hotels in Köln beworben und war überglücklich, dass sie im Excelsior Hotel Ernst eine Ausbildung zur Hotelfachfrau anfangen durfte. Dafür verließ sie kurz vor dem Abitur das Theodor-Heuss-Gymnasium in Dinslaken. Dies war der Beginn eines neuen Lebens für sie. Sie musste sich zwar ein Zimmer, eher eine Abstellkammer, mit drei weiteren Lehrmädchen teilen, aber das machte ihr nichts aus. Durch die wechselnden Schichten hatte sie genug Freiraum. Die Arbeit machte ihr Spaß, und schon bald stellte sie fest, wie man sich ein gutes Trinkgeld verdienen konnte. Man musste einfach nur lächeln und … gefällig sein. Sich nicht zieren. Da sie keine feste Bindung einging, also nicht heiratete, stieg sie auch langsam in der Hierarchie des Personals auf. In der Stadt konnte sie sich dann auch endlich eine eigene, kleine Wohnung nehmen und an dem regen Kölner Nachtleben teilnehmen. Manchmal traf sie auch Hotelgäste außerhalb der Arbeit. Dabei achtete sie darauf, nur mit den wirklich gut betuchten Männern auszugehen, die ihr wertvolle Geschenke machten oder sich sonst erkenntlich zeigten.

Aber in *ihn* hatte sie sich ernsthaft verliebt.

Und er sich in sie.

Für sie wollte er sich von seiner Frau trennen. Dass Margarete vorher schwanger wurde, war natürlich nicht geplant gewesen. Zumindest nicht von ihm. Der Hotelmanager hatte sie, als er von ihrer Schwangerschaft erfuhr, sofort »freigestellt«. Sie solle erst einmal in Ruhe das Kind bekommen, dann würde man weitersehen. Das Geld reichte nicht lange für die Miete, und so beschlossen sie und der Vater des Kindes, dass sie bis zur Geburt des Babys wieder zu ihren Eltern zog. Und jetzt hockte sie wieder hier, in Möllen. Und musste ihren ständig hustenden und schimpfenden Vater und ihre immer nörgelnde Mutter ertragen.

Aber bald würde er kommen und sie abholen.

16. Kapitel

Montag, 10. Dezember 2018

Es war für Pfarrerin Christin Erlenbeck immer noch etwas Besonderes, die Adventszeit als nicht berufstätige Frau zu erleben. Normalerweise wäre diese Zeit sehr ausgefüllt gewesen. Zu den üblichen kirchlichen Arbeiten waren noch die vorweihnachtlichen Veranstaltungen gekommen, dazu noch die vielen Weihnachtsfeiern verschiedener Gruppen, die sie gerne besucht hatte. Früher war sie auch noch mitgegangen zu den Feiern in den Vereinen, in denen ihre Kinder waren, aber die besuchten Mathilda und Oskar mittlerweile lieber alleine.

Jetzt war der spannendste Moment des Tages, wenn der Briefträger die Post brachte oder Freddie sie tagsüber mit einem spontanen Besuch überraschte.

Ansonsten hatte sie so viel Zeit wie schon lange nicht mehr. Sie kam zur Ruhe und konnte über vieles nachdenken. Zum Beispiel über ihre Ehe. Eine Ehe, die sie mit einem Risiko eingegangen war. Um ihrem Baby die

Chance auf ein Leben mit seinem Vater zu geben. Aber auch, weil sie leidenschaftlich in Freddie verliebt war. Wenn sie abends an der Seite ihres Mannes lag, musste sie oft gegen Tränen ankämpfen.

Tränen des Glücks.

Ganz unchristlich, dachte sie oft selber ironisch, war sie immer noch verrückt nach ihm und begehrte Freddie trotz ihrer schon sehr weit fortgeschrittenen Schwangerschaft. Der Alltag gestaltete sich völlig unkompliziert. Freddie ließ sich auf ihr Leben als evangelische Pfarrerin ein, er besuchte mit den Kindern die Gottesdienste und brachte sich sogar in der Konfirmandenarbeit ein. Sie wiederum akzeptierte ohne Diskussion seine oft unregelmäßigen Arbeitszeiten und sein neues Engagement bei der Duisburger Kriminalpolizei. Nach der guten Zusammenarbeit mit seiner alten Kollegin und Mentorin Skalecki in der ersten Jahreshälfte wurde er ab und zu als zusätzlicher Ermittler in die Hochofenstadt gebeten.

Wann würde es die ersten Konflikte geben? Würde man sie kommen sehen? Die hartnäckigen, kleinen Pfeilspitzen, die sich bohrend und schmerzend in der Ehe festsetzten?

Solange es ihr körperliches Befinden und die viele freie Zeit zuließen, kochte sie mittags. Nicht immer zur Begeisterung von Matti und Oskar. Leuchtende Augen und gieriges Zulangen gab es nur, wenn sie so etwas Langweiliges wie fertig panierte Hähnchenteile auf den Tisch brachte. Die Rohkost wurde einfach so dazugestellt, mit verschiedenen, raffinierten Dressings hatte sie schon oft danebengelegen. Heute entschied sie sich für Reibekuchen. Ihr Lieblingsgericht aus der Kindheit. Gerade als die erste knusprig gebratene Lage fertig war, kamen die Kinder von der Schule.

Und Dietmar Ohler betrat die Küche. Sofort wurde sie rot, weil sie an das dachte, was sie beim Nachspionieren über ihn erfahren hatte. Christin hatte nicht mit ihm gerechnet. Er vermied den Kontakt zu ihnen. Es war ihr schleierhaft, was er wann und wo aß, so entschied sie sich, ihn erneut zum gemeinsamen Essen einzuladen, und war überrascht, als er zusagte. Die Kinder verdrehten hinter dem Rücken des Pfarrers die Augen. Sie mochten ihn nicht, und statt der unbeschwerten, lauten Diskussionen, die sie ohne ihn führen konnten, waren sie jetzt still.

Wider Erwarten eröffnete Ohler ein Gespräch. »Ich habe von dem Mord an dieser jungen Frau gehört«, sagte er, »das ist ja wirklich schlimm! Der arme Herr Neumann hat jetzt bestimmt viel zu tun.«

Obwohl Christin sich darüber freute, dass ihr Hausgast anscheinend endlich Interesse an seiner Gastgeberfamilie zeigte, hätte sie sich dafür doch ein anderes Thema am Mittagstisch gewünscht. »Ja, schlimm«, antwortete sie deswegen nur einsilbig und guckte dabei stur auf ihren Teller.

»Gibt es schon irgendeine Spur?«

Ihr pastoraler Stellvertreter hatte ihre Botschaft wohl nicht verstanden. »Da habe ich wirklich keine Ahnung! Das ist sowieso alles unter Verschluss. Selbstverständlich redet Freddie mit mir nicht darüber.« Würde er das Thema jetzt auf sich beruhen lassen?

»Gehörte die junge Frau zu Ihrer, äh, unserer Gemeinde?«

Dietmar Ohler war offenbar hartnäckig, registrierte Christine, und unsensibel. »Nein, sie gehörte zum nördlichen Bezirk.« Nun wollte auch sie die Gelegenheit nutzen, um etwas mehr über ihn zu erfahren. »Kann es sein, dass Sie hier aus Voerde kommen?«

Ohler verzog seine Lippen nur leicht zu einem Lächeln. Eigentlich sah er ganz gut aus, fiel ihr in diesem Moment auf, als sie auf eine Antwort auf ihre Frage wartete. Wenn er lächelte, sah er sofort freundlicher aus. Verstohlen ließ sie einen Blick über seine breiten Schultern schweifen. Auch seine schlanke, aber muskulöse Figur war ihr schon einmal aufgefallen. Seine Haare hatte er kurz rasiert, was ihm einen leicht verwegenen Ausdruck verlieh. Nein, eher asketisch. Geheimnisvoll.

Er führte erst das nächste Stück Reibekuchen zu seinem Mund, bevor er antwortete. »Ja. Ich komme aus Voerde.«

Christin wartete noch auf weitere Ausführungen, die aber nicht kamen. Fragen zu ihm selbst schienen dem Pfarrer nicht zu passen. »Das wusste ich gar nicht!«, rief sie aus, bemüht, das Gespräch weiter am Laufen zu halten. »Leben Ihre Eltern noch hier?«

»Ja.«

»Wo? Also, in welchem Ortsteil?«

»In Möllen.« Immerhin, zwei Wörter. Nach einer kurzen Pause ließ er sich noch dazu herab »Meine Mutter lebt noch, alleine« hinzuzufügen.

Wie konnte man nur so kühl sein? Was würde passieren, fragte sich Christin, wenn sie ihn mit Apfelmus beschießen würde? Wie würde er reagieren, wenn sie ihn nach Isa Staumann fragen würde? *Ihr* gegenüber schien er ja freundlicher gewesen zu sein.

»Ich hab voll viel in Geschichte auf«, murrte Mathilda.

»Welches Thema behandelt ihr denn gerade?«, fragte Ohler das junge Mädchen.

Verwundert sah Christin auf.

»Feudalismus«, antwortete Matti dem Pfarrer und zog dabei eine Grimasse.

»Die Entstehung des Feudalismus ist eigentlich sehr interessant.« In Ohler schien nun doch so etwas wie Leben zu kommen. »Diese Zeit war der Beginn der europäischen Strukturen, die erst viele Jahrhunderte später verändert wurden.«

»Ja, kann schon sein«, Mathilda reichten diese Ausführungen nicht, um sich für ihre Geschichtshausaufgaben zu begeistern.

»Wie hat Ihnen denn Ihre Zeit in Osnabrück gefallen?« Nachdem Ohler sich anscheinend doch am Gespräch beteiligen wollte, traute sich Christin, diese Frage zu stellen.

Der Pfarrer nahm das Schüsselchen mit dem Apfelmus und kratzte den Inhalt mit seinem Löffel zusammen, bevor er ihn auf einem Reibekuchen verteilte. Dann antwortete er: »Gut.«

»Und warum sind Sie dann nicht dort geblieben?«, fragte Christin, während sie mit der Gabel ein Stück von dem Reibekuchen aufspießte.

Ohler legte sein Besteck auf den Teller und faltete die Hände ineinander. Er saß der Pfarrerin an dem großen

Küchentisch gegenüber. Wieder spielte ein leichtes, fast schon süffisantes Lächeln um seine Lippen. »Warum fragen Sie?«

Nun legte auch Christin ihr Besteck auf den Teller. Auch sie faltete die Hände ineinander, lächelte aber nicht mehr. »Nun.«

Mathilda und Oskar spürten sofort den veränderten, kalten Tonfall ihrer Mutter. Gespannt schielten sie von dem einen Erwachsenen zum anderen.

»Man muss doch wissen, mit wem man unter einem Dach lebt.«

* * *

Einen Moment lang sagte keiner etwas.

Dann brach Elif das Schweigen. »Und wie war das Verhältnis zwischen Lena und Mick?«

Lipper zuckte mit den Schultern. »Nicht auffällig. Haben Sie Geschwister? Wenn ja, wissen Sie doch selber, dass Brüder und Schwestern oft die am meist gehassten Menschen sind.«

Natürlich fiel Katja sofort ihre kleine Schwester Britt ein. Ein fröhlicher, unbeschwerter Sonnenschein, der jeden um den Finger wickeln konnte. Tatsächlich, sie hatte Britt oft dafür gehasst. Und jetzt war sie der erste Mensch, den sie anrief, wenn sie reden musste.

Auch Elif dachte an ihre Brüder, die sie sehr oft zur Weißglut gebracht hatten.

»Hat Lena ihren Bruder gehasst?«, hakte Elif nach.

»Nein, sie hat selten über ihn gesprochen«, antwortete Lipper.

»Und Mick? Als das unerwünschte Kind, hat er seine Schwester gehasst? Bitte«, Elifs Temperament fing an, mit ihr durchzugehen, »lassen Sie uns Ihnen doch nicht alles aus der Nase ziehen!«

Der Therapeut blieb ruhig. »Mick war ungeplant, nicht unerwünscht. Und nein, in dem Verhältnis der beiden Geschwister erkenne ich keine Auffälligkeit, die mit dem Mord an Lena zu tun haben könnte.«

»Welche Rolle spielte ihre Mutter?«, wollte Katja Weber wissen.

Wieder spitzte der Therapeut seine Lippen. »Nun«, antwortete er nach kurzem Überlegen, »eigentlich erkenne ich da ein ganz klares Muster. Es gibt ja das Sprichwort ›Der Apfel fällt nicht weit vom Stamm‹. Kerstin Pachel ist auch eine sehr zurückhaltende Frau. Da kommt, mein Gott, kam Lena ganz auf sie. Oder hat sich das Verhalten abgeguckt, wie auch immer gerade der Stand der Verhaltensforschung ist.«

»Das verstehe ich nicht«, warf Elif ein. »Die schüchterne Kerstin entscheidet sich für den lauten und dominanten Jörg. Die schüchterne Lena entwickelt durch ihren Vater Jörg eine soziale Phobie. Das hört sich für mich widersprüchlich an.«

Lipper nickte der Polizistin anerkennend zu. »Da haben Sie recht. Da kommt dann das Sprichwort ›Gegensätze ziehen sich an‹ ins Spiel. Die junge Kerstin wird sich gedacht haben, toll, dieser Jörg übernimmt für mich das Reden und wird die Entscheidungen treffen, da kann ich dann weiter ganz still bleiben. Auch Lena hätte sich wahrscheinlich einen energischen, entscheidungsfreudigen Partner ausgesucht.«

Die beiden Polizistinnen nickten verstehend.

»Sagt Ihnen der Name Ahmet Can etwas?«, fragte Katja dann.

Jetzt wand sich der Psychotherapeut nervös auf seinem Sessel. »Ich bin in einer Zwickmühle«, erklärte er. »Ahmet Can lebt noch. Insofern greift hier noch die Schweigepflicht.«

»Okay, der Name sagt Ihnen aber etwas«, stellte Elif fest. »Ahmet Can ist wie ich Deutschtürke. Also im Grunde ein türkischer Macho.«

Katja Weber musste aufpassen, dass sie bei Elifs Aussage nicht überrascht die Augen aufriss.

»Könnte er«, fuhr Elif fort, »der starke, dominante Mann sein, den Lena sich ausgesucht hatte?«

Überraschenderweise schmunzelte der Therapeut. »Nein. Ich denke, ohne die Schweigepflicht zu verletzen, kann ich Ihnen sagen, dass Ahmet ganz weit weg von ›dominanter Mann‹ ist.«

»Fiel der Name Gerald von der Mühlen in einem Ihrer Gespräche mit Lena? Was können Sie uns über ihn sagen?«, fragte Elif weiter.

»Der vermisste, junge Mann.« Wieder das Spitzen der Lippen.

»Bitte kommen Sie uns jetzt nicht mit Schweigepflicht«, stöhnte Elif auf.

»Wir müssen von Ihnen wissen, ob es für Sie irgendeine Erklärung für das Verschwinden Geralds gibt«, versuchte Katja ihm klarzumachen. »Hatte Lena sich von ihm bedroht gefühlt?«

»Nein, das hat sie mir nie erzählt«, schüttelte der Therapeut den Kopf. »Im Gegenteil, sie hat sich in der

Theatertruppe sehr wohl gefühlt.«

»Könnte es sein, dass die beiden ein Paar waren?« Elif wurde langsam ungeduldig.

Lipper legte die Finger ineinander und führte die Knöchel wieder an seinen Mund. »Es tut mir leid, das weiß ich nicht. Lena war auf einem sehr guten Weg, sie kam nur noch alle acht Wochen zu mir. In so einer Zeitspanne kann immer viel passieren. Was ich definitiv weiß, ist, dass sie ein besonderes Verhältnis zu Ahmet Can hatte und dass sie vor Anna Tigler Angst hatte.«

Die kaltfeuchte Dezemberluft auf dem Weg zu ihrem Dienstwagen erfrischte die beiden Polizeibeamtinnen nach der Wärme in der Praxis wohltuend.

»Puh«, atmete Elif theatralisch tief aus.

»Ja«, lachte Katja, »geht mir auch so. Eigentlich mehr Fragen als Antworten. Du schreibst den Bericht, dafür lade ich dich heute Abend auf ein Bier ein.«

* * *

»Und, gab es Theater?«, fragte Freddie seinen Kollegen Leo. Dieser schüttelte den Kopf. »Nein, sie stieg ganz brav ins Auto ein.«

Fast alle Beteiligten der »Mordkommission Lena Pachel« waren wieder in der Polizeiwache Voerde an der Frankfurter Straße eingetroffen.

Schlüters Team war noch unterwegs und befragte Gerald von der Mühlens Verwandte, Freunde, Nachbarn – einfach alle, die in den letzten Monaten mit ihm Kontakt hatten. Bisher ergebnislos. Gerald von der Mühlen schien ein normaler, junger Mann zu sein. Er studierte an der Universität Duisburg, traf sich ab und zu mit alten Schulfreunden ebenso wie mit Kommilitonen. Seine Eltern, die im Averbruch wohnten, besuchte er meistens zu einem sonntäglichen Mittagessen, und nur weil er am Vortag dabei sein Brillenetui vergessen hatte, versuchte seine Mutter ihn seit dem Morgen anzurufen. Und nur weil seine »eigentliche Betty«, wie Frau von der Mühlen Lena nannte, auf so grausame Weise getötet worden war, hatte sie nach mehreren vergeblichen Anrufen bei ihrem Sohn sich direkt bei der Polizei gemeldet.

Schlüter versuchte erst gar nicht, den freundlich-sorglosen Freund und Helfer zu mimen. Er machte sich große Sorgen. Der erfahrene Polizist war davon überzeugt, dass der junge Laienschauspieler etwas mit Lenas Tod zu tun hatte. So oder so. Nach dem Telefonat mit Udo Tiefenburg hatte Schlüter bei Ingrid Hassmann angerufen, um sie ebenfalls über den vergangenen Abend zu befragen. Ihrer Empfindung nach hatte es außer der gedrückten Stimmung vor und nach der Vorstellung nichts Bemerkenswertes gegeben.

»Alle waren sehr ruhig«, erinnerte sie sich. »Ich bin sehr stolz auf meine Truppe, dass sie das Stück trotzdem so gut aufgeführt hat.«

»Und Anna Tigler?«, fragte Michael Schlüter. »Wie hat sie sich benommen?«

»Hm«, die Regisseurin überlegte laut, »ich mach kein Geheimnis daraus, dass Anna nicht einfach war. Launisch. Eigentlich schon manisch. Sie hat bei beiden Aufführungen unglaublich gut gespielt, wirklich schon Profiliga. Aber vorher und nachher war sie … unausstehlich. Super nervös. Fahrig. Mal lachte sie schrill und ohne Grund, mal liefen ihr die Tränen übers Gesicht.«

»Schildern Sie mir bitte ganz genau, wann Sie Gerald und Anna zuletzt gesehen haben«, bat Schlüter die ältere Frau.

Ingrid Hassmann überlegte kurz, dann erinnerte sie sich. »Wir drei, Anna, Gerald und ich, waren die Letzten. Udo Tiefenburg, also der Hausmeister, wartete schon vor dem Eingang der Aula auf mich. Wir kontrollierten gemeinsam, ob der Musikraum, den wir als Garderobe genutzt hatten, aufgeräumt war und alle Fenster zu waren. Dann verabschiedete ich mich und ging zu meinem Auto. Anna und Gerald waren noch da.«

»Und«, hakte Schlüter an dieser Stelle ein, »ist Ihnen an den beiden irgendetwas aufgefallen?«

»Nein. Ja. Also eigentlich waren beide, wie wir alle, sehr bedrückt. Was mich nur wunderte, war, dass die beiden, von denen ich eigentlich dachte, dass sie ein Paar sind, so auf Abstand waren. Also körperlich.«

»Und dann?«

»Ich hatte furchtbare Kopfschmerzen, und da ich den ganzen Abend schon genug von Anna Tigler ertragen musste, bin ich zügig an den beiden vorbei. Ich wollte nur noch nach Hause«, gestand die Lyrikerin.

Wie erwartet, dachte Schlüter, ihre Aussage half ihnen bei der Suche nach Gerald nicht weiter.

Das restliche Team hatte sich auf die verhältnismäßig kleine Polizeiwache verteilt. Jeder suchte sich einen Platz, um seine Ergebnisse ins gemeinsame Netzwerk zu stellen und mit denen der anderen Ermittler abzustimmen. Schlüter bearbeitete das Flipchart, in dem er an manchen Stellen Notizen wegwischte und an anderen hinzufügte.

Skalecki und Freddie hatten Anna Tigler im Vernehmungsraum begrüßt, jetzt warteten sie gemeinsam auf Annas Anwalt, den Ansgar Tigler natürlich sofort benachrichtigt hatte. Dabei trommelte die Duisburger Polizistin mit ihren Fingern immer wieder ungeduldig auf die Tischplatte und atmete demonstrativ scharf ein, während Freddie der jungen Frau ab und zu freundlich zulächelte, was diese mit einem huldvollen Senken der Augenlider quittierte.

Erleichtert hörten die beiden Polizisten schon bald, wie Schlüter Paul Kreuzmann, Annas Rechtsbeistand, zu ihnen geleitete. Sie konnten auch hören, wie Schlüter den Anwalt darauf einschwor, die Suche nach Gerald nicht zu blockieren.

Nachdem sie sich begrüßt und die Formalitäten erledigt hatten, begann die Befragung.

»Frau Tigler«, sagte Skalecki, der man anmerken konnte, wie sehr sie sich darauf freute, die junge Frau endlich offiziell befragen zu dürfen, »wir haben Sie ordnungsgemäß über Ihre Rechte informiert, und Herr Kreuzmann, Ihr Anwalt, ist auch anwesend. Ihnen ist hoffentlich klar, dass alles, was Sie jetzt sagen, rechtliche Konsequenzen hat?«

Anna Tigler nickte verunsichert.

»Bitte, Frau Tigler, Sie müssen sprechen«, sagte Freddie sanft und deutete mit dem Kinn zum Mikrofon.

»Ja«, antwortete Anna jetzt. »Mir ist das bewusst. Ich bin ja nicht blöd. Aber ich habe keine Ahnung, wo Gerald ist. Und ich weiß auch nicht, wer Lena etwas angetan hat.«

»Anna«, wandte sich Kreuzmann an seinen Schützling, »antworten Sie, wenn möglich, nur mit ›Ja‹ oder ›Nein‹.«

»Wann haben Sie Gerald von der Mühlen zuletzt gesehen?«, fuhr Skalecki mit der Befragung fort.

»Gestern Abend«, antwortete Anna.

»Wo und wann genau?«

»Nach der Aufführung. Er ist zu seinem Fahrrad gegangen, ich zu meinem Auto.«

»Ist er noch mit zu Ihnen nach Hause gekommen? Sie sind doch ein Paar, oder?« Skalecki verschränkte die Arme vor der Brust.

Die junge Frau schielte zu Kreuzmann, der ihr leicht zunickte. »Nein, er ist nicht zu mir mitgekommen, und nein, wir sind kein Paar.«

»Ach?« Die Polizistin zog überrascht die Augenbrauen in die Höhe. »Wir haben von anderen Mitgliedern der Theatergruppe aber gehört, Sie seien ein Pärchen!«

»Nun, Frau Skalecki«, schaltete sich Kreuzmann ein, »ich glaube, es gibt hier keinen Grund, warum Anna dies leugnen sollte, wenn es so wäre. Ich denke, diese Aussagen lassen wir einfach mal beiseite.«

»Da muss ich Ihnen doch sehr widersprechen, Herr Kreuzmann«, mischte sich Freddie ein. »Wir suchen ja nicht nur Gerald, sondern auch den Mörder von Lena. Und es liegt doch wohl auf der Hand, dass beides zusammenhängt.«

»Warum?« Der Anwalt riss mit gespielter Verwunderung die Augen auf. »Also mal ehrlich, was soll meine Mandantin mit dem Verschwinden dieses Gerald zu tun haben? Ihre Wege trennten sich an der Türe der Aula.

Dafür gibt es einen Zeugen, den Hausmeister. Anna ist direkt nach Hause gefahren …«

»Was ihre Eltern bezeugen können?«, unterbrach Freddie ihn und wandte sich an Anna.

Es war nur ein kurzes Zucken des Kopfes, kaum wahrnehmbar. Ein ganz leichtes Flattern der Augenlider. Dann sagte die junge Frau mit fester Stimme: »Ja, natürlich. Wir haben so eine Kamera an der Haustür, da kann man sich die Aufnahme angucken. Meine Eltern waren schon im Schlafzimmer.«

»Bitte«, nahm der Anwalt den Faden wieder auf, »was konkret wollen Sie eigentlich wissen?«

»Herr Kreuzmann«, Freddie konnte sehen, wie Skaleckis Halsschlagader langsam anschwoll, »wir finden Ihre Ablenkungsmanöver sehr verdächtig.« Sie musterte Anna mit eisiger Miene. »Wir haben das Gefühl, Sie bereiten schon die Verteidigung Ihrer Mandantin vor!«

Annas Blick wurde leicht panisch.

»Wir wollen doch einfach nur wissen«, fuhr Freddie fort und wandte sich direkt an Anna, »worüber Sie mit Gerald geredet haben. An diesem Abend. An diesem Nachmittag. Vielleicht hat er Ihnen ja erzählt, dass er ein paar Tage zu einer brandneuen Bekanntschaft fahren will? Oder irgendetwas anderes!« Auch Freddie verlor langsam die Geduld. »Vielleicht kam Ihnen ja auch irgendetwas anderes an ihm merkwürdig vor! Sie sollten jetzt mit uns kooperieren!«

Bevor ihr Anwalt etwas sagen konnte, schrie Anna Tigler los: »Ich weiß es doch auch nicht! Ich mache mir auch Sorgen, ich habe ihn sehr gerne und will nicht, dass ihm irgendetwas passiert!« Der jungen Frau liefen jetzt Tränen über die Wangen.

Skaleckis Halsschlagader war kurz vorm Platzen. »Dann reden Sie mit uns!«, fuhr sie Anna an. »Bei Gerald steht eine zweite Zahnbürste. Ruckzuck haben wir einen DNA-Abgleich und können beweisen, dass die von Ihnen ist.«

Plötzlich stand Kreuzmann auf. Demonstrativ klappte er sein Notebook zu. »Wir brechen hier jetzt ab. Meine Mandantin kann Ihnen nichts zum Verschwinden von Gerald von der Mühlen sagen. Sie hat ihn zuletzt vor dieser Aula gesehen. Punkt. Komm, Anna, ich fahre dich jetzt nach Hause. Dann rufen wir euren Hausarzt an, du bist ja ganz aufgewühlt.«

Freddie konnte nicht anders. Er beugte sich zu der noch sitzenden jungen Frau hinunter, wobei er ihr seine linke, mit Brandnarben entstellte Gesichtshälfte zuwandte. »Ich sage es Ihnen hier, vor Ihrem Anwalt«, sagte er leise, »Sie sind im Moment unsere Hauptverdächtige im Mordfall Lena Pachel. Wir werden so lange suchen und bohren, bis wir alles wissen. Punkt.«

17. Kapitel

Montag, 10. Dezember 2018

Als Christin mit einem Kuchen in der Hand von Laura in die Büroräume der Polizeiwache geleitet wurde, konnte sie die dicke Luft förmlich spüren.

Nach dem Mittagessen hatte sich ihr Vertreter Dietmar Ohler für die Reibekuchen bedankt, danach hatte er sich noch Mathilda zugewandt. »Wenn du bei deinen Geschichtshausaufgaben Hilfe brauchst, sag mir Bescheid, vielleicht kann ich dir helfen.« Dann war er wieder verschwunden.

Nachdenklich räumte Christin die Küche auf und überzog den Kuchen, den sie am Vormittag gebacken hatte, mit einer Glasur aus Zitronensaft.

Seit einigen Jahren lebte sie den Spagat zwischen Berufstätigkeit, Mutter und Hausfrau. Nach den anstrengenden letzten Jahren ihrer ersten Ehe, die mit dem Selbstmord des Vaters von Mathilda und Oskar endete, kam auch noch die Herausforderung »alleinerziehend« zu ihrem Alltag hinzu. Diese vielen Rollen zu erfüllen, gelang ihr nur, indem sie nie versuchte, alles perfekt zu machen – und sich dann darüber zu freuen, wenn nicht alles schiefging.

Zurzeit war sie einfach nur Hausfrau und Mutter. Es machte ihr sogar ein bisschen Spaß, sie kam sich unheimlich tüchtig vor und hatte Bilder aus den Fünfzigerjahren vor sich, auf denen die adrette, perfekt frisierte Ehefrau in einem schicken, figurbetonten Etuikleid ihren Angetrauten abends entspannt lächelnd erwartet. Sie überlegte sogar, Freddie Filzpantoffeln, die sie ihm dann bringen konnte, zu kaufen. Sie unterließ es aber, schließlich fehlte ja schon das figurbetonte Etuikleid.

Christin hatte nicht nur Reibekuchen selbst gemacht, sondern auch einen Kuchen gebacken, den sie Freddie und seinem Team ins Revier bringen wollte. Leider hatte sie schon nach dem Kartoffelschälen keine Lust mehr gehabt, noch viel länger in der Küche zu stehen, und sich deswegen für einen einfachen Rührkuchen entschieden. Den Kuchen vor ihren dicken Bauch haltend, war sie dann vorsichtig den Weg mit den feuchten, langen Stufen zur Frankfurter Straße hinuntergegangen, um zur Wache zu kommen.

Vor der Glastür auf Einlass wartend, konnte sie Leo erkennen, der mit einem Mann sprach. Leo winkte ihr kurz zu und betätigte dann den Türdrücker, um sie hereinzulassen. Der vierschrötige Mann mit seiner schon angegrauten Löwenmähne kam ihr bekannt vor. Sie nickten sich zu, als sie an ihm vorbeiging.

»Okay«, hörte sie Leo sagen, »dann sprang der Mann aus dem Gebüsch hervor?«

Sie konnte die leichte Ungeduld in seiner Stimme hören, der Polizeioberkommissar wäre jetzt wahrscheinlich lieber bei den anderen Ermittlern, als irgendeine Anzeige wegen einer Rüpelei aufzunehmen, vermutete Christin.

Sie konnte noch ein »Ja, er rammte mich richtig …« hören, als Laura sie mit ernster Miene in Empfang nahm.

Nach der frischen Luft während des kurzen Spaziergangs kam ihr die Büroluft jetzt zum Schneiden dick vor. Sie stellte den Kuchen in die Mitte des Tisches und winkte ihren Mann zu sich.

»Lieb von dir«, Freddie guckte auf den Zitronenkuchen, »aber wir rotieren hier gerade.«

»Ich wollte dir kurz erzählen, was ich über Ohler herausgefunden habe«, sagte die Pfarrerin.

Bei dem Gedanken an den Pfarrer, der mit ihnen unter einem Dach lebte, musste Freddie ärgerlich die Stirn runzeln. »Ich habe auch schon etwas herausgefunden. Lass uns heute Abend reden. Sorry, aber jetzt ist es gerade sehr schlecht. Aber wir haben Ohler schon auf dem Schirm«, beruhigte er sie noch, bevor er sie sanft zur Tür schob.

* * *

Im Winter waren die Arbeitstage kurz. Ahmet Can kam es so vor, als ob man schon ab drei Uhr nachmittags die hereinbrechende Dämmerung wahrnehmen konnte. Das Licht, das es sowieso schon schwer hatte, gegen die graue Wolkendecke anzukommen, wurde noch fahler, die klamme, ungemütliche Luftfeuchtigkeit schien noch zu steigen. Der junge Mann zögerte das Aussteigen aus seinem aufgeheizten Auto noch weiter hinaus.

Noch ein Lied.

Die anstrengende Gartenarbeit hing noch in seinen Knochen, genau wie die unendliche Traurigkeit. Unvorstellbar, dass er Lena nie wieder sehen würde. Wenn er das Auto verließ, erwartete ihn nicht nur die kalte Dezemberluft, sondern auch die vorwurfsvollen Blicke seiner Eltern. Die nicht wussten, warum sie für ihn gelogen hatten. Womit Ahmet Can nicht gerechnet hatte, als er endlich ausgestiegen war und sich zum Verschließen des Autos noch einmal kurz umdrehte, war der heftige Stoß, der ihn völlig unvermittelt über seiner Hüfte traf und gegen sein Auto schleuderte.

* * *

»Er ist wie vom Erdboden verschluckt«, resümierte Schlüter mit einem bitteren Blick in das ganze Ermittlerteam. »Seine Bekleidung scheint vollständig zu sein. Niemand, absolut niemand von seinen Kontakten hat irgendeine Ahnung, wo er sein könnte. Er gilt als zuverlässig und nicht sehr spontan. Wir müssen also herausfinden, was ab hier«, der Polizeihauptkommissar deutete auf dem Stadtplan, der an der Wand hing, auf die Aula des Gymnasiums, »geschehen ist.« Er machte eine kurze Pause, dann beendete er seinen Gedankengang. »Ein Mann mit einem Fahrrad. Komplette Dunkelheit und Kälte. Der Tod einer … Tja, was war Lena für ihn? Die Beziehung zu Anna in einer Krise.«

Danach wandte sich Skalecki an das Team. »Katja und Elif, euer Gespräch mit diesem Psychologen hat leider auch nichts wirklich Hilfreiches gebracht«, fasste sie zusammen. »Kein Hinweis auf sexuellen Missbrauch, weder vom Vater noch von ihrem Bruder.« Die Duisburgerin überlegte und schaute dann in die Runde. »Anna Tigler. Ahmet Can. Jörg Pachel. Mick Pachel. Gerald von der Mühlen. Über die werdet ihr alles herausfinden müssen. Alles. Ich will wissen, wann Anna Tigler laufen lernte, wann Ahmet Cans Eltern nach Deutschland gekommen sind, auf welche Schule Jörg Pachel ging und was die Lieblingssängerin von Mick Pachel ist. Wir dürfen nichts übersehen. Ein Team spürt alle Sportler am, um und im Tenderingssee auf. Woher hatte der Täter das Boot? Laura, du kannst dich um die Rose kümmern. Was ist das für eine Sorte, wer verkauft sie und so weiter. Schlüter, guck du doch bitte mal, ob der Bericht der Spurensicherung schon da ist.«

»Dietmar Ohler.« Wie ein Peitschenhieb knallte Freddie diese beiden Wörter in die Runde. Er fixierte Skalecki mit festem Blick. »Über den wollen wir auch alles wissen.«

»Ja, natürlich. Auch über Dietmar Ohler«, bestätigte seine alte Mentorin. »Komm, Freddie, ich hab schon in der Rechtsmedizin angerufen, Ricken erwartet uns.«

* * *

Instinktiv hob Ahmet die Hände hoch und hielt sie schützend vors Gesicht, als er durch den Stoß gegen sein Auto geschleudert wurde.

Bitte nicht die Nase!, ging ihm durch den Kopf. Er wusste aus Erfahrung, dass das völlig lächerlich war und er eventuell viel größere Probleme als eine schiefe Nase hatte, aber trotzdem war dies sein erster Gedanke. Das nächste Gefühl, nach dem Schmerz in der linken Körperhälfte, war Verwunderung. Hier, in Möllen? Warum zum Teufel?

Aber dann erkannte er seine Angreifer und musste fast schmunzeln. In seltener Eintracht standen Jörg Pachel und sein Sohn Mick vor ihm, beide mit gesenkten Köpfen wie angriffslustige Stiere, die Arme angewinkelt, die Hände erhoben und zu Fäusten geballt. Wie im Film.

»Was hast du mit Lena gemacht?«, fragte Jörg Pachel bedrohlich durch die Zähne zischend.

Mick, der Ahmet unter Einsatz seines Körpers gegen das Auto gerempelt hatte und noch dabei war, seine Balance wiederzufinden, machte Andeutungen, wieder auf den Türken loszugehen, beließ es aber bei einem: »Du Schwein! Gib es zu!«

Ahmet überlegte fieberhaft. Unter keinen Umständen wollte er, dass die Situation eskalierte. Er hatte großes Verständnis für die beiden, dass sie in ihrer Trauer blind um sich schlugen, aber nicht hier, in diesem Stadtteil, in dieser Straße.

Langsam senkte Ahmet Can ebenfalls seinen Kopf. Er spreizte unauffällig die Finger beider Hände, bevor er sie zu Fäusten zusammenlegte, die Daumen auf die Finger. Die erste Lektion beim Kickboxen. Die feste Faust. So was lernte man als türkischer Junge in Möllen!

»Ich habe Lena nichts getan«, versuchte er die beiden zu beschwichtigen. »Ich habe Lena sehr gemocht. Ich hätte ihr nie wehtun können. Ich trauere genau wie ihr und will, dass ihr Mörder gefunden wird.«

Sein Geständnis, Lena gemocht zu haben, schien die Wut Jörg Pachels noch weiter anzufachen. Stoßweise atmete er wütend aus, sein Atem bildete lange Wolken in der kalten Luft. Er ging einen Schritt auf den vermeintlichen Mörder seiner Tochter zu. Auch sein Sohn setzte einen Fuß vor, ließ aber die geballten Fäuste Ahmets nicht aus den Augen.

Plötzlich wurde die Aufmerksamkeit der beiden Angreifer abgelenkt. Ahmet hörte hinter sich Stimmen, aus dem Haus der gegenüberliegenden Straßenseite war jemand herausgekommen und schien die Szene, die sich ihm vor dem Wohnzimmerfenster geboten hatte, genauer in Augenschein nehmen zu wollen.

»Ey, Ahmet, alles klar?«, rief dieser Jemand ihm zu.

Ohne die beiden Pachels aus den Augen zu lassen, rief Ahmet: »Ja, alles klar. *Sözünü kesme*. Misch dich nicht ein.«

»Komm, Papa, das hat doch hier keinen Sinn«, so selbstbewusst wie möglich versuchte Mick, den Rückzug einzuleiten.

»Du verdammtes Schwein!«, stieß Jörg Pachel aus.

Einen kurzen Moment dachte Ahmet, dass Lenas Vater doch noch auf ihn losgehen würde.

»Bevor du eingebuchtet wirst, kriege ich dich. Dann werde ich dich töten«, zischte der trauernde Vater noch, bevor er sich ruckartig nach links wandte, um zu dem Haus zurückzugehen, das sich schon seit fast zwei Tagen nicht mehr wie sein Zuhause anfühlte.

* * *

Skalecki und Freddie fuhren in zwei Autos, so brauchte die Duisburgerin nicht wieder nach Voerde zurück und konnte nach dem Termin in der rechtsmedizinischen

Abteilung noch mit der zuständigen Staatsanwältin Melanie Neuwerth reden.

Der Weg von Voerde nach Duisburg war für Freddie immer eine interessante Reise. Von seiner »Heimatwache« in Voerde konnte er auf die gegenüberliegende alte Hochbahn gucken. Davor lagen die ersten Ausläufer der Momm-Niederung, mit urigen, teils schon umgekippten, alten Kopfweiden. Gute zwanzig Minuten später war man schon inmitten der Schwerindustrie, die Duisburg geprägt hatte.

Freddie fuhr gerne die Frankfurter Straße von Voerde über Walsum nach Duisburg. Immer wieder erinnerte ihn dieser Weg an die vielen Fahrten, die seine Eltern in ihrem limettengrünen Opel Kadett von Marxloh aus nach Voerde unternommen hatten. In ihre zukünftige Heimat, raus aus dem Pott. Am Wochenende morgens hin und spätabends zurück. Er und seine Schwester auf der Rücksitzbank, natürlich nicht angeschnallt. Sein Vater rauchte HB, seine Mutter wedelte demonstrativ mit den Händen. Wenn sie aus Duisburg kamen, waren die Geschwister immer erleichtert, wenn sie an dem damals noch kleinen Kohlekraftwerk vorbeikamen. Dann waren es nur noch ein paar Minuten, und sie waren da.

Zügig fuhr Skalecki vor ihm her. Sie war durch und durch Duisburgerin, hatte wenig übrig für die niederrheinische Natur links und rechts der Straße.

Ungewohnt still begrüßte Sonja Kaufmann die beiden Ermittler. Die Sekretärin von Professor Dr. Ricken, dem Leiter der rechtsmedizinischen Abteilung in Duisburg, war eine herzliche Frau, der man die Leidenschaft zu ihrer Arbeit immer anmerkte. Heute aber spürte vor allen Dingen Skalecki, die sie schon länger kannte, dass sie etwas bedrückte.

»Furchtbar«, Sonja Kaufmann und schüttelte traurig den Kopf. »Eine so junge Frau. Eigentlich noch ein Mädchen. Geht rüber, Ricken und Tim erwarten euch schon.«

Mit »rüber« meinte die Sekretärin den Obduktionsraum, der auf der gegenüberliegenden Seite des Flurs war. Kurz bedauerte Freddie, dass er nicht mehr rauchte, er hätte sich lieber in den dämmerigen Dezembernachmittag gestellt als in den hell erleuchteten Arbeitsraum der Rechtsmedizin.

Da lag sie auch schon. Lena. Ungewöhnlich taktvoll hatte Professor Dr. Ricken ein Tuch über den schmalen Körper gedeckt, vielleicht war es auch sein Assistent Tim Spieler gewesen. Der Gerichtsmediziner lehnte an der Wand, der Präparator mit verschränkten Armen an den Schränken aus Edelstahl, die hinter dem Obduktionstisch waren. Normalerweise herrschte ein lockerer Ton zwischen Skalecki und Ricken, die sich schon lange kannten und sich gegenseitig zwar respektierten, aber nicht sonderlich mochten. Skalecki hielt Ricken für einen ständig meckernden Zyniker, Ricken hielt Skalecki für ein unberechenbares Mannweib.

Spieler schlug das weiße Tuch zurück, sodass man Lenas Oberkörper sehen konnte, und trat dann wieder an seinen Platz an der Wand.

Die Polizisten gingen langsam um den Obduktionstisch herum, während Ricken ihnen seine Ergebnisse mitteilte. »Fraktur des Os occipitale. Schädelbasisbruch. Irgendjemand hat ihr gezielt den Schädel eingeschlagen.«

Automatisch guckten sie auf Lenas Kopf. Freddie dankte innerlich demjenigen, der Lenas Schädel nicht komplett rasiert hatte, sondern taktvollerweise die obere Haarpartie erhalten hatte, sodass die junge Frau noch ein wenig wie sie selbst aussah. Auch wenn sie jetzt schon wie eine schlecht gearbeitete Wachspuppe von Madame Tussauds wirkte.

Ricken räusperte sich. »Sie war nicht sofort tot.« Der Gerichtsmediziner schluckte.

Normalerweise hätte Skalecki sofort einen Witz darüber gemacht, aber jetzt wandte sie nur geschockt das Gesicht ab.

»Sie hätte diese Verletzung überleben können, aber da sie nicht versorgt wurde, kam es zum Austritt von Gehirnflüssigkeit. Und zu Einblutungen in das Gehirn. Ihr Sterben dauerte einige Stunden. Gott sei Dank war sie da schon bewusstlos«, fuhr Ricken mit seinem Bericht fort.

Auch Freddie war erschüttert und musste erst einmal die Sprache wiederfinden. »Noch andere Verletzungen?«, brachte er hervor.

Ricken schüttelte den Kopf. »Nein. Keine Abwehrverletzungen, keine Abschürfungen.«

»Und ihr Hymen?«, fragte Skalecki.

»Intakt.«

Skalecki nickte langsam, als hätte sie damit gerechnet, dass Lena noch Jungfrau war.

»Mann oder Frau?«, wollte Freddie wissen.

Ricken wiegte den Kopf hin und her und guckte zu seinem Assistenten.

Diesmal antwortete Spieler. »Haben wir auch schon diskutiert. Beides möglich. Der erste Schlag kräftig und gezielt. Ein dicker Stein oder ein hartes Stück Irgendetwas. Und dann noch zwei, drei weitere Schläge.« Spieler zuckte mit den Schultern.

»Aber es kann eine Frau gewesen sein?«, hakte Skalecki nach.

»Ja. Man braucht dazu nur Entschlossenheit und Schwung«, bestätigte Spieler.

Bevor Freddie die nächste Frage stellen konnte, antwortete Spieler schon. »Nein, wir können nicht sagen, ob Links- oder Rechtshänder.«

Freddie schloss seinen Mund wieder.

»Die Schläge kamen von oben«, berichtete jetzt der Professor weiter. »Also entweder von einer großen Person, oder das Opfer hatte gesessen oder gekniet.«

»Mensch!«, fluchte Skalecki. »Ihr müsst uns doch irgendetwas sagen können? Ricki!? Du bist doch der Beste! Komm!«

Deprimiert ließ der schmalbrüstige Gerichtsmediziner den Kopf hängen. »Nein. Es tut mir sehr leid. Wir werden sie noch nicht freigeben. Tim und ich werden sie uns noch einmal vornehmen und jeden Zentimeter noch einmal untersuchen, aber ich glaube nicht, dass wir noch etwas finden.«

Enttäuscht von dem unbefriedigenden Ergebnis der Obduktion verließen die beiden Polizisten die Rechtsmedizin, gefolgt von den traurigen Blicken Sonja Kaufmanns.

* * *

»Wieso bist du schon wieder hier?«, fragte Anna, aber bevor er antworten konnte, weinte sie schon los. »Für sie bin ich die Mörderin! Dieser eine, mit den hässlichen Narben im Gesicht ...«

»Freddie Neumann.«

»Ja, meinetwegen, der hat mich richtig bedroht! Er sagte, ich sei die Hauptverdächtige, und sie würden mich kriegen!« Dann hob sie ihren tränenverschleierten Blick und schaute ihn vorwurfsvoll an. »Du«, schluchzte sie, »du wolltest das regeln! Und wo ist Gerald?«

Es war für ihn ein wunderbares Gefühl, seine hilflose, schutzbedürftige Anna in den Armen zu halten. Er spürte, dass sie langsam erkannte, auf wen sie sich wirklich verlassen konnte. Wer wirklich wichtig für sie war und sie immer unterstützt hatte. »Ich habe dir doch gesagt, auf diesen kleinen Jungen ist kein Verlass«, antwortete er mit zarter Stimme. »Wer weiß, wo er ist? Warum er verschwunden ist? Jetzt lässt er dich richtig im Stich.«

»Vielleicht ist er ...«, mit geweiteten Augen schaute sie ihn an, »vielleicht ist ihm auch etwas passiert?«

Spöttisch schnaubte er durch die Nase aus. »Nein. Bestimmt nicht. Ich glaube eher, dass er abgehauen ist.«

»Warum sollte er das tun?« Anna löste sich aus seiner Umarmung und suchte den direkten Blickkontakt.

Mit beiden Händen umschloss er ihr Gesicht. »Wenn er dich so sehr mag wie ich, dann hat er dir vielleicht helfen wollen«, gab er ihr zu bedenken.

Verwirrt runzelte sie die Stirn. »Wie helfen?«

»Na, wie wohl? Helfen, dir deinen Traum zu verwirklichen! Dir die Hauptrolle zu beschaffen.« Mehr sagte er nicht. Brauchte er auch nicht, an den schreckensgeweiteten Augen Annas sah er, dass sie verstanden hatte.

»Aber … aber jetzt bin ich die Hauptverdächtige!«, rief sie aus, schrill, laut, schon fast wieder die energische Anna, die er kannte.

»Ja«, sagte er düster. »Und solange sie ihn nicht finden, bleibst du es auch.«

Annas Entschlossenheit fiel wieder in sich zusammen. Tröstend und beschützend nahm er sie wieder in seine Arme. »Was hältst du davon, ein paar Tage abzutauchen? Bis sie ihn gefunden haben und er ein Geständnis abgelegt hat.«

Keine Reaktion. Das war schon mal gut.

»Bei mir bist du sicher. Warst du immer. Das weißt du«, ganz sanft sickerten seine Worte in Anna hinein. »Ich verstecke dich, bis sie ihn gefunden haben oder er sich gestellt hat. So lange kann dich keiner bedrängen. Bei mir kannst du zur Ruhe kommen.«

Ruhe.

Sicherheit.

»Und was soll ich meinen Eltern sagen?«, schniefte sie.

»Nichts. Schreibe ihnen einfach, dass du bald wieder da bist und sich dann alles geklärt haben wird«, schlug er vor.

»Mache ich mich dann nicht erst recht verdächtig?«, gab die junge Frau zu bedenken.

»Wie soll das noch gehen?«, sprach er mit sanfter Stimme in ihr Haar. »Die haben sich im Moment auf dich eingeschossen, weil die keine Spur haben und Ergebnisse brauchen. Vor allen Dingen dieser Neumann und diese Duisburgerin. Und außerdem, du stehst nicht unter Anklage. Noch nicht. Du kannst gehen, wohin du willst.«

Er konnte spüren, wie Anna sich in seinen Armen entspannte. Dann drehte sie ihren Kopf, sodass sie seinem Gesicht ganz nahe kam. Er atmete ihren Geruch ein. So nah war er ihr noch nie gewesen.

»Sag mir, was ich tun soll«, sagte sie entschlossen und strahlte ihn dabei an.

18. Kapitel

Montag, 10. Dezember 2018

Gedankenverloren starrte Freddie auf seinen Teller.

»Freddie?«

Er zuckte leicht zusammen.

»Ach, du bist ja noch total weit weg!« Christin beugte sich über ihn, legte ihm von hinten ihre Arme um seinen Hals und stützte ihr Kinn auf seinen Kopf.

»Entschuldige«, sagte er, führte eine ihrer Hände zu seinem Mund und küsste sie. »Das ging mir ziemlich an die Nieren heute. Was wolltest du wissen?«

»Ist schon gut. Ob du auch Rübenkraut zu den Reibekuchen möchtest«, Christin gab ihm einen Kuss auf seine struppigen, blonden Haare und richtete sich auf.

»Wo sind die Kinder? Ja, bitte auch Rübenkraut«, antwortete Freddie.

»Matti macht noch was für Geschichte, und Oskar ist auch in seinem Zimmer«, informierte ihn seine Frau.

Nachdem Christin sich zu Freddie gesetzt hatte, begann er zu essen. »Blöd, so allein«, knurrte er mit vollem Mund.

»Klar, aber es ist ja auch schon spät«, stimmte Christin ihm zu. Die brave Ehefrau versorgt ihren hart arbeitenden Mann, der kurz vorm Verhungern ist. Sie musste grinsen.

»Isst du nichts?« Freddie deutete auf den Berg Reibekuchen, der sich vor ihm auf einem Teller türmte.

Seine Frau winkte ab. »Das ist mir zu spät.« Sie kicherte etwas verschämt und guckte hinunter, auf ihren gewölbten Bauch. »Du weißt doch, wie es dann hier drin arbeitet!«

Jetzt musste der werdende Vater auch grinsen. »Allerdings! Außerdem wartest du ja lieber, bis ich schlafe, um heimlich noch ein bisschen zu futtern!«

Als Freddie mit einem zufriedenen Aufatmen den Teller von sich schob, brachte Christin ihrem Mann ein Bier. Er zog sie auf seinen Schoß. »Alles klar bei euch?« Zärtlich strich er über sein Baby, das er unter einer scheinbar papierdünnen Schicht Haut spüren konnte. »Deine Mama ist richtig häuslich geworden! Das gefällt mir!«, raunte er gerade so leise dem kugeligen Bauch zu, dass Christin ihn noch hören konnte.

»Genieße es«, sagte sie lächelnd. »Ich tue es jedenfalls. Im Moment kann ich mir zwar nicht vorstellen, in ein paar Monaten wieder zu arbeiten *und* ein Baby zu haben, aber das wird sich bestimmt bald ändern.« Sie machte eine kurze Pause. »Vielleicht hilft es dir, mit mir zu reden?«

Ergeben lehnte Freddie sich auf dem Küchenstuhl zurück und schloss die Augen. »Okay. Auf der Couch.«

Während ihr Mann ihr von dem anstrengenden, aber leider im Grunde ergebnislosen Tag erzählte, konnte Christin Freddies Frust spüren. Aber auch ihr gingen die Geschehnisse an die Nieren. Ja, der Tod gehörte zum Leben dazu.

Aber nicht Mord.

Gewalt war für Christin etwas zutiefst Verabscheuungswürdiges. Wie konnte man einem anderen Menschen Schmerz zufügen? Natürlich wusste sie, dass dieses Thema höchst komplex war. Natürlich war ihr klar, dass sie keinen Gedanken mehr an ihre ethischen Grundsätze verschwenden würde, wenn irgendjemand ihre Kinder angreifen würde. Und natürlich wusste sie, dass es, wie für viele Dinge im Leben, auch hier ganz viele Schattierungen gab.

Aus welchem Grund hatte jemand diese harmlose, schüchterne, junge Frau buchstäblich hinterrücks getötet und sie dann so makaber in Szene gesetzt?

»Und die Spurensicherung? Konnten die irgendetwas Brauchbares finden?«, fragte Christin.

Freddie schüttelte deprimiert den Kopf. »Nein. Hatte ich auch nicht erwartet. Am Tenderingssee rennen täglich zig Menschen rum. Man hat Lenas Zigarette gefunden, aber das bringt uns nicht weiter. Autospuren gibt es zuhauf, auf dem Boot aber keine Fingerabdrücke.«

Beide schwiegen bedrückt.

Dann fiel Christin etwas ein. »Freddie, Miriam und ich haben dir doch von diesem Manuel erzählt, dessen Buchvorstellung wir gestern Abend besucht hatten«, begann sie.

»Ja, dieser Psychotyp, Miriams alter Klassenkamerad«, antwortete Freddie.

»Genau. Er hat mir erzählt, dass er als Profiler beim BKA arbeitet. Und er ist wirklich sehr nett und einfühlsam. Vielleicht können wir ihn mal um seine Meinung fragen? Vielleicht gibt er euch ja neue Impulse oder Ideen?«, schlug Christin vor.

Freddie guckte seine Frau irritiert an. »Nett und einfühlsam?«

Verunsichert lachte Christin. Zog gerade wieder eine leichte Röte über ihre Wangen? »Das hatte ich dir noch nicht erzählt«, beeilte sie sich zu erklären, »er war heute Morgen hier und bat mich, mal nach seiner Mutter zu gucken.«

Verwundert runzelte Freddie die Stirn. »Christin, du bist im Mutterschutz. Und nur weil jemand ›nett und einfühlsam‹ ist, hast du nicht zu arbeiten.«

In unzähligen Weiterbildungen hatte die Pfarrerin gelernt, wie man mit verbalen Streitigkeiten und der damit einhergehenden Wut umzugehen hatte. Alles, was ihr jetzt einfiel, war, bis zehn zu zählen. Bei drei fauchte sie: »Was meinst du jetzt genau mit ›hast du nicht zu arbeiten‹? Ich bin schwanger, nicht krank. Es wird ein einfacher Besuch sein. Du hast ja auch nichts gegen die Einkäufe, die ich erledige.«

Freddie fuhr sich mit der Hand über sein Narbengewebe im Gesicht. Ein Zeichen für seine innere Anspannung. »Du weißt, wie ich das meine. So sollte das nicht rüberkommen«, räumte er ein. »Sorry, aber ich mache mir Sorgen. Und, ganz ehrlich, es passt mir nicht, dass wildfremde Männer in unserer Küche rumhängen.«

Christin entschied sich nachzugeben. Zu aufreibend war Freddies berufliche Situation im Moment. »Okay, aber das ist ja wirklich nicht die Regel. Es war nur *ein* Mann, und er wollte mich sprechen, weil wir uns gestern Abend kennengelernt hatten. Aber was hältst du von dem Vorschlag, Klein als Profiler hinzuzuziehen?«, hakte sie nach.

»Das ist nicht so einfach«, erklärte Freddie seiner Frau. »Skalecki müsste ihn beantragen. Das würde erst einmal geprüft werden. Du weißt doch, wie kompliziert die Dinge in den Behörden sein können. Und nein, unterstehe dich, irgendetwas mit ihm zu besprechen. Ich muss dir ja nicht sagen, dass das hier alles streng geheim ist und ich nur mit dir als Pfarrerin, die der Schweigepflicht unterliegt, geredet habe.«

Christin riss erstaunt die Augen auf. »Schweigepflicht? Pfarrerin? Ich bin in Mutterschutz, mein Schatz.«

»Und genau das rettet dich jetzt vor einer heftigen Abreibung«, knurrte Freddie und zog sie sanft in seine Arme. »Und, wann gehst du zu seiner Mutter? Ist er dann noch in Voerde? Wird er dabei sein?«, wie beiläufig stellte Freddie ihr diese Fragen.

»Morgen Vormittag gehe ich zu ihr. Ich denke ja, er wird dabei sein, weil sie schon dement ist«, antwortete sie ebenso beiläufig.

Er war froh, dass es nicht zum Streit gekommen war, er hatte das Gefühl, dass sie ganz kurz davor gewesen waren. Freddie passte Christins Verhalten immer noch nicht ganz, aber er sagte nichts mehr dazu. Vielleicht war es besser, erst einmal darüber nachzudenken.

Dann erzählte Christin ihm von dem Telefonat, das sie mit dem Superintendenten von Osnabrück geführt hatte. Wie erwartet war er geschockt. Seine Frau versuchte, ihn zu beschwichtigen. »Wir dürfen hier keine Vorverurteilung vornehmen.«

»Wir werden ihn trotzdem zu einer Befragung holen«, entgegnete Freddie entschlossen. »Da passt doch ziemlich viel zusammen. Die Geschichte damals mit Miriam …«

»Die nicht bewiesen ist«, fiel Christin ihm ins Wort. »Die dubiose Versetzung wegen einer jungen Frau«, fuhr Freddie unbeirrt fort, »und alle, auch Lena, dunkle Haare! Außerdem, wo treibt der sich ständig rum?« Freddie reckte sich. »Wie auch immer. Jetzt ist erst einmal Feierabend. Ich geh mich umziehen, bevor ich hier gleich einschlafe.« Der Polizist erhob sich von dem Sofa und ging die Treppe hoch.

Auch Christin hatte sich auf der Couch entspannt. »Tu das«, lächelte sie ihrem Mann hinterher.

Plötzlich ließ lautes Geschrei Christin aus ihrer wohligen Entspannung aufschrecken. So schnell sie mit ihrem hochschwangeren Leib konnte, lief sie die Treppe hinauf und sah bestürzt, wie Freddie mit hochrotem Kopf wütend vor Dietmar Ohler stand. Wie Schutz suchend lehnte dieser an der Flurwand, beide Handflächen gegen sie gepresst.

»Was ist hier los?«, schrie Christin.

Mathilda stand mit weit aufgerissenen Augen in ihrer Zimmertür und hielt mit Mühe die Tränen zurück. Auch sie wusste nicht, warum Freddie plötzlich wütend in ihr Zimmer gestürzt war und Ohler herausgezerrt hatte, der doch nur über ihr gebeugt auf etwas in ihrem Geschichtsbuch gedeutet hatte.

Freddie achtete nicht auf Mutter und Tochter. Und nur langsam lösten sich die Bilder in seinem Kopf auf, die er gesehen hatte, als er Ohler über Matti gebeugt stehen sah — Augen, die seiner Schwester hinterherglotzten, schmierige Briefe an intimen Stellen.

»Du hältst dich von Mathilda und ihrem Zimmer fern«, keuchte Freddie, Speicheltröpfchen trafen Ohler im Gesicht. »Hast du verstanden? Morgen werden wir uns mal unterhalten«, fügte er drohend hinzu, ohne den Pfarrer, der sich immer noch an die Wand presste, aus den Augen zu lassen.

»Freddie«, sagte Christin sanft, »geh dich jetzt umziehen. Mathilda«, wandte sie sich an ihre Tochter, »geh du auch in dein Zimmer, ich komme gleich. Es tut mir leid, Herr Ohler, aber ich denke, wir werden uns heute Abend noch zusammensetzen und reden.«

* * *

Christin hatte das Gefühl, mit einem Löwen und einer Schlange am Küchentisch zu sitzen.

Freddie schien ihr auf einmal doppelt so breit, wie er mit geradem Rücken, angespannten Schultern und lauerndem Blick Dietmar Ohler fixierte. Der Pfarrer wiederum strahlte Gelassenheit aus, die nur durch seine nervös trommelnden Finger Lügen gestraft wurde. Geschmeidig wich er allen Anschuldigungen aus.

Natürlich würde er sich niemals Mathilda oder einem anderen jungen Mädchen ungebührlich nähern und Isa Staumann sei eine Kollegin gewesen, der er niemals zu nahe gekommen sei. Die Vertretungsstelle habe er wegen seiner Mutter angenommen, die schwer erkrankt sei. Und obwohl es sie nichts angehe, wo er wann war, beantwortete er diese Frage: bei seiner hilfebedürftigen Mutter.

Nur einmal, als Freddie ihn auf die Geschehnisse mit Miriam vor zwanzig Jahren ansprach, bröckelte seine Fassade ganz leicht. Kurz hatte Christin das Gefühl, dass er ihnen etwas mitteilen wollte, schwieg dann aber. Damit hätte er nichts zu tun gehabt.

Warum konnte Christin ihrem Vertreter nicht so recht glauben?

Wie konnte er so gelassen hier sitzen und mit so ruhiger, unaufgeregter Stimme Freddie und ihr Rede und Antwort stehen? Warum empörte er sich nicht mehr darüber?

19. Kapitel

Dienstag, 11. Dezember 2018

Leo kam sich vor wie in *Täglich grüßt das Murmeltier*, nur leider in einer Version von Quentin Tarantino.

Wieder standen verzweifelte Eltern vor ihm und meldeten ihr Kind als vermisst. Gott sei Dank waren seine Kolleginnen und Kollegen schon alle da, und Schlüter winkte das aufgeregte Ehepaar Tigler direkt in den Besprechungsraum durch. Geistesgegenwärtig hatte Katja Weber die handgeschriebene Notiz der Vermissten sofort in eine Klarsichthülle gepackt. Annas Mitteilung an ihre Eltern kreiste nun durch die Kollegenhände.

Macht euch keine Sorgen, mir geht es gut. Ich komme wieder, wenn sich alles geklärt hat, und das wird es bald. Anna

Elke Tigler konnte sich nicht beruhigen und schluchzte ununterbrochen, Ansgar Tigler forderte aufgebracht eine sofortige Suchaktion.

Schlüter, der Angst hatte, dass die Situation unangenehm eskalieren würde, bat Freddie, Skalecki und die anderen des Teams, ihn mit dem Ehepaar alleine zu lassen. Vorher wollte er aber noch etwas klären. »Lasst uns noch Stillschweigen über Annas Verschwinden bewahren. Oder was meinst du, Skalecki?«

Sie stimmte sofort zu. »Ja, du hast recht. Absolutes Stillschweigen! Wir müssen das selber erst einmal einordnen.«

Dann erzählte Freddie von Christins Vorschlag, den Psychologen mit in die Ermittlungen einzubeziehen. »Vielleicht bringt uns tatsächlich ein Profiler weiter?«, gab er zu bedenken.

Die Duisburgerin überlegte. »Ein Profiler?«, sagte sie zögernd. »Vielleicht keine schlechte Idee. Wir haben es hier ja mit einer sehr verworrenen, ungewöhnlichen Gemengelage zu tun.« Sie zuckte mit den Schultern. »Irgendwie kann es jeder sein. Ich spreche mit der Neuwerth. Und da dieser Klein ja gerade in Voerde ist, geht es vielleicht auch mal unkompliziert. Aber Freddie«, Skalecki schaute ihren Kollegen mit zusammengezogenen Augenbrauen streng an, »das war dann auch alles, was Christin zu dem Fall beiträgt. Mach ihr das unbedingt klar. Und kein Wort zu ihr wegen Anna Tiglers Verschwinden. Deine Angetraute fängt sonst noch an, ganz Möllen umzupflügen.«

* * *

Christin hatte keine Mühe, das Haus zu finden, in dem Margarete Klein lebte.

Von der Frankfurter Straße aus fuhr sie in die Rahmstraße und dann links in den Walter-Neuse-Weg. Da sie glaubte, gleich da zu sein, parkte sie rechts, an einer hohen, weiß getünchten Backsteinmauer, die ein großes Anwesen zu umschließen schien. Die Sonnenstrahlen hatten endlich wieder ihren Weg durch die Winterwolken gefunden und ließen die Welt hell erstrahlen. Christin genoss den kleinen Spaziergang. Sie konnte sich nicht daran erinnern, schon einmal in dieser Gegend gewesen zu sein, und war überrascht, wie ländlich-idyllisch dieser Teil von Möllen war.

Das alles überragende Kohlekraftwerk stand in der Sonne wie ein protziges Industriedenkmal. Es schien zum Greifen nah. Da sie wusste, dass es stillgelegt war, fand Christin den Anblick eher beängstigend und trostlos als beeindruckend. Tatsächlich erinnerte es sie an die Kulisse von Katastrophenblockbustern.

Plötzlich hörte sie einen lauten, dröhnenden Ton ganz in ihrer Nähe. Ihr Herz machte einen kurzen Satz, intuitiv drückte sie eine Hand auf ihr ungeborenes Baby, wie um es zu beschützen. Dann musste sie fast laut auflachen, als sie sah, vor was sie ihr Baby beschützen wollte. Auf der gegenüberliegenden Seite der Straße, hinter einer Hecke aus Naturhölzern, konnte sie einige gewaltige, zottelige Rinder erkennen. Trotz der Kälte schienen sie die Sonne zu genießen und zupften gelassen an dem, was sie auf dieser Winterweide noch fanden. Wenn sie nicht ahnungslose Passanten mit ihrem Muhen erschreckten.

Freddie und Skalecki hatten von der zuständigen Staatsanwältin Melanie Neuwerth grünes Licht dafür bekommen, Manuel Klein zu bitten, seine Einschätzung zu dem Fall einzuholen. Da die beiden Polizisten bei der Suche nach Gerald und Anna eingespannt waren, sollte

Christin bei einem Besuch Margarete Kleins erst einmal alleine mit dem Psychologen sprechen und ihn dann gegebenenfalls mit zum Revier nehmen.

Schon nach wenigen Schritten stand sie vor der angegebenen Adresse. Sie war etwas überrascht, wie vernachlässigt das Haus wirkte. Die Haustür war an vielen Stellen zerkratzt, die Fenster sahen schmuddelig aus, die dahinter hängenden Gardinen wirkten grau und verschlissen. Tatsächlich hatte sie sich das Elternhaus eines deutschlandweit bekannten Psychologen, der selber so gepflegt und modisch wirkte, anders vorgestellt.

Ein kurzes Frösteln lief über ihren Rücken, als sie an eine ähnliche Situation im Frühjahr dachte, in der sie ebenfalls vor einem verwahrlosten Haus gestanden hatte, hinter dessen Mauern sich dramatische Szenen abgespielt hatten. Nein, dachte Christin, dies hier war eine völlig andere Situation.

Noch bevor sie klingeln konnte, wurde die Tür geöffnet. Eine ältere, schmale Frau guckte verdutzt, sie hatte nicht mit einem Gegenüber gerechnet, als sie das Haus verlassen wollte.

»Frau Fohrmann!«, rief Christin überrascht, als sie ihre Haushaltshilfe erkannte. »Was machen Sie denn hier?«

Sigrid Fohrmann zuckte mit den Schultern und lächelte verlegen. »Sie wissen doch, so dicke hab ich es nicht. Ich habe noch eine Stelle als Alltagshelferin angenommen. Und Sie, was machen Sie hier?«

»Herr Klein bat mich, seine Mutter zu besuchen.«

»Stimmt, so etwas hat er erzählt«, nickte sie und guckte dann streng. »Aber Sie sind doch in Mutterschutz. Und bald kommt das Kleine. Na, dann gehen Sie einfach rein. Herr Klein!«, rief sie dann über ihre Schulter ins Haus, »die Pfarrerin ist da!« Von Christin verabschiedete sie sich mit einem kurzen »Bis morgen!« und ging dann zu dem Auto, das am Straßenrand parkte.

Schon stand Manuel Klein vor ihr. »Komm rein! Das freut mich, dass du tatsächlich meine Mutter besuchen kommst!«

Manuels Lächeln ließ sogar den dunklen Flur erstrahlen. Dann gab es ein kurzes, verwirrendes Handgemenge. Der Psychologe breitete beide Arme aus, Christin war unsicher, ob er sie zur Begrüßung umarmen wollte, was ihr nicht recht gewesen wäre, sie wich etwas zurück, er wedelte weiter mit den Armen.

»Ich würde dir gerne aus dem Mantel helfen«, sagte er dann endlich.

Christin lachte kurz auf und merkte, wie sie wieder etwas errötete. »Ach so, ja klar, natürlich«, antwortete sie hastig und pellte sich aus ihrem Mantel, den der Psychologe dann an sich nahm.

Noch mit dem Mantel über seinem Arm, begann er schon zu erzählen. »Wunder dich bitte nicht, meine Mutter ist immer sehr müde. Du wirst vielleicht auch kein vernünftiges Gespräch mit ihr führen können, aber später wird sie sich wieder an deinen Besuch erinnern und darüber mit mir oder einer der Alltagshelferinnen reden.«

»Ja, okay«, nickte Christin, »keine Sorge, so etwas kenne ich. Aber du bleibst noch hier?«

»Ja, solange du hier bist. Aber dann muss ich direkt wieder nach Köln«, antwortete er mit Bedauern in der Stimme.

»Oh! Das ist schade.« Die Pfarrerin schürzte die Lippen.

Manuel stutzte. »Äh, warum?«

Hastig erzählte Christin ihm von ihrem Anliegen beziehungsweise dem der Mordkommission.

Klein nickte und dachte kurz nach. »Ich gucke mal, ob ich ein paar Termine verschieben kann. Vielleicht unterhältst du dich jetzt mit meiner Mutter, in der Zeit spreche ich mit meiner Assistentin, ob sie Zeit herzaubern kann.« Er lächelte zuversichtlich.

Margarete Klein saß auf einem alten, aber anscheinend bequemen Stuhl in der Küche. Sie guckte die Pfarrerin verwirrt an, kniff dann die Lippen zusammen und nickte huldvoll mit dem Kopf, nachdem Christin sich vorgestellt hatte. Wie erwartet lief das Gespräch eher zäh. Erst als die jüngere Frau die schöne Lage des Hauses lobte, kam Leben in die alte Dame.

»Mein eigentliches Elternhaus war viel, viel schöner«, deutete sie an.

Christin ging darauf ein. »Ach, wo lebten Sie als Kind denn?«

»Uns gehörte Haus Ahr. Kennen Sie das überhaupt?«, fragte Margarete Klein und musterte die Pfarrerin streng.

»Mama!« Manuel Kleins Stimme schallte mahnend durch die Küche. »Es gehörte uns nicht, verdreh nicht wieder die Tatsachen.« Mit gespielter Verzweiflung guckte er Christin an. »Mein Großvater war Pächter dort, aber natürlich war die Haltung eines Gutshauses irgendwann nicht mehr zeitgemäß, und so zogen meine Großeltern hierhin, als es verkauft wurde«, stellte Klein richtig.

»Haus Ahr war doch der Familiensitz der Tenderings?« Christin wurde hellhörig.

»Ja. Sie sind …«, nach einem strengen Blick ihres Sohnes setzte die alte Frau neu an. »Mit denen haben meine Vorfahren zusammengelebt«, bestätigte Margarete Klein.

»Dann waren Sie doch auch sicher in dem Theaterstück ›Betty‹? Das muss Sie doch interessiert haben.« Christin bedauerte, dass ihr Gegenüber schon etwas verwirrt war, sie wäre sonst bestimmt eine interessante Quelle für diesen Teil der Voerder Geschichte gewesen. Umso überraschter war die Pfarrerin, als sie auf einmal in das wutverzerrte Gesicht der alten Frau blickte.

»Dieses Theaterstück von dieser Hassmann? Alles nur Lügen! Das hätte so gar nicht aufgeführt werden dürfen! Man hätte es stoppen müssen!«

* * *

Während Schlüter mit Tiglers Schritt für Schritt die letzten Tage Annas zu rekonstruieren versuchte, saß der Rest der »Mordkommission Lena Pachel« wieder um den großen Tisch herum und versuchte, in die Erkenntnisse, die sie bisher gesammelt hatten, einen Sinn zu bringen.

Freddie hatte alle angehalten, einfach draufloszureden. Sinnloser konnte es nicht werden, meinte Skalecki spöttisch zu dieser Methode.

»Lasst mal überlegen«, begann Elif gewohnt selbstbewusst, »wer ist als Nächstes dran zu verschwinden? Ahmet?«

»Lena, Gerald«, spann Katja den Faden weiter, »Anna, Ahmet. Gerald. Hat er Lena getötet, dann hat Ahmet sich gerächt und Anna dafür getötet?«

»Es wäre ja nur eine Rache, wenn Gerald das mitbekäme«, gab Elif zu bedenken. »Aber Gerald ist verschwunden.«

»Es sei denn«, schaltete sich Freddie ein, »Ahmet hat auch Gerald ›verschwinden‹ lassen.«

»Ja«, sagte Skalecki, »und ohne Leichen kein Mord.«

»Aber, sorry, nach dem Ablauf der Ereignisse ist Lena gegen 18 Uhr getötet worden. Gesetzt den Fall, dass das Boot quasi griffbereit dort rumlag und der Täter die Rose auch schon in den Händen hatte, wäre es doch für den Fahrrad fahrenden Gerald eine enorme sportliche Leistung gewesen, gegen 18:30 Uhr an dieser Aula zu sein, findet ihr nicht?«

Nachdenkliches Schweigen in der Runde.

»Und wenn er an diesem Abend gar nicht mit dem Fahrrad gefahren ist?« Mit hochgezogenen Augenbrauen ließ Freddie seinen Blick über die Runde schweifen. »Haben wir das überhaupt schon überprüft?«

* * *

Verblüfft starrte Christin die ältere Frau an. »Das scheint Sie ja sehr mitzunehmen«, versuchte die Pfarrerin Margarete Klein zu beschwichtigen. »Letztendlich ist es ja nur ein Theaterstück. Aber ich habe einiges über Betty Tendering und ihre Schwestern gelesen, Ingrid Hassmann und der Frauengeschichtskreis haben das ja zusammengefasst. Mir scheint das doch sehr glaubhaft, warum sollten das ›Lügengeschichten‹ sein?«

Bevor die aufgebrachte Frau antworten konnte, kam Manuel Klein wieder in die Küche. »Christin«, hinter dem Rücken seiner Mutter gab er ihr mit den Augen ein Zeichen. »Ich denke, meine Mutter ist jetzt etwas erschöpft. Vielleicht kommst du ja ein andermal wieder?«

Die Pfarrerin verstand den Hinweis und gab Margarete Klein zum Abschied die Hand. Plötzlich durchfuhr sie ein heftiger Schmerz. Die alte Frau hielt ihre Hand umschlungen und drückte sie mit einer Kraft zusammen, die Christin der zarten, hinfällig wirkenden Frau niemals zugetraut hätte.

»Diese Frauen, die meinen, so klug zu sein, haben das Offensichtliche nicht gesehen«, zischte Manuels Mutter ihr ins Gesicht. »Sie wollten es nicht sehen. Die Wahrheit soll nie ans Licht kommen.«

* * *

Kopfschüttelnd kam Schlüter in den Besprechungsraum.

»Nichts«, sagte er zwischen zusammengekniffenen Lippen. »Anna hat keine engen Freunde«, fasste er das Gespräch mit Tiglers für das Team zusammen. »Sie ist schon immer sehr impulsiv gewesen, was engere Bindungen zu anderen fast unmöglich gemacht hat. Es gab wohl auch einige unschöne Vorkommnisse in Annas Kindheit und Jugend. Sie war auch bis vor einiger Zeit in psychologischer Behandlung. In letzter Zeit war sie aber wohl sehr ausgeglichen, machte einen zufriedenen Eindruck, deswegen wundern sich ihre Eltern jetzt über ihr Verschwinden. Tiglers haben überhaupt keine Ahnung, wo sie sein könnte.«

»Wie ist sie verschwunden?«, wollte Skalecki wissen. »Also, wissen Tiglers, welche Tasche sie genommen hat, wie viel sie eingepackt hat und wie sie sich wegbewegt hat?«

»Ja«, antwortete Schlüter, »ganz einfach, sie ist mit ihrem Auto weggefahren. Und Elke Tigler ist sich nicht ganz sicher, ein Koffer fehlt wohl nicht, aber Anna hat zahlreiche von diesen Beuteltaschen, da könnte sie eine von genommen haben.«

»Also will sie nicht länger wegbleiben?«, fragte Elif in die Runde.

Schlüter zuckte mit den Schultern. »Wahrscheinlich nicht.«

»Es sieht so aus, als ob sie sich tatsächlich nur den Anschuldigungen entziehen möchte.« Alle guckten überrascht zu Laura, die bisher nichts gesagt hatte und still an der Wand lehnte. »Ich denke, da brauchen wir jetzt nicht drumherum zu reden. Ihr wisst, dass ich auch psychische Probleme hatte. Vielleicht kann ich mich in Anna besser hineinversetzen.«

»Nur zu«, ermunterte Skalecki sie.

»Also«, dankbar lächelte die Polizeianwärterin die Duisburgerin an. »Ich denke, es gibt zwei Möglichkeiten. Entweder hat sie Lena umgebracht und dreht jetzt total durch. Hat es verdrängt und entzieht sich. Oder«, Laura schürzte die Lippen, dann entspannte sie sie wieder und redete weiter, »oder sie war es nicht. Und irgendeiner hat ihr den Tipp gegeben unterzutauchen, weil der wahre Mörder bald gefasst wird.«

Verblüfft schwieg das Team wieder.

Elif fuhr sich mit ihren Fingernägeln durch die langen, schwarzen Haare. »Ja, und?«, fragte sie unsicher. »Was bringt uns das jetzt?«

Laura schnaubte kurz durch die Nase aus. »Wir werden sie nicht finden, wenn sie es nicht will. Und wir müssen herausfinden, zu wem sie Vertrauen haben könnte. Wer war eigentlich ihr Psychologe?« Laura stellte Schlüter die Frage. Sofort ging er ins Nebenzimmer, um Annas Eltern danach zu fragen. Schon nach einem kurzen Moment kam er wieder.

Mit vor Verblüffung geweiteten Augen verkündete er: »Lipper, Wolfgang Lipper aus Dinslaken.«

* * *

»Deswegen wollte ich unbedingt, dass *du* meine Mutter besuchst. Bei dir hatte ich sofort das Gefühl, dass du damit umgehen kannst.« Manuel Klein atmete dabei aus, als ob er bis gerade die Luft angehalten hätte.

Christin Erlenbeck und der Kölner Psychologe saßen gemeinsam in Christins Auto. Da Manuel Klein immer mit dem Zug zu seiner Mutter kam, hatte sich die Pfarrerin angeboten, ihn an der Polizeiwache Voerde abzusetzen.

Christin lächelte ihm aufmunternd zu. »Mach dir bitte keine Gedanken, da habe ich schon viel gruseligere Sachen erlebt! — Oh, entschuldige«, sie verzog ihr Gesicht zu einer zerknirschten Grimasse, »also nicht, dass deine Mutter gruselig ist.«

»Doch, genau das ist sie«, sagte Manuel mit Grabesstimme.

Mit einem unsicheren Seitenblick auf ihren Beifahrer stellte Christin fest, dass er ein Lachen unterdrückte. Auch sie musste grinsen.

Dann wurde Christin wieder ernst. »Ich stelle es mir wahnsinnig schwierig vor. Dein Leben in Köln und die Betreuung deiner Mutter hier in Möllen. Hast du eigentlich noch Geschwister?«

Er schüttelte den Kopf. »Nein. Aber es ist wirklich sehr anstrengend. Ich habe ständig ein schlechtes Gewissen. Aber ich habe mein Leben und ja auch meine Praxis mit Personalverantwortung in Köln. Das hört sich jetzt vielleicht schrecklich an, aber deswegen lasse ich auch das Haus hier verkommen. Ich habe die Hoffnung, dass sie irgendwann lieber in eine komfortable Alteneinrichtung möchte.«

Christin nickte verständnisvoll. »Oh, okay, ich hatte mich schon gewundert! Und was hat sie gegen den Frauengeschichtskreis und Ingrid Hassmann?«

»Oh Mann!«, schnaubte er verächtlich durch die Nase. »Das ist ein uralter Zickenkrieg. Meine Mutter hatte eine Zeit lang versucht, sich in dem Kreis der Frauen, die die Geschichte der bedeutenden und einflussreichen weiblichen Persönlichkeiten von Voerde zusammentrugen, einzubringen. Das funktionierte aber nicht. Keine Ahnung warum. Vielleicht war sie *zu* engagiert?«

Aus dem Augenwinkel konnte die Pfarrerin sehen, wie er mit den Schultern zuckte. »Und die Geschichte mit Betty Tendering? Das hört sich spannend an. In diesem Fall …«, Christin zögerte, »na, du wirst es bestimmt gleich sowieso erfahren, also irgendwie läuft uns immer wieder diese Betty Tendering über den Weg.«

Wieder lachte der Psychologe kurz auf. »Bis auf die Tatsache, dass meine Vorfahren tatsächlich auf Haus Ahr als Verwalter gearbeitet haben, habe ich keine Ahnung, in was meine Mutter sich da verstiegen hat.« Dann räusperte sich Manuel. »Übrigens«, fuhr er fort, »es schmeichelt mir ungemein, dass die Mordkommission mich als eine Art Profiler hinzuzieht, aber ich hoffe, dass sie nicht von mir erwarten, dass ich ihnen nach kurzem Nachdenken und Haareraufen den Täter liefere. So läuft das nämlich nicht!«

Der Psychologe wurde Christin immer sympathischer. Sie hatte selten einen Menschen erlebt, der gleichzeitig so sensibel und witzig war, dabei aber als offenbar sehr erfolgreicher Mensch freundlich und bodenständig geblieben war.

Die Pfarrerin hielt vor der Polizeiwache an. Auch Christin kämpfte sich mit ihrem prallen Bauch hinter dem Steuer hervor. Beim Abschied legte sie ihm ihre Hand auf den Arm. »Ich wünsche dir viel Erfolg«, sagte sie. »Es wäre so gut, wenn du da irgendwie einen Fortschritt bringst. Auch wegen Freddie.«

Frederick Neumann stand am Fenster in der Wache und beobachtete, wie Christin vertraut ihre Hand auf den Arm des Psychologen gelegt hatte und sich redend zu ihm vorbeugte.

Er hatte das Gefühl, dass flüssige Lava durch seinen ganzen Körper strömte, und fuhr sich automatisch über sein Narbengewebe.

* * *

»Wir haben die Mail von Microsoft mit dem Skype-Gespräch der Cans! Jetzt können wir das Alibi von Ahmet Can überprüfen!«, rief Polizeioberkommissar Leo Rademacher aufgeregt in die Runde der Mordkommission.

»Das ging aber schnell!«, freute sich Skalecki. »Lass sehen.«

Es gab ein kurzes Gedränge um Leo und seinen Arbeitsplatz, aber nach einem strengen Blick der riesigen Skalecki traten alle wieder einen Schritt zurück. Die Duisburgerin und Freddie starrten nun gespannt auf die Datei, die Leo öffnete.

Die Staatsanwältin Melanie Neuwerth hatte dem großen IT-Konzern genau beschrieben, was sie brauchten. Und das hatte dieser dann geliefert. Man sah tatsächlich nur die Menschen, die in Voerde vor dem Computer gesessen hatten. Da war das Gesicht eines älteren Mannes, dessen fein geschnittene Züge sehr an Ahmet erinnerten, und das einer älteren Frau. Ab und zu beugte sich noch ein junges Mädchen zu dem Bildschirm hinunter, die jüngste Tochter der Cans. Die Aufzeichnung war nicht gestochen scharf, mal war sie etwas verpixelt, mal etwas verschwommen. Aber Skalecki, Freddie und Leo waren sich einig, dass sie kein einziges Mal Ahmet Can sehen konnten.

20. Kapitel

Dienstag, 11. Dezember 2018

Gerade als sich die Tür der Polizeiwache hinter dem Psychologen geschlossen hatte, bemerkte Christin, dass sie ihren Mantel bei Kleins in Möllen vergessen hatte. Wie hatte ihr das nur passieren können? Hatte Manuel sie so verwirrt? Oder stimmte es, dass man während der Schwangerschaft vergesslicher war? Christin beschloss, sofort zu dem Häuschen der Kleins zurückzufahren. Margarete würde ihr hoffentlich die Tür öffnen.

Diesmal parkte sie ihr Auto weiter in den Walter-Neuse-Weg hinein, gegenüber einem Tor, das auf die Weide mit den rotbraunen Rindern führte. Ein Mann stand mit dem Rücken zu ihr und war ganz vertieft in den Anblick eines Pfostens. Mit einem mulmigen Gefühl ging Christin auf das Haus der Kleins zu. Als sie davorstand, hatte sie auf einmal Manuel vor Augen.

Wie attraktiv er aussah. Wie gepflegt. Und dann dieses Haus, in dem seine schon verwirrte Mutter alleine lebte. Er konnte sich darin doch selber nicht wohlfühlen, wenn er seine Mutter besuchte.

Sie wischte das Bild zur Seite und schickte ein kleines Stoßgebet zu ihrem Gott. *Bitte lass mich jetzt flott und unkompliziert diesen blöden Mantel bekommen!* Aus dem Augenwinkel sah sie, wie sich an einem der Fenster im Obergeschoss die Gardine leicht bewegte, und lächelte dankbar vor sich hin.

Schon erstaunlich schnell, nachdem sie geklingelt hatte, öffnete sich die Haustür. Margarete Klein stand vor ihr, verwirrt, aufgeregt. Die Pfarrerin bekam sofort ein schlechtes Gewissen; nicht auszudenken, wenn die alte Dame wegen eines Mantels die Treppe hinuntergefallen wäre.

»Sie kommen zu früh«, wurde sie mit vorwurfsvoller Stimme empfangen. »Ich wollte mich gerade hinlegen.« Dann senkte sie die Stimme. »Hier ist jemand.« Sie schielte zur Küche, in der Christin noch vor Kurzem mit ihr geplaudert hatte. »Nein«, sagte sie dann, verwundert, »da ist doch keiner.«

Sanft erklärte die Pfarrerin ihr, dass sie nicht von den Alltagshelfern komme, gerade schon da gewesen sei und nur ihren vergessenen Mantel holen wolle.

»Du dummes Ding«, schimpfte Margarete Klein und verschränkte die Arme vor ihrer Brust. »Was sollen denn jetzt die Gäste denken? Bring das schnell in Ordnung.«

Einen kurzen Moment war Christin verblüfft, dann reagierte sie geistesgegenwärtig und sagte: »Selbstverständlich, Frau Klein, mache ich sofort.«

Nur eine Minute später ging sie erleichtert, mit dem Mantel über dem Arm, zu ihrem Auto zurück. Gott sei

Dank hatte sich Margarete Klein nur umgedreht und war in die Küche zurückgegangen, ohne sie weiter zu beachten. So hatte sie sich schnell den Mantel nehmen können.

Der Mann, der sich so intensiv mit dem Weidentor beschäftigt hatte, drehte sich zu ihr um, als sie bei ihrem Auto ankam.

Dann erkannte sie ihn. Es war der vierschrötige Mann mit der Löwenmähne, der am Vortag in der Polizeiwache gewesen war.

»Frau Pfarrerin«, begrüßte er sie lächelnd, »was führt Sie hierhin?«

Christin grüßte freundlich zurück. »Das ist eins meiner Hauptprobleme«, entschuldigte sie sich dann, »die meisten kennen mich, aber ich leider nicht Sie, zumindest nicht namentlich!«

»Bernd Benninghoff«, stellte er sich vor und reichte ihr die Hand.

»So, jetzt weiß ich auch den Namen zu meinem Gottesdienstbesucher. Ich habe Sie doch gestern auch auf der Wache gesehen«, erinnerte sich die Pfarrerin.

»Ja«, grinste er, »und Sie haben einen lecker duftenden Kuchen an mir vorbeigetragen.« Sein Lächeln verschwand. »Da muss es gerade furchtbar zugehen. Ich möchte nicht tauschen.«

Christin senkte den Blick. »Ja«, sagte sie nur.

»Da kam ich mir mit meiner Anzeige fast schon …«, er suchte nach dem richtigen Wort, »blöd vor.«

»Wieso?«, fragte sie.

»Na, weil ich mich einfach nur über einen Typen geärgert habe, der im Dunkeln und komplett schwarz an dem Gatter hier rumhing«, erklärte er.

Christin stutzte. »Hm«, brummte sie, »das hört sich jetzt wirklich nicht besonders schlimm an.«

Benninghoff lachte verlegen. »Ja, da haben Sie recht. Ich wurde von einem Nachbarn, der immer mal ein Auge auf meine Tiere wirft, angerufen. Ein Rind lag mehrere Stunden schon auf dem Boden, und er machte sich Sorgen. Da habe ich mich dann auf mein Fahrrad gesetzt und bin hierhergefahren. Ich wohne nicht weit weg.« Er machte eine kleine Pause, guckte nachdenklich auf die Weide. »Als ich hier ankam, habe ich den schwarz gekleideten Typen überhaupt nicht gesehen. Er stand«, Benninghoff deutete auf den Boden, »etwa hier. Ich bin in ihn reingefahren. Er hat mit beiden Händen mein Lenkrad gegriffen, damit er nicht hinfiel. Dann hat er plötzlich losgelassen und ist abgehauen. War wie vom Erdboden verschluckt.«

Christin stutzte. »Merkwürdig. Aber was ist so schlimm daran?«

Bernd Benninghoff straffte seine Schultern. Zog die Augenbrauen hoch. Guckte über die Weide. Dann widmete er seine Aufmerksamkeit wieder der Pfarrerin. »Natürlich«, antwortete er endlich, »mir ist nichts passiert, meinem Rad ist nichts passiert. Aber als ich das dann Sonntag von der jungen Frau gehört habe, musste ich wieder daran denken. Ich meine, was hat dieser Typ da gemacht? Der stand da im Dunkeln«, wiederholte er. »Dann habe ich gestern Morgen beschlossen, das einfach mal zu Protokoll zu geben.«

Christin nickte. »Das hätte ich auch gemacht.« Sie zuckte mit den Schultern. »Schaden tut es jedenfalls nicht.« Dann ging sie ein paar Schritte auf das Weidentor zu und betrachtete die Rinder. »Die sehen ja mächtig beeindruckend aus!«

»Ja, und sie schmecken auch super!«, lachte Benninghoff.

»Was ist das für eine Rasse?«, fragte die Pfarrerin interessiert.

»Das sind Galloways«, antwortete er mit Stolz in der Stimme.

»Die sehen … ungewöhnlich aus! Aber hübsch«, fand Christin. »Bleiben sie den ganzen Winter draußen?«

Benninghoff nickte. »Ja. Diese Rasse ist extrem robust. Kommt aus Schottland.«

»Aber das machen Sie nicht hauptberuflich?«, vermutete Christin mit Blick auf die gepflegte Alltagskleidung ihres Gegenübers.

»Nein!«, lachte er, »Ich bin Lehrer. Mir gehört die Weide hier, und irgendwie wollte ich sie selber nutzen und nicht verpachten. Und da sind meine Frau und ich auf diese Rinder gekommen. Und Sie? Hier ist doch gar nicht Ihr Bezirk? Und außerdem sind Sie doch schon bestimmt in Mutterschutz.«

Die Pfarrerin deutete auf das Haus der Kleins. »Ich weiß nicht, ob Sie sie kennen, aber Manuel, der Sohn von der alten Frau Klein, bat mich, seine Mutter mal zu besuchen.«

Benninghoffs gerade noch freundlich strahlende Miene verdüsterte sich. »Natürlich kenne ich sie. Ich bin hier«, er machte eine ausholende Geste mit seinem Arm, »groß geworden. Da vorne stand mein Elternhaus.«

»Ach so«, Christin nickte verstehend. *Nein, du wirst es nicht tun. Du bist in Mutterschutz. DU BIST IN MUTTERSCHUTZ.*

* * *

»Freddie, du wirst zu diesem Lipper fahren«, bestimmte Skalecki, »Katja, Laura hat recherchiert. Es gibt in Duisburg eine Rosenfarm, die auch über den Großhandel vertreibt und den ganzen Raum hier beliefert. Du fährst mal dahin und erkundigst dich nach unserer Rose. Behalte auch die Geschichte von Freddies Schwester im Hinterkopf. Elli und Leo, ihr bringt mir Ahmet Can.«

»Kann nicht Katja zu Lipper?«, protestierte Freddie. Mit versteinerter Miene hatte er Skaleckis Anweisungen verfolgt.

»Nein, es wird so gemacht, wie ich es gerade gesagt habe«, entgegnete Skalecki. »Schlüter und ich werden mit diesem Klein reden. Laura, du bist auch dabei, hältst dich aber im Hintergrund.«

Die Polizeihauptkommissarin nahm Freddie zur Seite. »Ich habe gesehen, wie du Christin und diesen Psychologen durch das Fenster beobachtet hast. So weiß, wie du geworden bist, brauche ich jetzt nicht deinen ersten Ehekrach bei der Ermittlung.« Eindringlich fixierte die Duisburgerin ihn. »Mach jetzt keinen Stress. Vielleicht tut sich endlich was.«

In diesem Moment geleitete Schlüter Manuel Klein in das Besprechungszimmer. Er stellte ihn dem Ermittlungsteam vor. »Nebenan sitzen die Eltern von Anna Tigler«, übernahm Skalecki sofort das weitere Vorgehen, »vielleicht unterhalten wir uns mit ihnen zusammen über unsere Hauptverdächtige Anna.«

Manuel Klein schüttelte energisch den Kopf. »Nein, das würde mich schon zu sehr beeinflussen. Sie zeigen mir am besten erst einmal, was Sie alles haben. Dann werde ich versuchen, mir ein erstes Bild zu machen.«

Freddie war jetzt doch froh, den Raum verlassen zu können. Skalecki kannte ihn zu gut. Sie wusste genau, dass er schlecht mit solchen »Kollegen« umgehen konnte. Er hatte das Gefühl, dass sich hinter der Miene des abgeklärten Psychologen verdeckte Abgründe verbargen. Zumal hinter so einer attraktiven Miene. Er hatte wahrscheinlich einfach nur zu viele Thriller gesehen, dachte Freddie und versuchte, sich zu beruhigen. Schönling, schimpfte er trotzdem wütend.

»Gut«, sagte Schlüter mit einem Blick zu Skalecki, »dann ist es wohl am besten, wenn Tiglers nach Hause gehen. Vielleicht meldet sich Anna ja auch irgendwann.«

* * *

Anna lag wieder völlig entspannt auf dem Bett. Er hatte sie ermahnt, ruhig zu sein. Komplett still. Das fiel ihr nicht schwer, sie war sowieso die ganze Zeit müde. Er hatte ihr einige Getränke und verschiedene Snacks bereitgestellt. Ein Badezimmer war gegenüber. Er hatte ihr aber eingeschärft, nur im absoluten Notfall die Toilette zu benutzen und dann nicht zu spülen.

Sie raffte sich auf, ein paar Schlucke zu trinken. Die Cola-Light hatte einen komischen Beigeschmack, aber sie war auch schon warm.

Wenn sie wach war, richtig wach, kreisten ihr die Gedanken durch den Kopf wie Schwalben über ihren Garten, bevor ein Gewitter aufzieht. Dann guckte sie sich neugierig um. Er hatte sie gebeten, nichts in diesem

Zimmer, seinem alten Jugendzimmer, in Unordnung zu bringen. Das würde er merken, und dann wäre er sehr enttäuscht.

Er hatte ihr das Handy abgenommen. »Damit du ja nicht in Versuchung kommst«, hatte er mit einem liebevollen Lächeln gesagt. Anna hatte nicht protestiert. Sie hatte ja sowieso keine Freunde, die sie in dieser Situation anrufen würde. Als Hauptverdächtige in einem Mordfall. Er war immer für sie da gewesen, auch als er schon längst weggezogen war. Sie war bereit für ihn. Endgültig. Mit ihm fühlte sie sich geborgen und sicher wie ein Vogeljunges in einem warmen Nest.

Anna musste wieder gähnen, und ihr Kopf sackte auf die Matratze zurück. Die müffelte etwas.

Gleich würde sie sich aufraffen und sich mal ganz vorsichtig etwas umgucken. Vielleicht würde sie ja ein niedliches Kinderbild von ihm finden?

* * *

»Frau Klein scheint ein wenig verwirrt zu sein.« Warum konnte sie ihre Neugier nicht zügeln? »Und es ist ja auch sehr schade, wenn man sich im Alter mit alten Freundinnen verkracht hat.«

Benninghoff guckte sie verständnislos an. »Wie meinen Sie das? Die Klein hatte hier nie Freundinnen oder Freunde. Die hatte sich immer von allen ferngehalten. Und die, mit denen sie sich unbedingt anfreunden wollte, haben sie gemieden.«

»Und die Frauen vom Frauengeschichtskreis? Frau Hassmann oder Frau Bleul-Neubert?«, hakte sie nach.

Benninghoff winkte ab. »Ich habe gehört, dass die Klein sich in die Forschungen über Betty Tendering einmischte und mit irgendwelchen Theorien ankam. Unhaltbare Behauptungen und völlig uneinsichtig, als man versuchte, ihr das klarzumachen.«

Christin nickte, obwohl sie gar nichts verstand.

Sie fand es aber spannend, sich mit jemandem zu unterhalten, der sich mit der Möllener Geschichte anscheinend bestens auskannte. »Warum hatte Margarete keine Kontakte? Das hörte sich gerade etwas verwirrend an!«

Bernd Benninghoff lehnte sich an das Weidentor und betrachtete nachdenklich seine friedlich grasenden, zotteligen Rinder. Christin merkte, dass er abwog, was er ihr erzählen wollte. Er schien kein Mensch zu sein, der unüberlegt über andere redete.

Dann wandte er sich ihr wieder zu, als ob er einen Entschluss gefasst hätte. »Eigentlich ist es völlig unwichtig, das ist alles schon lange her. Aber vielleicht rundet es das Bild etwas ab«, sagte er dann.

Christin wartete geduldig, obwohl sie diese Bemerkung noch neugieriger machte.

»Margaretes Eltern zogen irgendwann Anfang der Sechzigerjahre hierhin«, fuhr er fort. »Sie hatten vorher offiziell als Pächterfamilie auf dem Hof von Haus Ahr gelebt, das wurde aber verkauft, und sie mussten ausziehen. Haus Ahr war zu dieser Zeit schon, sagen wir mal ... nicht mehr sehr repräsentativ. Der neue Besitzer, ein Dinslakener Stahlwerksbesitzer, hat es dann dem Maler Karl Heiduck und Kathrin Türks mit ihrem Ensemble der Burghofbühne überlassen.«

»Ach, wie interessant!«, rief Christin aus.

Benninghoff nickte. »Ja. Ich war damals natürlich noch zu klein, um das alles mitzubekommen, vieles wurde mir nur erzählt«, fuhr er fort. »Kleins wurden jedenfalls Nachbarn meiner Eltern. Das Ganze war für sie wohl ziemlich schwierig. Bis dahin hatten sie den Status der Verwalterfamilie eines Gutshauses, verkehrten mit von Rigals und anderen alteingesessenen Gutsherrenfamilien, und von einem Tag auf den anderen mussten sie in das Haus ziehen, das ihnen die von Rigals, die ehemaligen Besitzer von Haus Ahr, freundlicherweise zur Verfügung stellten.«

»Das hört sich doch eigentlich nicht schlecht an«, wandte Christin ein.

Benninghoff zog die Augenbrauen in die Höhe. »Tja, erst mal nicht. Aber das Häuschen war damals schon, mit Verlaub, 'ne Bruchbude. Und die Kleins hatten ja auch kein Einkommen mehr. Hier, nun direkt in Möllen, hatten sie kaum Kontakte. Margaretes Mutter hatte sich noch bemüht. An sie kann ich mich erinnern, sie war zwar immer freundlich, aber auch reserviert. Sie hat in einer Metzgerei gearbeitet, die wie ein kleiner Tante-Emma-Laden in der Siedlung war. Ihn, Margaretes Vater, habe ich als verschlossen und unfreundlich in Erinnerung.«

»Und Margarete?«, fragte Christin.

Bernd Benninghoff fuhr sich mit den Fingern durch die Haare, was sie noch mehr in alle Richtungen abstehen ließ.

»Margarete ging schon früh weg, ich glaube, nach Köln«, erinnerte er sich. »Und dann kam sie plötzlich wieder. Mit einem Kind. Ohne Mann.« Er runzelte die

Stirn. »Das war Ende der Siebziger immer noch schwierig. Es gab natürlich Gerede, keiner wusste, wer der Vater war. Ich glaube, sogar ihre Eltern nicht.«

»Wie schrecklich!«, murmelte Christin, die sich gerade das Leben einer alleinerziehenden Mutter vor vierzig Jahren auf dem Land vorstellte.

Benninghoff zuckte mit den Schultern. »Margarete stieß aber auch allen vor den Kopf. Sie stolzierte mit hochhackigen Pumps durch die Siedlung und nahm keine Freundschaftsangebote an. Ihren heranwachsenden Sohn hielt sie von den anderen Kindern fern. Möllen und die zugezogenen deutschen und türkischen Bergbauarbeiter und deren Familien seien ihr nicht fein genug, sagte meine Mutter immer. Und dann«, er machte eine kleine Pause, »dann bauten Tiglers direkt neben ihnen.«

Christin brauchte einen Moment, um den Zusammenhang herzustellen. Sie drehte den Kopf nach rechts und guckte auf die hohe Backsteinmauer, neben der ihr Auto parkte.

»Ja, genau dahinter steht ihr Haus«, bestätigte Benninghoff Christins Vermutung. »Jetzt wohnt Ansgar dort mit seiner Familie, aber vor, puh«, der Lehrer überlegte laut, »knapp vierzig Jahren hat sein Vater Bernd das Haus gebaut.«

»Dann wohnt hier Anna Tigler?«, rief Christin erstaunt.

Benninghoff nickte. »Ja.«

Die Pfarrerin war überrascht. Manuel Klein ein direkter Nachbar von der verschwundenen Anna? Sie versuchte, sich die Gespräche mit Manuel in Erinnerung zu rufen, konnte sich jetzt aber nicht mehr erinnern, ob es einen Zeitpunkt gegeben hatte, an dem er über die Nachbarschaft hätte sprechen können.

»Dann kennen Sie Anna?«, fragte Christin.

»Kennen ist zu viel gesagt«, winkte Benninghoff ab. »Ich wohne hier auch schon lange nicht mehr. Wenn ich Bernd, der auch schon nicht mehr hier wohnt, sehe, reden wir ein bisschen, genauso wie mit Ansgar. Von Anna weiß ich nur, dass sie nicht ganz einfach ist. Aber ihre Eltern sollen sie auch ziemlich oft sich selbst überlassen haben. Darüber hat sich Bernd manchmal ausgelassen. Ihm tat seine Enkelin wohl leid.« Er zuckte wieder mit den Schultern. »Aber muss jeder selbst wissen.«

»Und mit Tiglers freundete Margarete sich dann an?«, versuchte Christin das Gespräch wieder auf Manuels Mutter zu bringen.

Benninghoff lachte kurz auf. »Ja! Natürlich!«, rief er spöttisch. »Die waren als direkte Nachfahren der Tenderings ja standesgemäß!«

Stimmt, dachte Christin, so etwas hatte Freddie erzählt.

»Aber Margarete«, erzählte er weiter, »übertrieb das mit dem Anfreunden etwas. Sie hatte wohl Bernd im Visier.« Benninghoff verzog seinen Mund zu einer kleinen Grimasse. »Also munkelte man. Auf jeden Fall stand irgendwann innerhalb einer Woche diese riesige Mauer hier. Sie umschließt fast das ganze Grundstück.«

»Oha«, lachte Christin etwas verschämt. »Und ihr Sohn, Manuel?« Mitleidig dachte sie an den Psychologen, der wahrscheinlich schon sehr früh Probleme mit seiner Mutter gehabt hatte.

Benninghoff schüttelte den Kopf, seine Löwenmähne, die sowieso schon nicht mehr frisch frisiert aussah, geriet noch mehr durcheinander. »Keine Ahnung! Da weiß ich auch nur, dass er irgendwann Abitur gemacht hat und jetzt Psychologe ist. Muss wohl recht erfolgreich sein, hat auch Bücher geschrieben.«

Christin dachte kurz nach. Das lange Stehen drückte ihr jetzt auf die Wirbelsäule, und sie ging ein paar kleine Schritte vor dem Tor auf und ab. Benninghoff sah ihr mitleidig dabei zu.

»Sie sagten vorhin, dass Margarete es sich mit irgendwelchen Theorien mit dem Frauengeschichtskreis verscherzt habe. Welche Theorien meinen Sie da?«

Benninghoff winkte ab. »Doris, Bernds Frau, hat mir das mal erzählt. Die hasste ihre Nachbarin ja sowieso. Margarete hat behauptet, Betty Tendering hätte einen ihrer Söhne an die kinderlos gebliebenen Pächter, die Kleins, gegeben, weil sie schwermütig war und in ihrer Ehe unglücklich und überfordert.«

»Wenn das stimmt«, überlegte Christin laut, »dann wären Margarete und Manuel ja …«

»Genau«, bestätigte Benninghoff ihre Überlegung. »Direkte Nachfahren der Betty Tendering.«

21. Kapitel

Dienstag, 11 .Dezember 2018

Sie kennen wahrscheinlich von Ihren früheren Einsätzen das Prozedere wegen der Schweigepflicht?« Polizeihauptkommissar Michael Schlüter, der noch nie mit einem Fallanalytiker zusammengearbeitet hat, überflog die Anweisung für das Hinzuziehen externer Berater.

Manuel Klein winkte ab. »Ja, klar.« Er unterschrieb das Formular, das Schlüter ihm über den Tisch zuschob.

Skalecki saß dem Psychologen ebenfalls gegenüber, Laura lehnte mit vor der Brust verschränkten Armen an der Heizung.

Manuel lächelte erwartungsvoll in die Runde. »Dann erzählen Sie mir mal am besten die Fakten. Danach werde ich Fragen stellen.«

Skalecki berichtete, was sich zugetragen hatte, und stellte ihm die verdächtigen Personen vor. Als sie mit ihrem Bericht fertig war, schaute sie den Psychologen gespannt an.

Dieser hatte sich Notizen gemacht und ließ sich mit seiner Antwort Zeit. »Die Spurensicherung? Hat die etwas gefunden?«, fragte Klein, während er auf seine Notizen guckte.

»Nein«, seufzte Skalecki.

Nachdem er noch verschiedene andere Fragen zu Anna, Lena und Gerald gestellte hatte, vertiefte er sich in seine Notizen. »Erwarten Sie jetzt bitte keine Antworten auf die Fragen, wer Lena getötet hat und wo die beiden verschwundenen Personen sind«, sagte Manuel dann endlich. Er richtete sich aus seiner entspannten Haltung auf, stützte die Ellbogen auf den Tisch und legte die Fingerspitzen zusammen. »Was mir sofort auffiel«, fuhr er fort, »ist die Altersstruktur. Tatsächlich kann man von Lena, Anna, Gerald und Ahmet sagen, dass sie sich etwa alle im gleichen Alter befinden. Und zwar in einem entscheidenden Lebensabschnitt. Bei der Arbeit an meinem derzeitigen Forschungsprojekt, dem Thema ›Anerkennung‹, hat sich herausgestellt, dass in diesem Alter die Weichen für eventuell später auftretende psychische Erkrankungen gelegt werden.«

»Nicht schon in der Kindheit?«, fragte Schlüter.

»Es ist so«, erklärte Manuel Klein, »es gibt die traumabedingten Erkrankungen, deren Ursachen natürlich schon in der Kindheit liegen. Aber diese Menschen sind jetzt in der Endphase der Ablösung von ihren Eltern. Jetzt gilt es, alleine zu überleben.«

»Und was heißt das konkret? Wie schätzen Sie Anna Tigler ein?«, wollte Skalecki wissen.

»Ich werde natürlich noch viel mehr wissen müssen. Das Umfeld der Verdächtigen analysieren und ihren

Stand im Leben, aber im Moment sagt mir mein Bauchgefühl, dass Sie Gerald von der Mühlen finden sollten.« Er atmete tief ein und ließ die Luft langsam wieder ausströmen. »Ja, es könnte wirklich sein, dass Gerald seiner angebeteten Anna mit dem Mord an Lena ein Geschenk gemacht hat. Dafür spricht auch, wie er sie in dem Boot drapiert hat. Und natürlich sein Verschwinden.«

* * *

Wolfgang Lipper blieb ganz gelassen. »Herr Neumann, wie schon gesagt. Anna Tigler lebt. Und da bin ich an die Schweigepflicht gebunden. Außerdem ging es um Lena, nicht um Anna.«

Polizeihauptmeister Frederick Neumann musste sich sehr anstrengen, höflich zu bleiben. »Sind Ihnen die Menschenleben eigentlich egal? Lena tot, Gerald und Anna verschwunden. Wir stochern völlig im Dunkeln. Dann erfahren wir von Annas Eltern plötzlich, dass Sie auch der Therapeut von Anna waren!« Freddie verengte seine Augen zu Schlitzen und fixierte sein Gegenüber. »Das wirft gerade kein günstiges Licht auf Sie.«

Der Psychologe presste seine Lippen zusammen. »Ich werde Ihnen etwas zu Anna erzählen. Vielleicht hilft Ihnen das«, gab er sich dann geschlagen.

* * *

Katja fand »Rosen Ruland«, wie der Gartenbaubetrieb hieß, der sich auf die Zucht von Rosen spezialisiert hatte, ohne Probleme. Er lag ganz im Süden von Duisburg, in einer überraschend ländlichen Umgebung. Als sie aus dem Auto stieg, sah sie eine große Fläche, auf der verschiedene Rosensorten in Beeten standen. Jetzt, im Winter, allesamt zurückgeschnitten. Die Polizeioberkommissarin hatte sich angekündigt, und so erwartete der Besitzer des Betriebs, Werner Ruland, sie schon in seinem Büro. Eine Mitarbeiterin, die mit einem Kugelschreiber in der Hand in einen Rechner starrte, begrüßte sie kurz. »Meine Frau, Kerstin Ruland«, stellte der Rosenzüchter sie kurz vor.

Als ihm klar wurde, um was für Ermittlungen es ging, war er zutiefst erschüttert. Sein freundliches Lächeln wich einer traurigen Miene. »Ich hoffe sehr, Ihnen helfen zu können«, beteuerte er.

Katja zeigte ihm ein Foto von der Rose, die zwischen Lenas Händen gelegen hatte.

Ruland nahm das Bild entgegen und betrachtete es genau. »Ich würde sagen, das ist eine Barkarole. Diese Rosensorte ist sehr dunkel, manchmal schon fast schwarz.«

»Ist sie sehr verbreitet?«, fragte Katja.

»Nein«, antwortet ihr der Rosenspezialist. »Vor zwanzig Jahren etwa war sie ziemlich ›in‹. Aber heute«, er schüttelte den Kopf, »nein. Wir haben sie gar nicht mehr im Programm. Wir müssen sie bestellen, wenn sie jemand möchte.«

»Wer bestellt denn bei Ihnen? Auch Privatkunden?«

Ruland nickte. »Ja. Wir bedienen auch Privatkunden. Aber wir verkaufen auch auf dem Großmarkt. Da gehen die Rosen dann an die Blumengeschäfte.«

»Und in welche Geschäfte?«, fragte die Polizistin nach.

Werner Ruland lachte kurz auf. »Auf den Großmärkten kaufen alle Blumenhandlungen ein.«

»Ich meine«, formulierte Katja ihre Frage genauer, »decken Sie eine bestimmte Region ab?«

Bedauernd schüttelte Ruland den Kopf. »Ich weiß, worauf Sie hinausmöchten. Aber wir beliefern ganz NRW.«

Plötzlich mischte sich Kerstin Ruland in das Gespräch ein. »Die Barkarole?«, hakte sie nach. »Die ist letztens hier bestellt worden. Und …«, sie tippte etwas auf der Tastatur und guckte dann wieder auf den Bildschirm, »am Samstag abgeholt worden. Ein Bund.«

* * *

»Anna ist im Grunde ein zutiefst verstörtes Mädchen«, Wolfgang Lipper redete sich in Rage. Sofort wurde er Freddie sympathischer. »Ich habe eine Form der paranoiden Schizophrenie diagnostiziert.« Als Freddie ihn fragend anblickte, führte er seine Diagnose genauer aus. »Wahnvorstellungen. Anna behauptete, seit Jahren einen Freund zu haben, der immer für sie da sei. Was ihre Eltern ihr aber nicht glauben, na ja, sie haben ihn noch nie gesehen, weil Anna ihn ihren Eltern auch nicht vorstellt. Sie fragen sich natürlich, wer sollte das sein? Was ihre Eltern ihr wiederum nie glauben würden.«

Lipper berichtete, wie Annas Eltern sie zu den Gesprächen mit ihm gedrängt hätten, sie selber aber die Behandlung genau mit ihrem achtzehnten Geburtstag abrupt abgebrochen habe.

»Ich kann mich noch an ihre Worte erinnern, als sie das letzte Mal bei mir war.« Lipper sah plötzlich zutiefst beunruhigt aus. »›Ich habe jemanden, der an meiner Seite ist. Auch wenn ihn kein anderer sieht. Und *er* hat mir gesagt, ich soll nicht mehr zu Ihnen gehen.‹«

* * *

Polizeikommissarin Elif Çelik und Polizeioberkommissar Leo Rademacher fuhren schweigend zu der Adresse, die ihnen die Sekretärin in dem Gartenbaubetrieb, in dem Ahmet Can arbeitete, gegeben hatte.

Nachdem Elif mehrmals wütend durch die Nase ausgeschnaubt hatte, reichte es ihrem Kollegen. »Und wenn er Deutscher, also ich meine …«, er stockte kurz, »du weißt schon, was ich meine, also wenn er Deutscher wäre? Dann würdest du ihn doch auch, ohne mit deinen schönen Wimpern zu zucken, einsammeln.«

Elif musste schmunzeln. Dann verzog sich ihr Gesicht wieder zu einer Grimasse. »Du weißt genau, wie das abläuft. ›Ah! Wussten wir doch, dass der Türke irgendeinen Dreck am Stecken hat!‹ Auch wenn es eine plausible Erklärung für sein Fehlen auf dem Bildschirm gibt, wird an ihm der Verdacht, etwas mit Lenas Tod zu tun zu haben, kleben bleiben.«

»Was sollen wir deiner Meinung nach tun? Stell dir mal vor, er ist der Täter und er würde fliehen? Ich verstehe dich, aber wir müssen uns an die Regeln halten«, entgegnete Leo.

»Lass mich bitte zuerst alleine mit ihm reden. Ich kann mir vorstellen, dass er mir vertraut«, versuchte es Elif.

»Nein«, antwortete Leo, »du kannst mit ihm hier im Auto reden.«

* * *

Christin Erlenbeck lag auf der Couch im Wohnzimmer und ruhte sich aus. Das lange Stehen an der Weide mit den Galloways war ihr auf die Lendenwirbel gegangen. Aber das Gespräch war informativ gewesen, sie bereute es nicht. Im bequemen Liegen ließ sie sich alles, was Bernd Benninghoff erzählt hatte, noch einmal durch den Kopf gehen.

Sie hatte das Gefühl, dass Manuel zwar von sich und seiner Mutter gesprochen, aber eigentlich nicht viel gesagt hatte.

Plötzlich hörte sie ein leises Klopfen an der Wohnzimmertür. Dietmar Ohler steckte den Kopf herein. »Geht es Ihnen gut?«, fragte er besorgt.

»Ja, danke!«, antwortete Christin verwundert über sein plötzliches, mitmenschliches Interesse.

Zerknirscht lächelte er. »Ich wollte mich für gestern revanchieren. Darf ich die Küche benutzen und heute für euch kochen?«

Wieder stellte Christin fest, wie gut er aussah, wenn er lächelte. »Ja, gerne! Das wäre sehr nett, ich bin ziemlich kaputt«, antwortete sie.

Sollte sie ihm von Margarete Klein erzählen?

* * *

Polizeioberkommissarin Katja Weber lief ein Schauer über den Rücken. Sie konnte es fast nicht glauben, dass sie die Lösung zu dem Fall in der Hand halten sollte. »Gerald von der Mühlen«, las sie in dem dicken Auftragsbuch.

»Ist er das?«, Werner Ruland räusperte sich, er war ganz heiser vor Aufregung. »Kennen Sie den? Ist er einer der Verdächtigen?«

Katja schüttelte den Kopf. »Da darf ich nicht drüber reden.« Sie versuchte, das Rauschen des Blutes in ihrem Kopf zu ignorieren. »Wie sind die Rosen bestellt worden?« Vielleicht würde ihn jemand wiedererkennen, wenn er sie persönlich bestellt hatte?

Der Rosenzüchter und die Polizistin starrten Kerstin Ruland erwartungsvoll an.

»Telefonisch«, sagte sie hastig.

»Und?«, Katja musste sich zurückhalten, ihr nicht das Bestellbuch aus den Händen zu reißen.

»Eine Adresse, die soll auch immer notiert werden … Voerder Straße, Dinslaken«, sagte sie hastig, als sie den Blicken der Polizistin und ihres Chefs begegnete.

Katja überlegte kurz. »Steht da auch die Telefonnummer?«

»Ja«, Kerstin Ruland tippte mit dem Finger auf den Eintrag und stutzte kurz. »Die Nummer war aber falsch oder ist falsch notiert worden. War aber nicht schlimm, weil der Bund ja abgeholt worden ist.«

»Wie wurden die Rosen bezahlt?«, fragte die Polizistin, »können Sie das sehen?«

»Ich kann es versuchen. Dauert aber«, beschied sie ihr und wandte sich hektisch ihrem Rechner zu.

Sollte es so einfach gewesen sein? Die Polizistin konnte es kaum fassen. Hatte Gerald womöglich sein Verschwinden schon länger geplant? Aber wo war Anna? Je länger sie über alles nachdachte, desto mehr schwand ihre Euphorie.

Es gab noch zu viele Ungereimtheiten.

Überrascht stellte Katja fest, dass sie sich unglaublich darauf freute, mit Elif am Abend bei dem vereinbarten Bierchen darüber zu reden.

* * *

Langsam näherten sich Polizeikommissarin Elif Çelik und Polizeioberkommissar Leo Rademacher der Baustelle. Vielleicht hatten Ahmets Geheimnisse seinen siebten Sinn schon geschärft, denn noch bevor die Polizisten ihn ansprachen, drehte er sich zu ihnen um. Verstohlen schaute er schnell nach links und rechts, senkte dann aber resigniert den Kopf.

»Wir haben noch ein paar Fragen an Sie«, Elif versuchte betont neutral zu sprechen – das Letzte, was sie wollte, war, dass seine Kollegen einen falschen Eindruck bekämen. »Wir nehmen Sie am besten mit, dann ist das schnell erledigt.«

»Was gibt's denn?«, wollte einer der anderen Arbeiter wissen. »Wir brauchen Ahmet hier«, fügte er noch hinzu.

»Nur Routine«, beschwichtigte Leo. »Kommen Sie, Herr Can.«

Hocherhobenen Hauptes folgte Ahmet Can den beiden Polizisten zu deren Einsatzwagen.

* * *

»Was hat die Anerkennung mit der Situation hier zu tun?«

Überrascht von Lauras plötzlichem Einwurf drehten Skalecki, Schlüter und Klein ihre Köpfe zu der jungen Polizeianwärterin.

Manuel Klein lächelte zufrieden, wie über eine gelehrige Schülerin, die die richtigen Fragen stellt. »Das Streben nach Anerkennung ist im Grunde der Auslöser für alle nicht instinktgesteuerten Handlungen«, erläuterte der Psychologe.

»Warum meinen Sie, dass es um Annas Anerkennung geht?«, gab Laura zu bedenken.

»Das liegt doch auf der Hand«, entgegnete Klein mit gönnerhaftem Lächeln. »Der Täter hat Anna die Hauptrolle als Geschenk gemacht, um von ihr Anerkennung zu erlangen. Sie wiederum bekommt über ihre brillante darstellerische Leistung Anerkennung. So profitieren beide.«

»Sorry«, Laura zog skeptisch die Augenbrauen zusammen, »und warum bringt er sich dann um? Da hat er doch dann gar nix von Annas Anerkennung.«

Manuel Klein musterte Laura interessiert. »Nun«, diesmal ließ er sich etwas Zeit mit seiner Antwort. Auch Skalecki und Schlüter wurden hellhörig. »Gerald wurde natürlich nach den Maßstäben unseres Moralempfinden sozialisiert. Ihm wurde später das Ausmaß seiner Tat bewusst. Ich denke, dass er damit nicht leben kann und er sich eventuell etwas angetan hat.«

»Na, das wissen wir ja noch nicht«, meinte Skalecki. »Danke, Laura, aber ich denke, wir werden die Diskussion jetzt hier abbrechen.« Und an den Psychologen gewandt: »Wie geht es jetzt weiter?«

»Ich werde mir alles genau angucken. Kann ich die Bilder von der Toten sehen? Und haben Sie nachgefragt, ob Gerald in psychologischer Behandlung war … oder ist?« Manuel Klein guckte auf seine Notizen.

»Werde ich herausfinden«, antwortete Skalecki.

* * *

Seit fast fünfzig Jahren so präsent für viele Menschen im Umkreis: hoch, weithin sichtbar, sich auf beiden Seiten einer stark befahrenen Straße erstreckend. Einst ein lebhafter Standort, jetzt eine verlassene, aber immer noch monumentale Industrieruine.

Kyra blickte sich nervös um, hielt den Rucksack mit der Kameraausrüstung in der Hand, während Steffen mit einer Drahtschere ein Loch in den Maschendrahtzaun schnitt. Hinter ihnen floss der Rhein, große Containerschiffe schoben sich durch den fahlen Sonnenschein. Weit und breit war trotz des milden Wetters niemand zu sehen.

»Da sind überall Kameras«, murrte sie, »wir sind da voll zu erkennen.«

»Wie oft soll ich dir noch sagen, dass das klar geht. Ich filme die Hochzeit seiner Tochter, und er schaltet die Dinger ab«, entgegnete Steffen selbstsicher.

»Und das Loch hier?«, gab Kyra zu bedenken.

»Pah«, stieß ihr Freund aus, »bis das auffällt! Jetzt entspann dich mal. Wir werden hammermäßige Bilder machen. Eine Stunde und dann sind wir wieder weg.«

Immer noch skeptisch sah sich Kyra wieder um und war froh, als sie endlich durch das entstandene Loch schlüpfen konnten. In geduckter Haltung liefen die beiden die Böschung hoch und erreichten einen Schacht, der wie ein riesiger Wurm über das Gelände führte.

Dann mussten beide lachen. Steffen nahm ihr den schweren Rucksack ab. »Wir gehen da lang«, deutete er, »da sind wir gleich zwischen den Anlagen.«

Ein bisschen außer Atem hasteten sie immer noch in gebückter Haltung zu der Stelle, die Steffen schon vorher ausgeguckt hatte.

»Das ist wirklich mega! Und echt ein *lost place*!«, staunte Kyra mit gedämpfter Stimme. Sie betrachtete die Bauten aus Metall, an denen schon sichtlich der Rost nagte. Verblühtes, braunes Unkraut füllte die Risse im Asphalt.

Steffen war schon in seinem Element und fing diese Trostlosigkeit aus verschiedenen Perspektiven ein. »Sag ich doch. Die anderen werden sich nicht mehr einkriegen, hier wollten alle schon mal hin und Fotos machen!« Stolz warf er sich in Pose. »Aber nur ich hab die Connections.«

Kyra setzte sich auf eine der Stahltreppen, die rund um einen riesigen Kessel lief. Links neben ihr verzweigte sich eine der vielen Rohrleitungen und schützte sie, wie sie hoffte, vor den Blicken eventuell patrouillierender Wachmänner.

»Ja, lass mal deinen Kopf hängen«, wies Steffen sie an. »Gut so. Ein bisschen nach links, da scheint die Sonne durch das Gitter … und jetzt zieh die Jacke etwas runter.«

Kyra folgte seinen Anweisungen. Ihr Freund setzte die Kamera gar nicht mehr ab, schließlich hatten sie nur eine knappe Stunde, dann würde der Sicherheitsmann wieder die Überwachungssysteme einschalten.

»Leg dich mal da auf den Boden, genau in das karierte Feld«, bestimmte er. Dann stutzte Steffen. »Hey, guck mal, hier liegen zwei Rosen!« Zwischen den Anlagen schimmerte das milchige Sonnenlicht des Wintertages.

Durch das Gitter einer Treppe fielen die Strahlen auf den Boden und bildeten ein Areal, das fast wie schwarzweiß gefliest aussah. Er nahm die durch die Kälte des Dezembers noch gut erhaltenen, dunklen Rosen und drapierte sie auf Kyras Brust und Bauch.

Steffen beugte sich über seine Freundin.

»Das sieht super aus. Du siehst super aus!«, brummte er begeistert.

Kyra öffnete leicht ihren Mund und fuhr sich mit der Zunge über die Lippen, bis sie feucht glänzten.

»Und hier sind keine Kameras?«, fragte sie ihn lächelnd.

»Nein«, grinste er, legte seine Canon vorsichtig auf den Boden neben sich und ließ sich auf die Knie hinunter, zwischen ihre Beine, die sie bereitwillig spreizte. »Und hier kommt auch nur selten einer vom Werkschutz vorbei, wie ich erfahren habe.« Er beugte sich vor und küsste sie. Dann richtete Steffen sich wieder auf, um seinen Gürtel zu öffnen.

Trotz der Kälte und des harten, unbequemen Bodens rekelte Kyra sich erwartungsvoll. Sie drehte ihren Kopf nach links, um zu sehen, was dort einen Schatten in ihr Blickfeld warf.

Der »Schatten« starrte sie mit offenen, leeren Augen an.

* * *

Sie hatte das Essen, das ihr Stellvertreter gekocht hatte, als Friedensangebot angenommen. »Vielen Dank, das war wirklich sehr lecker!« Zufrieden lehnte sich Christin auf dem Küchenstuhl zurück und strich sich über den gewölbten Bauch. »Das war mein erster Grünkohl diese Saison. Hat ja auch schon genug Frost abbekommen.«

»Freut mich, dass es Ihnen geschmeckt hat.« Dietmar Ohler stand schon auf. »Für die Kinder und für Herrn Neumann ist dann auch noch was da.« Er zögerte. »Gibt es etwas Neues wegen Lena Pachel?«

Bedauernd schüttelte Christin den Kopf. »Nein, leider nicht. Also, nicht dass ich wüsste. Kennen Sie eigentlich Pachels? Sie kommen doch aus Möllen?«

Augenblicklich konnte die Pfarrerin spüren, dass sich ihr Vertreter wieder in sich zurückzog. Die Vorwürfe, die Freddie ihm am gestrigen Abend gemacht hatte, saßen noch tief.

»Nein«, antwortete er knapp, »das hatte ich Ihnen aber auch schon einmal gesagt.«

»Und Manuel Klein? Ich meine, Sie kommen ja beide aus Möllen und waren in einer Klasse.«

Ohler zeigte jetzt das Musterbeispiel für die Redewendung »dichtmachen«. Fast hätte Christin gelacht.

»Natürlich kenne ich Manuel. Aber wir hatten nichts miteinander zu tun. Rein gar nichts.« Ohler schaute demonstrativ auf seine Armbanduhr. »Ich muss jetzt los.«

»Es ist doch schon später Nachmittag, zu welchem dringenden Termin müssen Sie denn jetzt noch?«, stichelte Christin.

Dietmar Ohler lächelte süffisant. »Als Hirte einer Gemeinde hat man doch nie Feierabend, das müssten Sie doch selber wissen.«

* * *

Die Ansage aus der Notrufzentrale war laut und deutlich.

Vermutlich tote Person … Werksgelände des stillgelegten Kohlekraftwerks …

Skalecki und Schlüter schauten sich an.

»Mann, Mann, Mann«, betrübt schüttelte Schlüter den Kopf. »Ich hatte so gehofft, dass wir den jungen Mann irgendwo in Holland finden.«

»Vielleicht ist er es ja nicht«, aber Skalecki schien selber nicht daran zu glauben. »Komm, wir müssen los.« Sie wandte sich Manuel Klein zu, der den Kopf gesenkt hatte. »Wir müssen da jetzt hin. Bleiben Sie hier?«

»Nein, ich fahre zu meiner Mutter und arbeite dort weiter. Ich gebe Ihnen meine Handynummer, sodass Sie mich auf dem Laufenden halten können. Vielleicht hat sich ja dann meine Mitarbeit erledigt.«

Skalecki runzelte die Stirn. »Mal sehen, aber ich denke, wir brauchen Sie noch einmal. Ein Kollege bringt Sie dann jetzt nach Hause.«

* * *

Die vier mit dunklem Holz vertäfelten Wände kamen langsam, aber unaufhaltsam auf sie zu. Mit jedem Zentimeter, den sie sich ihr näherten, erhöhte sich der Druck auf ihren Ohren. Sie riss den Mund auf, um zu schreien, aber sie spürte nur einen dicken Klumpen feuchte, alte Federn in ihrer Mundhöhle. Als sie zu ersticken meinte, schaffte sie es, ihre Augen zu öffnen.

Und schaute direkt in seine.

Sie wollte ihn anlächeln, sie bemühte sich, war aber noch von dem beklemmenden Gefühl des Traumes gelähmt. Sie atmete tief durch, doch die Luft in dem Zimmer war zu abgestanden, um gutzutun.

»Da bist du ja«, endlich schaffte sie es zu lächeln. »Gibt es was Neues? Haben sie Gerald gefunden?«

»Nein«, passend zu dieser Antwort verdüsterte sich seine Miene. »Aber der Verdacht, dass Gerald Lena getötet hat, verdichtet sich wohl immer mehr.«

Erleichtert atmete Anna auf. »Dann gehe ich jetzt wieder nach Hause.«

»Um Gottes willen! Wie willst du erklären, warum du abgetaucht bist?«, rief er mit gedämpfter Stimme aus. »Damit machst du dich erst recht verdächtig – und alles wäre umsonst gewesen!«

Verunsichert lehnte sich die junge Frau wieder auf dem Bett zurück. »Dann bleibe ich noch eine Nacht. Aber du musst mir sofort sagen, wenn Gerald wieder da ist.«

»Ja, natürlich! Ich muss gleich noch einmal weg. Irgendetwas ist da im Gange, vielleicht erfahre ich noch etwas Neues.« Verschmitzt lächelnd zog er etwas aus seiner Jackentasche hervor. »Ich habe dir ein paar belgische Trüffel mitgebracht.« Er faltete die Serviette auseinander und präsentierte ihr erwartungsvoll die schokoladenbraun glänzenden Pralinen.

Obwohl sie überhaupt keinen Appetit auf etwas Süßes hatte, lächelte sie dankbar und schob sich eine der Kugeln in den Mund.

»Ich komme gleich wieder«, sagte er und wischte ihr liebevoll einen kleinen Schokoladenfleck aus dem Mundwinkel.

22. Kapitel

Dienstag, 11. Dezember 2018

Obwohl Schlüter sehr aufgeregt war, steuerte er den Dienstwagen, in dem sich auch noch Skalecki und Laura befanden, wie immer sehr vorsichtig. Alle drei waren mit ihren Gedanken schon bei dem, was sie eventuell erwarten würde, als Laura das Schweigen brach. »Also, ich bin ja keine Psychologin oder so, aber was dieser Klein gerade so von sich gegeben hat, hat uns ja auch nicht weitergebracht.« Skalecki und Schlüter, die beide vorne im Wagen saßen, sahen sich an. Dann mussten sich beide ein Grinsen verkneifen.

»Na ja«, räumte Skalecki ein, »da kommt bestimmt noch mehr. Wir haben den Starpsychologen ja auch etwas überrumpelt.«

Für die Einsatztruppe der Polizei gestaltete es sich schwieriger, auf das Werksgelände des Kohlekraftwerkes zu kommen, als für die beiden jungen *Lost-Place*-Fotografen. Das Aufgebot an Polizei und Sanitätern hielt der verantwortliche Sicherheitsmann zuerst für einen Probealarm.

Obwohl Kyra hysterisch loskreischte, als sie den eindeutig toten Mann keine drei Meter neben sich liegen sah, kam zu Steffens Verwunderung niemand vom Werkschutz angerannt. Das Rauschen des Feierabendverkehrs auf der Frankfurter Straße schien ihre Schreie zu dämpfen. Oder sie waren tatsächlich alleine.

Steffen nahm seine Freundin in den Arm und führte sie von der Stahltreppe weg. Er versuchte, sie zu beruhigen, griff gleichzeitig nach seinem Handy, um die Polizei zu rufen. Dabei ignorierte er Kyras aufflackernde Panik in den Augen.

»Sollen wir nicht vorher abhauen?«, schluchzte sie erschreckt.

Steffen schüttelte den Kopf. »Nein, auf keinen Fall. Wir müssen auf die Polizei warten.«

Als Erstes trafen Schlüter, Skalecki, Laura und dann Freddie ein. Danach fuhren zwei weitere Einsatzwagen auf das Gelände.

Routiniert sicherten die Beamten großräumig den Einsatzort ab, bevor Skalecki, die als Einzige der Anwesenden Gerald von der Mühlen aus der Nähe und lebendig gesehen hatte, sich dem Toten näherte. Ein Blick genügte. Schon die tiefdunklen, fast schwarzen Rosen, die überall verstreut lagen, sprachen für sich. Sie nickte den gespannt wartenden Kollegen zu.

»Er ist es.« Sie musste lauter sprechen, um gegen das Rauschen der vorbeifahrenden Autos auf der Frankfurter Straße anzukommen, was ihr fast pietätlos vorkam.

Skalecki streifte sich ein Paar der Einweghandschuhe über, von denen sie immer einige in der Jackentasche hatte.

»Was hast du vor?«, rief Freddie. »Du weißt, dass das Ärger mit der Kriminaltechnik gibt.«

Skalecki beachtete ihn nicht. Gerald von der Mühlen lag vor ihr auf dem harten Boden. Seine Gliedmaßen standen in einem unnatürlichen Winkel von seinem Körper ab. Sein Kopf lag in einer eingetrockneten Lache dunklen Blutes. Sie ging neben der Leiche in die Knie. Mit spitzen Fingern zog sie den linken Rockschoß des schwarzen Mantels, den Gerald anhatte, in die Höhe. Sie hörte schon das Knistern in der Manteltasche, bevor sie etwas Weißes daraus hervorlugen sah. Behutsam nahm sie das Blatt Papier an sich.

Dann stand sie auf und blickte nach oben, wo sich über ihr die Stahltreppe in schwindelerregende Höhe an einer Anlage emporwand.

* * *

Ahmet Can saß schon eine ganze Weile alleine in einem der Räume auf dem Polizeirevier der Stadt Voerde. Wenn er aus dem Fenster schaute, konnte er sehen, dass es schon dunkel war.

Bis jetzt hatte sich keiner um ihn gekümmert. Als er mit den beiden Polizisten hier angekommen war, hatten sie ihn in das Zimmer verfrachtet und waren dann zu ihren Kolleginnen und Kollegen gegangen. Er konnte Aufregung in der Luft spüren. Vor der Tür, auf dem Flur, hörte er laute Stimmen und hektische Schritte.

Dann öffnete sich die Zimmertür einen Spaltbreit, ohne dass jemand hereinkam. Gedämpft hörte er die Stimme einer Frau.

»Elli, warte mal eben!«, sagte sie. »Puh«, stieß sie dann mit einem nervösen Lachen aus, »was für ein Tag! Aber es scheint ja jetzt fast vorbei zu sein. Äh, sollen wir dann heute Abend ein Bierchen trinken gehen? Ich schulde dir ja noch eins!«

Ahmet kannte diesen Tonfall. Er konnte mit der unbekannten Sprecherin mitfühlen. Er hörte aus ihrer Stimme den Mut heraus, den sie gebraucht hat, um diese Frage zu stellen. Und er hörte die Unsicherheit heraus. Und die Angst.

Vor sich selbst.

All das kannte er.

»Ja, klar, das machen wir«, hörte er Elif Çelik, die Angesprochene, antworten. »Lass uns später was ausmachen.«

Dann öffnete sich die Tür ganz, und Elif Çelik kam zu ihm herein. Die Polizistin setzte sich ihm gegenüber an den Tisch. »Möchten Sie etwas essen oder trinken?«, fragte sie auf Türkisch.

»Nein«, antwortete er, ebenfalls auf Türkisch. »Seit wann siezt du mich?«

Elif verzog ihren Mund zu einer Grimasse. »Das kannst du dir doch denken. Distanz. Und Objektivität.«

Ahmet nickte verstehend. »Ja, klar, wir sind ja auch mindestens beim BKA.« Er grinste dabei. Dann blickte er ihr wieder ernst geworden direkt in die Augen. »Du glaubst doch selber nicht, dass ich Lena getötet habe, oder?«

Sofort verengten sich die Augen der Polizeikommissarin. »Warum sollte ich das nicht tun?«, fragte sie zurück. »Stell dir vor, es gibt auch türkische Kriminelle. Sogar türkische Mörder.«

Plötzlich, von einer Sekunde auf die andere, fing Ahmet an zu weinen. Große Tränen lösten sich aus den langen, schwarzen Wimpern und liefen über seine feinen Gesichtszüge. »Ich habe Lena nichts getan. Ich habe sie geliebt wie eine Schwester«, schluchzte er leise.

Elif war verunsichert. Durfte sie ihn anfassen und tröstend eine Hand auf seine Schultern legen? Sie waren alleine, vielleicht inszenierte er das gerade, und er würde sie wegen Übergriffigkeit anzeigen? Nein, beschloss sie innerlich. Sie beugte sich zu ihm vor, fasste ihn aber nicht an. »Ahmet«, beschwor sie ihn. »Was war Lena für dich? Warum lügen deine Eltern für dich? Warum bist du, verdammt noch mal, nicht auf dem Skype-Protokoll zu sehen?«

Der junge Gärtner beruhigte sich langsam. Seine Atmung wurde gleichmäßiger, seine Schultern bebten weniger. »Ich habe eine …«, er zögerte, »eine Beziehung, die meinen Eltern nicht gefällt.«

Die Polizistin wartete, dass Ahmet weitersprach, aber er sagte nichts mehr. »Zu … Lena?«, fragte sie auffordernd.

Er schüttelte den Kopf. »Nein«, sagte er heiser und kämpfte wieder mit den Tränen. »Lena war …«

In diesem Moment steckte Leo den Kopf durch die Tür. »Sorry, Elli, kommst du mal bitte?«

Elif ballte vor Wut die Fäuste. Mit einem entschuldigenden Blick zu Ahmet stand sie auf und ging mit hochrotem Kopf zu ihrem Kollegen vor die Tür.

Kurze Zeit später stand sie wieder vor Ahmet Can. »Du kannst gehen«, sagte sie schulterzuckend.

Anstatt erleichtert zu sein, wurde er wütend. »Habt ihr Lenas Mörder?«, zischte er aufgeregt.

»Ja«, sagte sie.

* * *

Etwas teilnahmslos schaute Christin Erlenbeck ihren Kindern dabei zu, wie sie Grünkohl mit Mettwurst aßen. Spachtelten, dachte sie, mit einem Blick auf ihren Sohn.

Christin konnte ihren Gedanken nachhängen, weil Matti und Oskar über die Lehrerinnen und Lehrer ihrer Schule lästerten. Ausnahmsweise mischte sie sich bei der Diskussion, wer die strengste Lehrerin oder den strengsten Lehrer hatte, nicht ein.

Ein lautes »Ping« ließ die Pfarrerin aufschrecken, was das Baby in ihrem Bauch mit einem kleinen Tritt quittierte.

»Mathilda hat ihr Handy am Tisch«, krähte Oskar triumphierend.

»Mathilda, müssen wir da ständig drüber diskutieren?«, rügte Christin ihre Tochter.

»Ich habe vorhin mit Ingrid geschrieben«, sagte Mathilda nur, als ob das Rechtfertigung genug für ihren Ungehorsam wäre.

»Welche Ingrid?«, fragte ihre Mutter zerstreut. Immer noch kreisten ihre Gedanken um das, was Bernd Benninghoff ihr erzählt hatte, und sie versuchte konzentriert, das mit dem abzugleichen, was Manuel ihr von sich und seiner Mutter berichtet hatte.

Ingrid Hassmann. »Zickenkrieg« hatte Manuel die Auseinandersetzungen seiner Mutter mit dem Frauengeschichtskreis abschätzig genannt. Und er hatte gesagt, »keine Ahnung« zu haben, in was seine Mutter sich da »verstiegen« habe. Seine Mutter lief herum und behauptete, sie seien Nachfahren der Betty Tendering, und er soll davon »keine Ahnung« haben? Aber andererseits, wie peinlich musste dies für ihn gewesen sein? Und dann auch noch die unangenehme Situation mit den Tiglers als Nachbarn, den wirklichen Nachfahren der berühmten Voerderin! Das musste für einen Heranwachsenden sehr beklemmend gewesen sein. Kein Wunder, dass er darüber nicht reden wollte.

»Mama!« Oskars Kleine-Jungen-Stimme schraubte sich in immer höhere Lagen, er forderte eine unbedingte, gnadenlose und sofortige Maßregelung seiner Schwester ein.

»Matti, schickst du mir bitte mal die Handynummer von Ingrid?«, bat sie ihre Tochter, ohne deren Antwort abzuwarten.

»Boah, Mama!«, nörgelte Oskar erbost. Bevor er die Entscheidung treffen konnte, ob er jetzt losheulen oder sich vor Wut auf den Boden werfen sollte, übernahm Christin wieder die Erziehung ihrer Kinder.

»Oskar, du darfst dir jetzt ein Spaghetti-Eis aus dem Gefrierschrank nehmen, und du nicht, Matti«, entschied sie und zwinkerte ihrer Tochter dabei heimlich zu.

»Boah, Mama«, nöhlte Matti und zwinkerte zurück.

* * *

Die Ermittler der »Mordkommission Lena Pachel« saßen beisammen. Auch Manuel Klein war dabei. Die helle Beleuchtung der Energiesparlampen, die von der Decke strahlten, konnte die Nacht, die sich langsam in den Nachmittag schlich, nicht aufhalten. Auch der gelbe Strauß Rosen, den Katja von der Rosenfarm mitgebracht hatte, kam nicht dagegen an. Die Erde drehte sich unerbittlich auf die längste Nacht des Jahres zu.

Eine merkwürdige Stimmung hatte sich über das Team gesenkt, denn Polizeihauptkommissarin Maria Skalecki und Polizeihauptmeister Frederick Neumann standen beziehungsweise saßen sich wie zwei Boxer im Ring gegenüber.

Zwischen ihnen lag, vorschriftsmäßig in einer Plastikhülle verstaut, das Blatt Papier, das Skalecki dem toten Gerald von der Mühlen aus der Jackentasche gezogen hatte.

Deine Liebe allein wäre hinreichend, um mich glücklich zu machen und jeden anderen Gedanken aus meinem Herzen zu verbannen.

Geliebte Anna. Für dich habe ich getötet. Mit dieser Bürde werden wir nicht zusammenleben können. Mir reicht es, dass du für dein Spiel die Anerkennung bekommen hast, die du für deine Zukunft brauchst.

Meine Anerkennung ist dein Gedenken.

In ewiger Liebe
Dein Gerald

Die Mitglieder der Mordkommission schwankten zwischen dem Wunsch, dass der Fall gelöst war, und dem Instinkt ihres langjährigen, respektierten Kollegen.

»Ich halte dieses Schreiben nicht für echt«, beharrte Freddie auf seiner Meinung und blickte von Skalecki zu Klein. Sein Brandmal im Gesicht war rot angelaufen, fahrig strich er mit der linken Hand darüber.

»Freddie, ich weiß überhaupt nicht, warum du das anzweifelst! Das Papier stammt eindeutig aus dem Drucker und ist von dem Stapel Papier, das noch in der Lade des Druckers liegt. Das hat die Kriminaltechnik eindeutig herausgefunden«, langsam verlor die Duisburgerin die Geduld mit ihrem jüngeren Kollegen. »Und es bestätigt seine Analyse.« Skalecki wies mit einer Hand fahrig in Richtung Manuel Klein. Freddie unterdrückte ein spöttisches Auflachen, als er den mahnenden Blick seiner Duisburger Kollegin sah. Aber er erkannte in ihrem Blick auch Unentschlossenheit.

»Und was ist mit Anna? Wo ist sie, und warum wusste sie davon?«, wollte Freddie wissen.

»Das haben wir doch jetzt oft genug durchgekaut«, stöhnte Skalecki auf. »Er hat es ihr wahrscheinlich mindestens angedeutet. Und sobald wir das bekannt geben, wird sie, woher auch immer, wieder auftauchen.«

Frederick Neumann blieb skeptisch. »Wie soll er es geschafft haben, mit dem Fahrrad am Samstagabend in ein paar Minuten vom Tenderingssee bis zur Aula des Gymnasiums zu kommen?«, blaffte er aufgeregt.

»Er hat auch ein Auto«, antwortete Skalecki sanft.

»Warum die so offensichtliche Bestellung der Rosen?«, legte der Voerder Polizist nach.

»Weil er nie vorhatte weiterzuleben«, war jetzt die unaufgeregte Stimme Manuel Kleins zu hören. »Tief in seinem Inneren wusste er, dass Anna ihn nicht so liebte wie er sie. Das geht aus dem ersten Satz hervor, der übrigens ein Zitat aus einem Brief von Georg Weerth an Betty Tendering ist. Der Mann, den Gerald gespielt hat und der unglücklich in Betty Tendering verliebt war. Georg Weerth ist, nachdem Betty ihn abgewiesen hatte, auch gestorben.« Der Psychologe schaute in die Runde der am Tisch sitzenden Polizisten. »Gerald machte ihr die Hauptrolle und letztendlich sein Leben zum Geschenk. Und ich glaube auch, dass Anna das wusste, aber auch wusste, dass sie dem Druck der Vernehmungen nicht standhalten würde.«

Skalecki wandte sich jetzt auch an ihre Kolleginnen und Kollegen. »Es ist spät. Ich danke euch für euren Einsatz. Ihr alle habt hervorragend gearbeitet. Aber«, fügte sie mit einem Blick zu Freddie hinzu, »wir behalten noch Stillschweigen über unsere Schlussfolgerung. Morgen machen wir weiter. Vielleicht können wir dann auch schon mit Anna sprechen. Lass uns eine Nacht drüber schlafen.« Sie wandte sich an Laura und Elif. »Ihr beide führt alle Ergebnisse der einzelnen Teams zusammen. Jetzt noch. Und du, Katja, setzt dich mit der Spusi in Verbindung und machst denen Druck. Sag, dass … ach, lass dir was einfallen.«

Enttäuscht sah Katja zu Elif. Auch sie zuckte enttäuscht mit den Schultern. »Morgen Abend, dann gehen wir bestimmt ein Bierchen trinken«, sagte Elif leise zu ihr.

* * *

Tief erschüttert hörte Christin sich Freddies Bericht an. Jetzt, da Annas Rückkehr zu ihren Eltern wahrscheinlich kurz bevorstand, erzählte er ihr auch von ihrem Verschwinden. Sie machten gemeinsam, Arm in Arm, einen Abendspaziergang mit der Wolfsspitzhündin Laika und hatten sich dazu entschieden, der Straße »Över de Hölter«, die gegenüber der Polizei begann und Richtung Löhnen führte, so lange zu folgen, bis Christin nicht mehr konnte und umdrehen wollte.

»Wie kann ein Mensch nur so etwas tun?«, fragte die Pfarrerin verzweifelt. »Er war doch noch so jung! Hatte er kein Mitleid mit Lena? Die kannte er doch auch gut.«

Sie verzog ihren Mund und presste ihre freie Hand auf den unteren Rücken.

»Klein meinte, die Anerkennung Annas wäre Gerald das Wichtigste auf der Welt gewesen«, antwortete Freddie.

»Hm«, stieß Christin mit einem kleinen Schnauben hervor. »Da hat er drüber geredet, das ist auch das Thema seines Buches.«

Freddie zog die Augenbrauen in die Höhe, was Christin aber nicht sehen konnte. »Also, mal ganz ehrlich«, begann er dann langsam, »das Ganze mit der Anerkennung finde ich nicht so … neu.« Bevor Christin ihn unterbrechen konnte, redete er schnell weiter. »Er mag ja ein angesehener Psychologe sein, aber ich habe ein bisschen das Gefühl, der hat da was Einfaches fürs Volk geschrieben. Und weil das jeder versteht, halten sich alle jetzt selber für Psychologen. Jeder strebt nach irgendetwas. Sei es Macht, Liebe, Geld … oder eben Anerkennung.«

Eine Weile antwortete Christin nichts. Sie dachte über das nach, was Freddie gesagt hatte, und kam zu dem

Schluss, dass er nicht unrecht hatte. Hatte sie selber sich von Manuels Charme blenden lassen?

Noch etwas wollte der Polizist loswerden. »Mir kommt das alles … merkwürdig vor«, Freddie ließ seine Frau los und blieb mitten im Satz stehen. »Er ist, war angehender Maschinenbauer. Also eher … rational bestimmt.«

»Ach Freddie, in solchen Schubladen kann man doch nicht denken!«, rief Christin aus. »Ich finde es eher merkwürdig, dass er diesen Brief, seinen letzten Gruß an seine geliebte Anna, mit dem Computer geschrieben hat.« Sie zuckte mit den Schultern und hakte sich wieder bei ihrem Mann unter dem Arm ein. »Aber vielleicht ist die Jugend heute so.«

Freddie beschäftigte noch etwas anderes. Er bekam das Bild, wie Christin ihre Hand auf den Arm des Psychologen gelegt hatte, nicht aus dem Kopf. Er wusste, dass er nicht gut darin war, über sein Gefühle zu sprechen. Er hatte Angst, einen sinnlosen Streit loszutreten. Gerade als er das Thema »Manuel Klein« ansprechen wollte, begann Christin ihm von ihrer Begegnung mit Bernd Benninghoff zu erzählen, wobei sie ihm die Details über Margarete Klein ersparte.

»Was war das denn für ein Typ, den Benninghoff umgefahren hat? Vielleicht war es ja nur ein Jogger?«, wollte Freddie wissen, als sie fertig war.

»Das wusste er nicht, er kannte ihn nicht. Aber wie ein Jogger kam er ihm anscheinend nicht vor. Er macht sich im Moment so seine Gedanken.«

Freddie schwieg. »Und Anna Tigler wohnt direkt gegenüber von diesem Weidentor? Also könnte es jemand sein, den sie kennt«, fasste er dann zusammen.

Christin blieb stehen und löste sich von Freddie. Wieder griff sie mit einer Hand an ihren Rücken. »Lass uns umkehren«, bat sie.

Sofort bot ihr Mann ihr wieder seinen Arm an. »Was ist los? Hast du Schmerzen? Morgen noch die Berichte, dann ist Schluss, dann nehme ich Urlaub. Und du gehst auch niemanden mehr besuchen, okay?«

Langsam gingen sie zurück. Freddie führte die Leine, an der die brave Laika ging. Irgendetwas hallte in dem Polizisten nach. Er versuchte, es zu greifen, bekam es aber nicht zu fassen. Irgendetwas, das Christin gesagt hatte.

* * *

Anna blinzelte. Sie sah durch das Fenster die Dämmerung und schätzte, dass es später Nachmittag oder früher Abend war. Sie fühlte sich sehr ausgeruht, hatte aber großen Durst.

Die junge Frau griff zu einer neuen Flasche. Als sie sie aufdrehen wollte, merkte sie, dass der Schraubverschluss schon geöffnet war. Wie bei der anderen Flasche auch.

Wie aufmerksam, dachte sie und musste lächelte. Aber als ihr der Geruch der süßen Apfelschorle entgegenkam, setzte sie die Flasche wieder ab. Vielleicht würde sie gleich ein einfaches Wasser bekommen.

Anna fühlte sich schmutzig. Sie konnte spüren, wie ihre sonst weichen, dunkelbraunen Haare strähnig von ihrem Kopf hingen. Sie hätte gerne geduscht, aber damit musste sie warten, bis er wiederkam.

Sie guckte sich neugierig in dem Zimmer um. Viel konnte sie nicht mehr erkennen, aber sie wollte das wenige Tageslicht nutzen.

Das Mobiliar sah schon sehr mitgenommen aus. Der Kleiderschrank an der einen Wand, ein aufgeräumter Schreibtisch mit mehreren Schubladen unter der Dachschräge. Das Fenster, das auf die Straße ging, links und rechts davon Regale. Sie überschlug kurz, wie alt die Möbel etwa sein müssten, und kam zu dem Ergebnis, dass sie schon sehr lange alt aussehen mussten. An den Wänden hingen keine Bilder, er schien früher nicht für eine Pop-Ikone geschwärmt zu haben. Auch sonst stand oder hing nirgendwo ein Bild.

Langsam richtete sie sich auf. Ihr wurde kurz schwindelig, aber das verging schnell. Sie setzte ihre Füße auf den alten, braunen Teppich. Sie war froh, Socken anzuhaben.

Anna begann, sich unwohl zu fühlen. Ihr Hals fing an zu kratzen, ein deutliches Anzeichen für Hausstaub. Sie hatte immer wieder mit starken Asthmaanfällen zu tun und bereute es nun, ihr Asthmaspray in der Hektik des Aufbruchs nicht eingepackt zu haben. Aber er würde bestimmt gleich kommen.

Sie stand auf und ging, ganz vorsichtig, jeden Fuß behutsam aufsetzend, zum Schreibtisch und betrachtete die Stifte und anderen Schreibutensilien, die wohlgeordnet darauf lagen.

Interessiert betrachtete sie die Schreibtischplatte.

Sofort erkannte sie das Motiv der berühmten Berliner Schreibunterlage von Gottfried Keller. Mit den vielfachen Initialen ihrer berühmten Ururgroßmutter.

Sie musste wieder lächeln.

Dann umschlossen ihre Finger den Griff der obersten Schublade. Ganz sachte versuchte sie, sie aufzuziehen. Sie hatte Angst, dass die Lade sich sperren oder quietschen würde. Aber nein. Sie ließ sich ganz leicht herausziehen.

Zuerst wunderte sie sich nur über das, was sie dort in der Dunkelheit gerade noch erkennen konnte, und hätte fast begeistert aufgelacht. Dann wurde ihr wieder schwindelig, und sie schnappte nach Luft. Sie hatte das Gefühl, dass Tausende Erinnerungen auf sie einstürzten wie eine Lawine aus schweren, spitzen Steinen. Und jeder Stein zertrümmerte ihr bisheriges Leben.

Vor ihr, in der Schublade, lagen die Lillifee-Haarspangen.

Plötzlich hörte sie eine Stimme in ihrem Rücken. »Ich hatte dir doch gesagt, dass du nicht herumschnüffeln sollst.« Die vertraute Stimme, die sich nicht mehr liebevoll anhörte, sondern eiskalt.

ZWEITER TEIL

23. Kapitel

1978 - 2018

Manuels früheste Erinnerung war das bellende Husten seines Großvaters.

Morgens, wenn er sich an den alten Küchentisch setzte und auf den Kaffee wartete, den Großmutter dann wortlos und mit zitternden Händen vor ihn hinstellte. Dann, wenn er die ersten, heißen Schlucke genommen hatte und sich der Schleim in seiner Luftröhre löste. Tagsüber, wenn er sich am Essen oder an dem Kümmerling, den er hastig hinunterkippte, verschluckte. Eigentlich hustete sein Opa den ganzen Tag und die ganze Nacht.

Seine Oma lief immer gekrümmt durch das Haus, die linke Hand auf den Unterleib gedrückt, mit der rechten Hand versuchte sie, die alltäglichen Hausarbeiten zu bewältigen.

Seine Mutter fehlte in diesen frühen Erinnerungen.

Irgendwann kamen unscharfe Bilder Margaretes hinzu. Wie sie aus einem Taxi stieg, ihre dunklen Locken aus dem Gesicht strich und beschwingt, mit Süßigkeiten in der Handtasche, zur Tür hereinkam. Dann wandte sich sein Opa immer mit angewidertem Gesicht ab, und seine Oma sah sie mit großen, vorwurfsvollen Augen an.

An solchen Tagen wich Manuel nicht von der Seite seiner Mutter. Auch nachts nicht. Sein kleines Kinderbett stand in dem Zimmer seiner Mutter, aber sie klopfte dann beim Zubettgehen auf das kleine, freie Stück Matratze neben sich und forderte ihn auf, zu ihr unter die Decke zu schlüpfen.

Dann nahm Margarete ihn fest in ihre Arme. »Du bist mein Prinz«, flüsterte sie in sein Ohr. »Bald ziehen wir in eine große, wunderschöne Stadt. In eine elegante Wohnung. Und du wirst mit richtig wohlerzogenen Kindern spielen. Wir werden dir erst einmal schöne Sachen zum Anziehen kaufen. Mit denen du noch besser aussehen wirst. So wie jemand, der von hoher Geburt ist.« Dabei strich sie ihm zärtlich die dunklen Locken, die ihm ständig in die Augen fielen, aus dem Gesicht. Das mit der »hohen Geburt« verstand er nicht, aber die Aussicht auf ein Leben woanders freute ihn.

»Weibisch«, schimpfte sein Opa immer, wenn er sich bei Tisch seine Haarsträhnen hinter sein Ohr schob. »Kann der Junge keinen vernünftigen Haarschnitt bekommen?« Immer nur »der Junge«, nie »Manuel«.

Wenn seine Mutter da war, hatte er immer das Gefühl, dass das Haus jeden Moment explodieren konnte.

Eine beklemmende Stille lag über allem, seine Großmutter und seine Mutter mieden das dunkle, kleine Wohnzimmer, in dem sein Opa sich die meiste Zeit aufhielt und seinen Schnaps trank. Die beiden Frauen flüsterten dann in der Küche.

»Mama, du musst zum Arzt gehen«, hörte er die Beschwörungen seiner Mutter. »Zu einem richtigen Arzt. Ich nehme dich morgen mit. Dann untersucht dich ein Professor.«

Aber dafür war es längst zu spät gewesen. Das »Geschwür«, wie eine Nachbarin es nannte, hatte schon längst den ganzen Unterleib seiner Oma in Beschlag genommen.

Als seine Mutter das nächste Mal zu Besuch war, schaffte seine Oma es kaum aufzustehen.

Sein Großvater schlurfte vom Wohnzimmer in die Küche und suchte etwas zu trinken. Mehrmals schickte er ihn in den Keller. »Mach deine Augen auf, da muss doch noch Aufgesetzter sein!«, schrie er sein Enkelkind an.

Der Keller war ein dunkles Loch, in das eine wackelige, schlecht zusammengezimmerte Holzstiege führte. Man musste eine Taschenlampe mit hinunternehmen, elektrisches Licht gab es keins. Die Wände bestanden aus unverputztem Mauerwerk. Die Luft war immer feucht und kühl. Säcke mit alter Kleidung fristeten in irgendeiner Ecke ein unbemerktes Dasein. Regale mit verstaubten Einweckgläsern und alten Flaschen mit Aufgesetztem standen an den Wänden.

Ein einziger Tag änderte sein Leben in nur wenigen Augenblicken.

Als Margarete wieder einmal von einem mehrtägigen Ausflug in die große Stadt in ihr Elternhaus kam, fand sie ihre Mutter halb ohnmächtig vor Schmerz zusammengesunken auf einem der Küchenstühle vor. Ihr Vater bellte ihr statt einer Begrüßung nur seine Forderung nach etwas zu trinken entgegen.

»Mutter«, rief Margarete entsetzt, »jetzt reicht es, ich rufe einen Krankenwagen.« Eilig rannte sie wieder aus dem Haus, zu einer Nachbarin, die ein Telefon hatte. Hilflos stand er, der kleine Junge, neben seiner Großmutter. Wütend stand der Opa auf und wankte auf unsicheren Beinen zur Kellertür. In dem Moment, als Margarete wieder ins Haus kam, riss ihr Vater die Kellertür auf, verlor sein Gleichgewicht und stürzte die Treppe hinunter.

Manuel würde nie vergessen, wie gleichgültig seine Mutter die Kellertür schloss.

»Das regeln wir gleich«, beruhigte sie ihren Sohn, »erst fahren wir mit der Oma ins Krankenhaus.«

Wenn sein Großvater noch geschrien hatte, hätte man es nicht gehört.

Als sie abends mit dem Taxi vom Dinslakener Krankenhaus wieder nach Hause kamen, lag der Opa leblos an der untersten Stufe der Holzstiege.

Margarete verbarg ihr zufriedenes Lächeln nicht vor ihrem Sohn. »Jetzt muss ich wieder zur Nachbarin«, sagte sie nur schulterzuckend.

Margaretes Vater starb zwei Tage später, ihre Mutter kämpfte noch eine Woche gegen den Tumor an, bevor auch sie starb.

Jetzt gehörte Margarete das Haus alleine.

Aber sie hatte nun auch niemanden mehr, der sich um ihren kleinen Sohn kümmerte, wenn sie in die Stadt fuhr. Immer seltener fuhr sie nach Köln, wenn, dann nahm sie ihn zähneknirschend mit. Dann bügelte sie sorgfältig ihre beste Bluse, holte ihr feines Kostüm mit dem schmalen Rock aus dem Schrank und legte Lippenstift auf. Sie besuchte Männer, mit denen sie wichtige Dinge besprechen musste, wie sie ihm erklärte. Manuel musste dann in Nebenräumen oder Hotelrezeptionen ganz still sein und warten, bis seine Mutter und der Mann alles geklärt hatten.

Irgendwann schellte ein Fleurop-Bote und überreichte ihr einen riesigen Strauß dunkelroter, fast schwarzer Rosen. Strahlend nahm Margarete ihn in Empfang, aber nachdem sie die beiliegende Karte gelesen hatte, warf sie den Blumenstrauß wütend in eine Ecke. Danach war sie tagelang nicht ansprechbar. Apathisch saß sie am Küchentisch, rauchte eine Zigarette nach der anderen und starrte vor sich hin.

Manuel nahm die Blumen, schnitt ihnen die samtigen Köpfe ab und warf den Rest weg. Dabei stachen ihn die Dornen in die Hände. Fasziniert betrachtete er, wie kleine Blutstropfen über seine Finger liefen. Die Rosenblüten versteckte er in seinem Zimmer, das er mittlerweile alleine bewohnte. Nur in den Nächten rief seine Mutter ihn immer noch in ihr Bett, wo sie dann eng umschlungen neben ihm einschlief. »Du bist auf ewig mein Prinz. Du wirst mich nicht verlassen«, flüsterte sie noch.

Mittlerweile hatte eine Familie ein neu erbautes Haus neben ihnen bezogen. Zögerlich nahm seine Mutter mit ihnen Kontakt auf. Sie zog wieder ihre besten Kleider und elegantesten Schuhe an und besuchte mit ihm die neuen Nachbarn.

Tiglers. Doris, Bernd und ihr kleiner Sohn Ansgar.

Da Manuel keine Freunde hatte und somit keinen Vergleich zu den Häusern anderer ziehen konnte, wurde ihm beim Besuch dieses Hauses klar, warum seine Mutter ihr Elternhaus so oft wie möglich verlassen hatte. Es war einfach nur alt und heruntergekommen.

Manchmal spielte Manuel mit Ansgar. Dann rannte er dem älteren Jungen hinterher. Tiglers hatten hinter ihrem Haus einen riesigen Garten mit einer Holzhütte, hinter der ein Pultdach für Kaminholz war. An den Garten schlossen sich Felder an, sodass man einen weiten, freien Blick aus dem Obergeschoss des Hauses hatte.

Seine Mutter verbrachte immer mehr Zeit bei Tiglers. Auch ohne ihn.

»Wenn du jetzt nicht brav in deinem Zimmer bleibst, sperre ich dich in den Keller«, drohte sie, wenn sie auf ein Gläschen kurz zu Ansgar wollte.

Plötzlich hörten diese Besuche auf, und eine hohe Mauer wuchs an der Grundstücksgrenze empor.

Tagelang sprach seine Mutter nicht mit ihm. Sie starrte nur aus dem Fenster und verfolgte mit wütender Miene den Bau der Mauer.

»Irgendwann werden die wieder angekrochen kommen«, prophezeite sie mit verkniffener Miene. »Vielleicht werden wir dort auch eines Tages mal wohnen.«

Manuel war traurig. Auch wenn Ansgar viel zu alt für ihn war, hatte er doch endlich jemanden gehabt, der mit ihm gespielt hatte. Margarete hatte ihn nicht im Möllener Kindergarten angemeldet, so hatte er keine anderen Spielkameraden. Manchmal schlich er sich heimlich aus dem Haus hinüber zum Grundstücksende der Tiglers. Da eine dichte, naturbelassene Hecke dort eine natürliche Grenze bildete, war dort keine Mauer gebaut worden. Er schlug sich, durch das Gartenhaus vor den Blicken der Bewohner geschützt, einen Weg durch das dichte Gestrüpp und setzte sich manchmal unter das Pultdach.

Dem Tag seiner Einschulung fieberte er aufgeregt entgegen. Endlich käme er mit den Kindern zusammen, die er schon oft im Vorbeigehen auf dem Spielplatz gesehen hatte. Als er am ersten Schultag an der Hand seiner Mutter zur Grundschule ging, bemerkte er, wie die anderen Kinder ihn heimlich anstarrten. Die Mütter, die auf dem Schulhof warteten, wandten sich ab und steckten ihre Köpfe zusammen.

»Siehst du, mein Prinz«, sagte seine Mutter mit einem triumphierenden Lächeln, »die reden über uns. Das sind richtige Proleten. Guck dir mal ihre Kleidung an. Daran erkennst du das. Dass du dich ja nicht mit diesen Blagen anfreundest oder sogar einen von denen mit nach Hause bringst.« Und als sie ihn nach der ersten Unterrichtsstunde erwartete, nahm sie Manuel sofort wieder an die Hand. »Was hast du heute gelernt?«, fragte sie ihn. »Ich werde tüchtig mit dir üben, damit du immer der Beste bist. Du wirst gar keine Zeit zum Spielen haben.«

Manuel begriff schnell, dass die anderen Kinder, überwiegend Jungen und Mädchen aus der »Siedlung«, wie seine Mutter die Häuser auf der anderen Seite der Rahmstraße nannte, ihn mieden. In den Pausen forderte ihn keiner auf mitzuspielen, und er wurde nicht zu den Kindergeburtstagsfeiern eingeladen.

Trotz des Verbots seiner Mutter, sich mit anderen Kindern aus Möllen anzufreunden, entwickelte sich eine vage

Freundschaft zu einem Mädchen aus seiner Klasse. Wie er selbst war auch sie eine Außenseiterin. Sie war sehr ruhig und hatte lange, dunkle Locken. Einmal besuchte sie Manuel auch. Er forderte sie auf, in den Keller zu gehen, und machte dann die Türe zu. Das Mädchen bekam Angst und schrie lauthals. Erst nach einigen Minuten öffnete Manuel wieder die Tür. »Ich wollte nur wissen, ob man die Schreie hört!«, erklärte er dem völlig aufgelösten Mädchen. Von da an mied sie ihn, aber Manuel wusste nun, dass man tatsächlich keine Schreie aus dem Keller hörte.

Zu einer Lehrerin fasste er Vertrauen. Sie war immer freundlich zu ihm und lobte ihn für seine guten Leistungen. Aber als er anfing, ihr jeden Morgen einen der vertrockneten Rosenköpfe, die er immer noch aufbewahrte, auf ihren Tisch zu legen, fing auch sie an, sich von ihm zu distanzieren.

Die Grundschule beendete er als Klassenbester.

Auf dem Gymnasium konnte er seine guten Noten halten, und in dem Klassenverband, der die Kinder aus verschiedenen Stadtteilen Voerdes mischte, fühlte er sich endlich wohler. Engere Kontakte knüpfte er aber auch dort nicht.

Den Kellerraum hatte er im Laufe der Jahre mit einfachen Mitteln in einen Rückzugsort vor seiner Mutter verwandelt. Er hatte ihn gereinigt, die Regale mit den uralten Weck-Gläsern und den Flaschen mit Aufgesetztem weggeschmissen und sich eine der alten Matratzen aus dem Bett seiner Großeltern hineingelegt. Ein kleines Beistelltischchen reichte ihm als Mobiliar. Die Wände waren zwar noch unverputzt, aber da konnte er nichts dran ändern. Seiner Mutter untersagte er das Betreten des Kellers. Er warnte sie. »Nicht dass du auch die Treppe hinunterfällst«, und sah sie dabei aus seinen braunen, in dem Moment tiefschwarz funkelnden Augen an.

Zuerst war Margarete beunruhigt, dann aber war sie stolz auf ihren durchsetzungsstarken Sohn.

Irgendwann merkte er, dass die Mädchen in seinem Umfeld anfingen, anders auf ihn zu reagieren. Sie suchten seine Nähe, indem sie ihn zum Beispiel um Hilfe bei den Hausaufgaben baten. Seine Mutter warnte ihn eindringlich vor seinen Klassenkameradinnen. Er solle sich nicht ablenken lassen, Mädchen brächten nur Unruhe.

Die Einzige, die ihn interessierte, war Miriam Straten. Sie entsprach genau seiner Wunschvorstellung von einer Frau. Sie hatte dunkle Locken, eine gerade Haltung und strahlte, trotz ihrer jungen Jahre, schon eine vornehme Gelassenheit aus. Er träumte davon, mit ihr in »seinem« Kellerraum zu sein, mit ihr auf der Matratze zu liegen und sie dort vorzufinden, wenn er von der Schule nach Hause kam.

Heimlich beobachtete er sie. Er folgte ihr zu ihrem Pflegepferd und nach Hause. Er hinterließ ihr Zeichen. Sie sollte wissen, dass es jemanden gab, der sie im Blick hatte. Der für sie da sein würde. Er hatte es sich zur Angewohnheit gemacht, möglichst unsichtbar zu sein, dies perfektionierte er nun. Seine Geduld und Hartnäckigkeit beim Beobachten des Objektes seiner Begierde verschafften ihm unbemerkt Zutritt zu ihrem Zimmer. Es war so einfach gewesen! Hier auf dem Land ließen die Leute ständig Fenster oder Türen offen.

Nachdem der Verdacht dann auf Dietmar Schlegel fiel und er die Verachtung, die dessen vermeintliche Taten hervorriefen, beobachtete, stellte er seine Aufmerksamkeiten sofort ein.

Unter dem Pultdach im Garten der Tiglers dachte er über das Geschehene nach und kam zu interessanten Ergebnissen:

Er konnte sich selber analysieren, sich wie ein exotisches Insekt, das mit seiner Umgebung interagiert, beobachten.

Er stellte fest, dass er Frauen mit dunklen Haaren mochte. Nur sie existierten für ihn.

Er stellte fest, dass seine Mutter eine Außenseiterin war und ihn auch dazu gemacht hatte. Aber seine Mutter war ihrerseits zur Außenseiterin gemacht worden. Niemand in Möllen hatte sich ihr zugewandt und in schwierigen Zeiten beigestanden.

Er stellte fest, dass er keinen Anschluss mehr in seiner Altersgruppe finden konnte und wollte.

Er stellte fest, dass er mit einfachen Mitteln einen Menschen in Angst versetzen konnte. Und wenn das mit der Angst funktionierte, würde es wahrscheinlich auch mit anderen Gefühlen klappen.

Er stellte fest, dass ihm das gefiel.

Anna war vier Jahre alt, als er ihr zum ersten Mal begegnete. Er hatte Semesterferien und verbrachte eine Woche bei seiner Mutter in Möllen. Sein Psychologie-Studium befand sich in der Endphase, und er musste sich auf wichtige Klausuren vorbereiten.

Er hasste es mittlerweile, nach Hause zu kommen, seine Mutter entwickelte sich immer mehr zu einer unberechenbaren Furie. Er hatte sich eingehend darüber informiert, was ihm zustehen würde, wenn man durch einen DNA-Test feststellen sollte, dass er tatsächlich Tendering-Blut in sich hatte.

Nämlich nichts.

Der Traum seiner Mutter, die letzten Jahrzehnte zurückzuspulen und an dem damals beträchtlichen Vermögen der Tiglers, der Weseler Brauerei-Familie, in die Betty eingeheiratet hatte, teilzuhaben, war schlichtweg lächerlich.

Manuel war wesentlich realistischer und hielt sich lieber an das Vermögen seines leiblichen Vaters, dessen Namen er herausgefunden hatte. Es machte ihm großen Spaß, wie ein Schatten dort aufzutauchen, wo sein Vater gerade war. Er konnte sich immer darauf verlassen, dass dann in den nächsten Tagen eine größere Summe auf sein Konto überwiesen wurde. Wodurch aber sein Hass auf ihn und das, was er seiner Mutter angetan hatte, nicht weniger wurde.

Um seiner Mutter wenigstens für kurze Zeit zu entkommen, ging er zu seinem anderen, geheimen Lieblingsplatz — dem Anbau an das Gartenhaus der Tiglers, der mittlerweile noch mehr von wild wuchernden Sträuchern vereinnahmt worden war.

Ansgar Tigler hatte mittlerweile das Haus von seinem Vater, der nach Wesel zurückgezogen war, übernommen. Auch er und seine Frau lehnten jeden Kontakt zu seiner Mutter ab.

Manuel erschrak furchtbar, als in der Dämmerung eines Oktobertages auf einmal ein kleines Mädchen vor ihm stand. Dunkelbraune Locken, kirschroter Mund.

Seine Mutter hatte ihm von dem Kind erzählt. Sofort legte er den Finger auf seine Lippen und bedeutete ihr, ruhig zu sein. Neugierig und nicht ängstlich starrte sie ihn an.

»Wer bist du?«, fragte sie flüsternd.

»Dein geheimer Freund«, wisperte er zurück. »Ich werde ab und zu nach dir schauen. Aber wenn du jemandem von mir erzählst, wird etwas Furchtbares passieren.«

»Was denn?«, wollte sie mit großen Augen wissen.

»Was ist denn das Schlimmste, das du dir vorstellen kannst?«, fragte er leise zurück.

Das kleine Mädchen überlegte. »Ich glaube«, sagte sie dann, »dass ich für immer alleine bin.«

»Ja«, antwortete er nickend, »das wäre wirklich schlimm. Siehst du, wenn du niemanden von mir erzählst, bin ich immer für dich da.«

Hatte er es darauf angelegt? Hatte er tief in seinem Inneren gewollt, dass Anna erkannte, wie er sie zu seinem Geschöpf geformt hatte? Kühl versuchte er wieder, sich selbst zu analysieren.

Diese Haarspangen waren seine Trophäen, aber vielleicht war es zu leichtsinnig gewesen, sie aufzubewahren.

Er konnte sich genau daran erinnern, wie aufgelöst Anna gewesen war, als sie ihm unter dem Pultdach von deren Verlust erzählte.

»Ich weiß es genau!«, hatte sie geschluchzt. »Ich *habe* sie auf meinen Schreibtisch gelegt!«

»Vielleicht«, hatte er behutsam geantwortet, »hat sie eure Putzfrau genommen?«

Sie schüttelte den Kopf. »Nein, die war nicht hier.«

Damals war sie acht Jahre alt gewesen, und der vermeintliche Verlust der Haarspangen war nur ein Pinselstrich in dem Gesamtkunstwerk, das Manuel schaffen wollte.

Er wollte einen Menschen mit besten sozialen und psychischen Voraussetzungen in ein abhängiges, schwaches Objekt verwandeln.

Das Handwerkszeug dazu hatte er in seinem Psychologiestudium gelernt. Aktion, Reaktion. Jedes Erlebnis in der Kindheit hinterlässt Spuren im Leben. Das hatte er am eigenen Leib erfahren, das beobachtete er bei den Patienten.

Wie zum Beispiel bei jener jungen Frau, die er behandelt hatte. Sie hatte wunderschöne, dunkle Haare, und auch sie konnte er spielend leicht manipulieren. Sie ließ es zu, dass er sie in ihrer eigenen Wohnung besuchte. Und sie ließ es auch zu, dass er seine sexuellen Fantasien zu ihren machte und sie sie gemeinsam auslebten. Es war befriedigend zu erleben, wie sie beim Geschlechtsakt Todesängste hatte und ihm hinterher beteuerte, dass es ihr auf genau diese Art gefallen habe. Er achtete zwar immer darauf, nachts zu ihr zu gehen, damit ihn keiner sah, aber er hatte nicht damit gerechnet, dass sie sich ihrer verhassten Schwester, einer Pfarrerin, anvertraute. Souverän stritt er alle Vorwürfe ab, zeigte Verständnis, lehnte aber selbstverständlich unter diesen Umständen die weitere Behandlung ab.

Annas Leben hatte er mit kleinen »Eingriffen« beeinflusst und sie damit zu einer labilen, schwachen Person gemacht. Aus seiner kurzen »Freundschaft« mit Ansgar wusste er, wo Tiglers einen Kellerschlüssel versteckt hatten. So hatte er nie Probleme gehabt, über den kleinen Weg durch die Hecke auf das Grundstück und unbemerkt in das Haus zu gelangen, um Dinge verschwinden zu lassen oder zu verlegen. Morle war ganz einfach einzufangen gewesen, und als sie ihm mit ihren Krallen, kurz vor ihrem Tod, die Haut aufriss, erinnerten ihn die Blutstropfen an die dunklen Rosen, die ihn tief in die Finger gestochen hatten.

Und jedes Mal war *er* für Anna da gewesen, hatte sie getröstet und emotional wieder aufgebaut.

Dass sie diese blöden Haarspangen gefunden hatte, machte seine Pläne erst einmal zunichte. Sie war kurz davor gewesen, aus »freien« Stücken mit ihm nach Köln zu kommen, das hatte er genau gespürt. Der Tod Lenas und das Verschwinden von Gerald hatten sie komplett schutzlos gemacht. Sie wären ein Paar geworden, der Altersunterschied bedeutungslos gewesen.

Als er in sein Zimmer trat und Anna mit den rosafarbenen, alten Spangen in der Hand sah, erkannte er an ihrem Gesichtsausdruck, dass sie verstanden hatte. Und er wusste, dass er sofort handeln musste, bevor sie ihm entglitt.

Aktion. Reaktion.

Herrischer Blick, feste, bedrohliche Stimme.

Sie hatte kaum Widerstand geleistet, als er ihr befahl, zu ihrer eigenen Sicherheit in den Keller zu gehen. Sie war gelähmt vor Angst gewesen und dachte erst, er würde sie zur Haustür bringen. Seine Mutter schlummerte dank des Schlafmittels, das er ihr regelmäßig verabreichte, auf ihrem Sessel im Wohnzimmer.

»Ich hatte dir verboten zu schnüffeln«, herrschte er sie an. »Sie suchen dich, sie glauben, dass du auch Gerald umgebracht hast. Ich arbeite hart daran, dich aus der Schusslinie zu bringen, und du? Tust nicht, was ich sage.«

»Ich werde jetzt zur Polizei gehen und alles erklären«, stammelte sie, vor Aufregung nach Luft ringend. An der massiven Kellertür versuchte Anna, an Manuel vorbei zur Haustür zu gehen, aber er hielt sie am Arm fest und schob sie durch die Tür. Fast wäre die junge Frau die enge Stiege mit den schmalen Stufen hinuntergefallen. Manuel hielt sie im letzten Moment fest. »Anna«, sagte er jetzt sanft und einschmeichelnd, »es ist zu deinem Besten. Ich fahre jetzt noch einmal auf die Wache und bringe in Erfahrung, wie weit sie mit der Suche nach Gerald sind. Ich komme so schnell wie möglich wieder zurück. Los, geh die Treppe runter, es wird gleich dunkel.«

Anna schaute erschreckt die vor ihr liegende Holztreppe hinab.

»Los, du willst doch nicht gleich im Dunkeln gehen.« Zufrieden sah er, wie Anna langsam die Treppe hinunterging. Dann schloss er die Tür ab.

»Bitte, Manuel!«, hörte er sie noch dumpf durch die Tür, »ich brauche mein Asthmaspray!«

Langsam schlenderte er zu seiner Mutter ins Wohnzimmer, wo sie in ihrem Sessel döste. Der Fernseher lief, und Manuel konnte nicht verstehen, wie man bei den schrillen Tönen irgendeiner hirnlosen Seifenoper überhaupt zur Ruhe kam. »Mutter«, sagte er vorsichtig, »soll ich dir dein Abendbrot bringen?«

»Was machst du hier?«, fragte sie verwirrt. Dann wurde sie etwas klarer. »Kommt nicht eine von den Frauen?«

»Nein, ich habe ihnen abgesagt, ich bleibe wahrscheinlich noch bis morgen Abend, da kann ich mich um dich kümmern«, antwortete er.

»Gut, mein Prinz«, lächelte sie. Dann wurde ihr Blick ernster. »Wann stellst du mir endlich deine Prinzessin vor? Hast du endlich mal eine einfangen können?«

Fast hätte Manuel laut gelacht. »Ja, Mama, ich glaube, ich habe eine.«

»Gut, mein Prinz«, sie strich ihm über sein Haar.

Er verpflegte seine Mutter und sagte ihr, sie solle sich in ihr Bett legen, das schon seit geraumer Zeit im Wohnzimmer stand, da sie die Treppen nicht mehr gehen wollte. Er wunderte sich immer wieder, wie sie kilometerlang laufen, aber ihre Knie mit dem Steigen von Stufen nicht mehr belasten konnte.

Am Küchentisch sitzend war er kurz davor, sich auch ein Gläschen Likör zu gönnen, wie es Margarete vor dem Einschlafen immer tat. Nein, dachte er, erst überlegen.

Sein ursprünglicher Plan, dass Anna aus Zuneigung und Abhängigkeitsgefühl zu ihm nach Köln kam, war gescheitert.

Er stellte fest, dass er gar nicht so böse darüber war, wie er sein sollte. Denn eigentlich war ein alter Traum von ihm in Erfüllung gegangen.

Er hätte nie gedacht, dass es so ein berauschendes Gefühl sein würde, *sie*, sein kleines Mädchen, endlich da zu haben, wo er sie sich seit Jahren hingeträumt hatte, komplett für sich alleine und in seiner Gewalt.

Fasziniert hatte er beobachtet, wie sich in Anna lähmende Angst ausbreitete und ihr ureigener Schutzinstinkt abschaltete. Sie war völlig in seiner Gewalt, und er wusste, dass er es schaffen würde, sie dort zu halten.

Als sie die Treppe unten angekommen war, hatte sie mit dem letzten Licht, das in den Keller fiel, bevor Manuel die Tür schloss, einen Blick auf eine Matratze erhaschen können, die auf dem Boden lag. Sie versuchte, sich zu beruhigen, und tastete sich zu dieser Matratze vor. Anna wusste, dass die Aufregung einen Asthmaanfall provozieren konnte, deswegen konzentrierte sie sich erst einmal auf ihre Atmung.

Als sie saß, kam die Panik in ihr hoch. Wieder hatte sie das Gefühl, dass die Wände, die sie in dieser absoluten Dunkelheit nur erahnen konnte, auf sie zukamen und sie erdrückten. Sie musste sich unmenschlich anstrengen, nicht zu husten und ganz flach zu atmen. Wenn sie die nächsten Atemzüge schaffte, würde sie über alles nachdenken. Und überlegen, wie sie hier rauskam.

Denn Manuel hatte immer gesagt, sie sei ein schlaues Mädchen.

Oder war das auch gelogen gewesen?

DRITTER TEIL

24. Kapitel

Mittwoch, 12. Dezember 2018

Anna konnte sich nicht daran erinnern, jemals in ihrem Leben so eine furchtbare Nacht durchlitten zu haben.

Sie hatte sich auf die muffig riechende Matratze gelegt und sich nur auf ihre Atmung konzentriert. Sie hatte das Gefühl, dass ihre Luftröhre nur noch halb so viel Sauerstoff in ihre Lungen transportierte.

Als sie einen Atemrhythmus gefunden hatte, der sie wieder klar denken ließ, ließ sie auch langsam wieder die Gedanken an Manuel zu.

Manuel.

In ihrer Kindheit ihr Held, ihr geheimer Freund, später ihr Vertrauter, ihre Stütze.

Wenn er es war, der ihr die Haarspangen genommen hatte, dann hatte er auch alle anderen mysteriösen Vorkommnisse verursacht, die sich wie Perlen an einer Kette in ihrem Leben aneinanderreihten. Die sie immer mehr verunsicherten und sie in den Augen ihrer Eltern »sonderbar« und »anstrengend« machten.

Und nie, nie, nie hatte sie es auffällig gefunden, dass immer etwas Schreckliches geschah, wenn er bei seiner Mutter zu Besuch war. So war er natürlich auch immer zur Stelle gewesen, um sie zu trösten und aufzubauen.

Allerdings nutzten ihr diese Erkenntnisse im Moment nichts. Sie musste wieder gegen die aufsteigende, lähmende Panik ankämpfen, als sie daran dachte, dass sie in diesem Keller seine Gefangene war.

Und daran, dass er keine Skrupel gehabt hatte, ihre Katze zu töten.

Irgendwann, sie hatte jegliches Zeitgefühl verloren, hatte er ihr etwas zu trinken und zu essen gebracht. Mit einer Taschenlampe leuchtete er in den Keller, und als er sah, dass sie auf der Matratze lag, stellte er ihr die Sachen auf die unterste Stufe.

»Manuel«, hatte sie kraft- und würdelos gewimmert. »Ich brauche mein Asthmaspray. Bitte! Warum tust du mir das an? Ich gehöre doch dir und wünsche mir nichts mehr, als endlich bei dir in Köln zu leben.«

Er hatte eine strenge Miene aufgesetzt. »Meine liebe, kleine Anna«, hatte er geantwortet, »du warst sehr böse und hast mich sehr enttäuscht. Ich weiß gar nicht, ob ich dich überhaupt noch will. Vor allen Dingen, wenn du Lena getötet hast und ich dir nicht mehr helfen kann ...«

Er ließ den Satz unvollendet.

Anna musste sich wieder auf ihre Atmung konzentrieren. Kurz bevor er die Tür schloss, schaffte sie es, ihn noch einmal anzusprechen. »Manuel«, flüsterte sie, »bitte verzeih mir.«

»Ich werde darüber nachdenken, Anna, aber das wird erst einmal dauern«, entgegnete er, bevor er die Tür schloss und absolute Dunkelheit sie wieder umfing.

Solange sie lebte, hatte sie Hoffnung.

* * *

Am Mittwochmorgen trafen sich Freddie und Skalecki direkt in der Duisburger Gerichtsmedizin. Der Voerder Polizist wartete schon auf dem Flur vor dem Büro von Professor Ricken, Skalecki kam ihm mit wehenden Aufschlägen ihres langen, schwarzen Ledermantels entgegen.

Freddie schnalzte mit der Zunge und schüttelte den Kopf dabei. »Auffälliger wärst du nur noch, wenn der Mantel rot wäre.«

»Hier in Duisburg trägt man so etwas«, sagte sie mit affektierter Stimme.

»Ich dachte, hier trägt man nur Schimmis Feldjacke«, murmelte Freddie.

Beide hatten nun eine Nacht über die Ereignisse des letzten Tages geschlafen. Freddie war nach wie vor davon überzeugt, dass an Gerald von der Mühlens Tod etwas nicht stimmte, und Skalecki fühlte sich wie in einer Zwickmühle. Einerseits fand sie die Ermittlungsergebnisse schlüssig, die kriminaltechnische Untersuchung des Briefes hatte schließlich einwandfrei ergeben, dass das Papier eindeutig aus dem Stapel kam, der in der Lade des Druckers war. Andererseits wollte sie nicht Freddies Instinkt vom Tisch wischen, schließlich hatte der sich schon oft als richtig erwiesen. So hatte sie dem

Vorschlag ihres Voerder Kollegen zugestimmt, sich in der Duisburger Gerichtsmedizin zu treffen.

Sonja Kaufmann führte die beiden Polizisten sofort in den Obduktionsraum, wo auch der Chef der Gerichtsmedizin, Ricken, und sein Assistent, Tim Spieler, sie schon erwarteten. Gerald von der Mühlen lag wie ein unbeteiligter Gast zwischen ihnen auf dem Untersuchungstisch.

»Dafür hättet ihr gar nicht zu kommen brauchen«, legte Ricken sofort los.

Freddie guckte ihn misslaunig an. »Gibt es irgendetwas Ungewöhnliches?«

»Was denn?« Ricken wurde ungeduldig.

»Zum Beispiel Abwehrspuren?«

»Nein! Ich dachte, es sei ein klarer Selbstmord?«, fragte Ricken überrascht und guckte von Freddie zu Skalecki.

Die rollte mit den Augen »Okay, könnte es eventuell sein, dass dieser Mann gestoßen wurde?«

Jetzt mischte sich Tim Spieler ein. Er arbeitete schon seit Jahren mit Ricken zusammen und hatte ein gutes Gespür dafür, wenn sein Chef kurz davor war, genervt den Raum zu verlassen. »Bei so einem tiefen Fall, wie eure Kollegen uns mitgeteilt haben, können wir keine Feinheiten mehr feststellen. Neben den tödlichen Verletzungen wie Schädel-Hirn-Trauma und Milzriss kommen noch die Knochenbrüche und Prellungen dazu«, erklärte Spieler. »Da wären Abdrücke eines Stoßes von einer anderen Person nicht mehr zu erkennen.«

Freddie hatte so eine Antwort schon befürchtet.

»Aber«, fuhr Spieler fort, »ausschließen kann man es auch nicht. Jemanden aus großer Höhe zu Fall zu bringen, ist immer noch eine der sichersten Mordmethoden.«

»Vielleicht könnt ihr ihn noch einmal auf eventuelle Druckstellen untersuchen?«, bat Skalecki. »Nur um ganz sicherzugehen.«

»Vielleicht hat ihn sein potenzieller Mörder dort hinaufgezerrt. Dann wären vielleicht Kränze durch Einblutungen an den Handgelenken zu sehen«, schlug Freddie vor.

Bevor Ricken eine spöttische Bemerkung machen konnte, antwortete Tim Spieler: »Ja, klar. Wir gucken ihn uns noch einmal an.«

Einigermaßen zufrieden verließen Freddie und Skalecki diesen beklemmenden Ort, an dem stets der Tod im Mittelpunkt stand.

* * *

Christin fühlte sich nach einer Nacht mit ihrem sich ständig herumwälzenden Ehemann an ihrer Seite absolut unausgeschlafen. Sie ahnte, dass Freddies Plan, heute lediglich den Schreibkram zu erledigen und dann nur noch für sie, Matti, Oskar und das Minimum da zu sein, illusorisch war – zu sehr beschäftigten ihn Lenas und Geralds Tod sowie Annas Verschwinden.

Zu ihrem Unwohlsein kamen die sich verstärkenden Schmerzen im Bereich des unteren Rückens. Fast würde sie meinen, dass dies schon erste Anzeichen für die baldige Geburt sein könnten, aber sie hoffte eher, dass dies ganz normale Rückenschmerzen oder harmlose Vorwehen waren, da es noch fast zwei Wochen bis zum errechneten Geburtstermin waren.

Die Kinder waren in der Schule, Sigrid Fohrmann, ihre Haushaltshilfe, würde gleich erst kommen, so hatte sie jetzt Ruhe für ein Telefonat mit Ingrid Hassmann. Es war zwar völlig unwichtig, da der Fall inoffiziell schon abgeschlossen war, aber sie wollte, für sich persönlich, ein paar Gedanken zum Abschluss bringen.

Zum Beispiel eine zunehmende Antipathie gegen Manuel Klein. Wie konnte es nur sein, dass sie ihn nach ihrem ersten kurzen Kennenlernen und den wenigen Gesprächen, die sie bisher geführt hatten, so sympathisch fand und sie sich so … verstanden gefühlt hatte? Und jetzt, nachdem sie seine Mutter und sein Elternhaus kennengelernt und Bernd Benninghoff ihr alte Geschichten erzählt hatte, sie ihn immer unsympathischer fand?

Dann wurde ihr etwas klar, was sie plötzlich unruhig machte. Er war ein Psychologe. Er hatte jahrelang das Handwerkszeug dafür erlernt herauszufinden, wie sein jeweiliges Gegenüber tickte. Aber er war mit seiner Arbeit auch ins Rampenlicht getreten. Sonnte sich in … Anerkennung.

Und natürlich ließen Christin die ständigen Berührungspunkte zu Betty Tendering nicht los. Wie ein Schirm spannte sich die allgegenwärtige Präsenz der berühmten Voerderin, die die Liebe von einem der berühmtesten Künstler ihrer Zeit abgelehnt hatte und ein Leben in der Weseler Provinz dem Leben in einem Berliner Salon vorzog, über die gesamten Ermittlungen.

Deswegen wollte sie mit Ingrid Hassmann sprechen. Die paar Male, bei denen sie die ältere Frau während der Proben getroffen hatte, hatten ihr das Gefühl gegeben, dass sie eine kluge Frau war, der böser Tratsch fernlag.

Direkt nach der Begrüßung schilderte die Pfarrerin Ingrid Hassmann ihr Anliegen. Sie fragte sie unverblümt nach Margarete Klein, erklärte aber auch ausdrücklich, dass dies natürlich nichts mit dem Mord an Lena zu tun habe, sondern nur auf Manuels Wunsch zurückgehe, seine Mutter zu besuchen.

»Könnte es wirklich sein, dass Margarete und Manuel Nachfahren von Betty Tendering sind?« In dem Moment, in dem Christin diese Frage stellte, fiel ihr auf einmal die Parallele zu einem Mord am Ostersonntag des Jahres auf, in den sie verwickelt gewesen war.

Die Schriftstellerin schnaubte spöttisch durch die Nase. »Ich habe mich sehr intensiv mit Betty Tendering und ihren Schwestern beschäftigt. Und natürlich habe ich, als Margarete das erste Mal diese Behauptung verkündete, noch einmal alle Quellen daraufhin untersucht. Aber nein, ich bin davon überzeugt, dass dem nicht so ist.«

»Aber es war doch früher nicht unüblich, Kinder an Bekannte, die vielleicht selber keine Kinder bekommen konnten, abzugeben, wenn sie eine Belastung waren«, gab Christin zu bedenken. »Wenn Betty Tendering tatsächlich mit Depressionen zu tun hatte, wäre dies doch möglich gewesen.«

Ingrid Hassmann schwieg eine Weile, sie musste erst ihre Gedanken sortieren, bevor sie antwortete. »Die Nachfahren von Tillman Klein, dem ersten Pächter des Hauses Ahr, der die Bewirtschaftung 1865 übernahm, konstruierten diese Geschichte aus einem ganz einfachen Anlass. Betty, die nach ihrer Eheschließung 1860 noch einige Zeit im Haus Voerde wohnte, verlor 1864 ihren dreijährigen Sohn, den sie auf Haus Ahr, wo zu der Zeit noch ihre Schwester wohnte, beerdigte. 1865, als Betty und ihr Mann dann in Wesel wohnten, verloren die beiden wieder einen Sohn, den sie aber in ihrem neuen Zuhause beisetzten. Um die Familie zusammenzuhaben und weil ihre Schwester und ihr Mann zum Ende des Jahres 1864 Haus Ahr verkauft hatten und verließen, überführten Tiglers die sterblichen Überreste des schon beerdigten kleinen Jungen nach Wesel.« Ingrid musste kurz Luft holen. »Sie sehen also: zwei verlorene kleine Jungs. Ich kann nur vermuten, dass die Pächter, Kleins, vielleicht gerne eine handfestere Verbindung zu den höheren Kreisen gehabt hätten und deswegen, sagen wir mal, vielleicht die Fantasie mit einem der Nachfahren etwas durchging. Vielleicht haben sich auch nur Gerüchte über Bettys geistigen Zustand verselbstständigt. Und ja, damals wurden Kinder oft ohne viel Federlesens abgegeben und dann auch als eigene angesehen. Aber ganz ehrlich? Die Tenderings und die Tiglers, Bettys Schwiegerfamilie, waren Mitglieder der High Society, wie man heute so sagt. Beide Familien waren sehr groß. Liebe Frau Erlenbeck, wenn Betty und ihr Mann tatsächlich ein Kind abgegeben hätten, meinen Sie nicht, dass sich dann jemand in der Familie dafür gefunden hätte?«

Diese vielen Informationen musste Christin erst einmal sortieren. Aber eine weitere Frage fiel ihr ein: »Haben Sie eigentlich jemals mit Manuel Klein, Margaretes Sohn, darüber gesprochen?«

»Nein«, antwortete Ingrid Hassmann, »im Grunde kenne ich ihn nur sehr flüchtig. Er scheint die verschrobenen Ideen seiner Mutter nicht zu teilen. Deswegen wunderte es mich etwas, dass er am letzten Samstag bei der Premierenvorstellung war. Dass *sie* nicht zu den Aufführungen kommen würde, war mir klar, aber er? Na ja, ist ja vielleicht auch langweilig, sich so oft am Wochenende um seine Mutter zu kümmern.«

»Manuel Klein war Samstag in der Aula?«, staunte Christin ungläubig. Auch etwas, wovon er ihr nichts erzählt hatte, obwohl seine Mitarbeit an dem Fall durchaus ein Anknüpfungspunkt dazu gewesen wäre.

»Ja«, bekräftigte die Regisseurin, »da bin ich mir sehr sicher. Er hat ganz hinten in der letzten Reihe gesessen.«

Nachdem sie das Gespräch beendet hatte, streichelte Christin nachdenklich ihren harten, kugelrunden Bauch. Schon einige Tage war das Minimum ruhig, es hatte den Platz in ihrer Gebärmutter komplett ausgefüllt und konnte keine Purzelbäume mehr schlagen. Nur ab und zu spürte sie einen Tritt oder einen kleinen Faustschlag im Inneren ihres Leibes. Dann stellten sie und Freddie sich immer vor, wie das ungeborene Kindchen schon die ersten Fluchtversuche unternahm.

Freddie würde ein fantastischer Vater werden, das wusste Christin. So wie er auch ein fantastischer Stiefvater war. Oft konnte er mit den täglichen Streitereien, die es immer wieder mit den Kindern gab, besser umgehen als sie. Viel gelassener.

Als sie einen sich drehenden Schlüssel in der Haustür hörte, erschrak sie kurz.

»Hallo!«, grüßte Sigrid Fohrmann, ihre Haushaltshilfe. »Geht es Ihnen gut?«

Christin lächelte, noch etwas nachdenklich. »Ja, danke.« Dann erinnerte sie sich an ihre Begegnung vom

Vortag. »Waren Sie heute auch schon bei Frau Klein?«, begann die Pfarrerin im Plauderton eine Unterhaltung.

»Nein«, antwortete Sigrid Fohrmann. »Ihr Sohn ist im Moment da, da hat er uns abgesagt. Obwohl ich mich frage, wie er sie waschen will.«

So genau wollte Christin es eigentlich nicht wissen, konnte sich aber eine spitze Bemerkung nicht verkneifen. »Warum sollte ein gesunder Mann seine Mutter nicht waschen können?«

»Na, weil die doch nicht mehr ins Bad hochgeht«, klärte ihre Hilfe sie auf. »Da mussten wir ein bestimmtes System entwickeln, um sie in der Küche zu waschen. Sehr anstrengend und aufwendig.« Die Alltagshelferin schüttelte den Kopf.

»Warum geht sie nicht mehr ins Bad? Sie läuft doch noch, ich habe sie auch nicht humpeln sehen«, wunderte sich Christin.

»Sie war wohl schon jahrelang nicht mehr oben. Ich glaube, sie hat Angst vor Treppen. Aber Frau Klein behauptet immer, sie hätte steife Knie.« Sigrid Fohrmann zuckte mit den Schultern. »Aber laufen tut sie noch wie ein Döppgen. Die macht Meter!« Sie lachte. »Nein, eher Kilometer.«

Christin hielt inne. Was überraschte sie so an dieser Information? »Wie weit läuft sie denn?«, hakte Christin nach, der plötzlich eine Idee kam. »Bis zum Kraftwerk und zurück?« Das war nicht so eine lange Strecke.

»Ach!«, winkte Sigrid ab. »Wir haben sie schon in der Dinslakener Altstadt abgeholt. Die Chefin hat mit Herrn Klein eine Abmachung, dass wir sie abholen, wenn er in Köln ist.«

»Frau Fohrmann«, Christin stand auf und blickte ihrer Haushaltshilfe direkt in die Augen, »sind Sie wirklich sicher, dass Frau Klein nicht mehr die Treppe nach oben geht? Nie?«

Überrascht von der plötzlich ernsten Tonlage ihrer Arbeitgeberin wich Sigrid Fohrmann etwas zurück, als sie antwortete: »Ja, Frau Erlenbeck, das können Sie mir glauben. Sie geht nicht mehr die Treppe ins Obergeschoss und auch die Treppe in den Keller. Wobei der ja nur ein Loch ist. Ich glaube, sie ist mal die Kellertreppe runtergefallen.«

Christin Erlenbeck hatte das Bild genau vor Augen. Und sie erinnerte sich noch daran, was sie in diesem Moment gedacht hatte. In dem Moment, als sich im oberen Fenster die Gardine bewegt hatte.

* * *

»Hallo, Miriam, hier ist Dietmar Ohler am Apparat. Du wirst dich eher an meinen alten Nachnamen erinnern.« … »Schlegel, ja, ich habe extra geheiratet, um den loszuwerden.« … »Ich würde dich gerne sprechen. Geht das? Aber bitte persönlich.« … »Ja, danke. Dann um 15 Uhr bei Ernsting am Markt.«

Mit dem Handy in den schweißnassen Händen lehnte Dietmar Ohler an der Wand der Kirche. Trotz der Kälte schwitzte er aus jeder Pore. Aber er war stolz darauf, diesen Anruf gemacht zu haben. Denn wenn er schon in Voerde war, konnte er auch diese Sache klären.

Vielleicht endgültig.

* * *

Christin hatte schon ihre Schuhe und ihren Mantel an, als ihr Blick auf ihre treue Hündin Laika fiel. Nein, dachte sie, den Hund konnte sie nicht mitnehmen. Außerdem hegte Manuel ja auch keine großen Sympathien für Hunde.

Sie steckte ihr Handy in die Manteltasche und ging zu ihrem Auto. Auf dem Weg nach Möllen musste Christin ständig an das denken, was Sigrid Fohrmann ihr erzählt hatte.

Könnte es sein, dass Margarete Klein …

Die Pfarrerin traute sich nicht, den Gedanken zu Ende zu denken. Schließlich war Margarete eine alte, schwache Frau. Nein, dachte sie sofort, schwach war sie ihr eigentlich nicht vorgekommen. Sie erinnerte sich an den überraschend festen Griff um ihren Arm. Und sie schien ihre Umwelt ja noch an der Nase herumführen zu können, indem sie behauptete, nicht mehr die Treppe steigen zu können. Wer konnte wissen, was sie da oben machte?

Was, wenn diese alte Frau bei einer ihrer Laufrunden Samstagabend zufällig auf Lena getroffen war? Und, versunken in ihrer selbstgeschaffenen Welt, wütend …

Christin schüttelte den Kopf. Warum nicht? Aber Gerald hatte gestanden, Lena getötet zu haben. Was Freddie wiederum bezweifelte.

Gut, dass sie jetzt erst einmal zu Kleins fuhr. Sie hoffte, Manuel noch anzutreffen, um mit ihm über seine Mutter zu reden. Vielleicht konnte er, der die menschliche Seele schließlich studiert hatte, Klarheit schaffen.

25. Kapitel

Mittwoch, 12. Dezember 2018

Manchmal ist das Offensichtliche auch das Richtige«, sagte Skalecki zu Freddie, als sie auf dem Parkplatz an ihren Autos standen.

Der Voerder Polizist guckte sie spöttisch an. »Stand das heute Morgen auf dem Etikett deines Teebeutels?«

Skalecki runzelte die Stirn. »Schickt mir die Berichte. Wir warten jetzt nur noch auf weitere Ergebnisse der Kriminaltechnik – und auf Anna.«

»Und auf Ricken«, beharrte Freddie.

Skalecki hatte nicht vor, nach Voerde zu fahren, bevor nicht Anna wieder aufgetaucht war. Schlüter sollte die Abschlussberichte in der Voerder Wache kontrollieren, und Freddie hatte von Skalecki die offizielle Anweisung bekommen, nach Hause zu fahren und für Christin und die Kinder zu kochen.

Als er im Pfarrhaus in der Grünstraße ankam, sah er, dass Christins Auto nicht auf seinem Platz stand. Im Haus erwartete ihn nur die schwanzwedelnde Laika.

»Wo ist denn dein Frauchen?«, fragte er die Hündin, die ihn mit schief gelegtem Kopf anguckte. Im Obergeschoss hörte er einen Staubsauger, Sigrid Fohrmann war da, stellte er fest. Er stieg die Treppe zu ihr hoch. »Hallo!«, rief er laut, um den Staubsauger zu übertönen. »Wo ist meine Frau?«

Sie stellte den Staubsauger aus und zuckte dann mit den Schultern. »Sie ist weg. Sie hat mir aber nicht gesagt, wohin. Herr Ohler hat auch schon nach ihr gefragt.«

Freddie bedankte sich und ging zurück in den Flur. »Na komm«, er kraulte das dichte Winterfell Laikas, »wir gehen eine Runde.«

Als er nach der Leine griff, die an einem Haken im Flur hing, fiel Freddies Blick auf einen gerahmten Spruch an der Wand. *Möge Friede sein in unserem Haus und Glück in unserem Herzen*, hatte Mathilda mit ihrer schönsten Schrift auf ein Blatt Papier geschrieben und ihrer Mutter beim Einzug in ihr neues Heim im Januar geschenkt. Nachdenklich betrachtete Freddie die sorgfältig aufgebrachten Buchstaben und ging mit Laika in den trüben Dezembertag.

* * *

An diesem Morgen sah sie Bernd Benninghoff nicht bei seinen Galloways. Der Walter-Neuse-Weg lag völlig verlassen da, nur der große Schreinereibetrieb, an dem sie vorbeifuhr, verströmte die normale Alltagshektik.

Vor dem Haus der Kleins parkte, wie erwartet, kein anderes Auto. Sie stieg aus und klingelte. Verstohlen ließ sie ihren Blick nach oben wandern, zu dem Fenster, dessen Gardine sich bei ihrem letzten Besuch bewegt hatte, aber diesmal sah sie nichts. Auch kein Augenpaar, das zurückstarrte.

Manuel öffnete die Tür. Sie hatte den Eindruck, dass er nicht ganz so freundlich lächelte wie sonst, als er sie begrüßte.

»Störe ich? Du musst sicher arbeiten, aber ich würde gerne etwas mit dir besprechen«, sagte die Pfarrerin mit ernster Miene.

»Sorry, ja, klar«, antwortete er, ohne den Weg ins Haus freizugeben.

»Äh, es dauert bestimmt nicht lange, aber darf ich reinkommen? Ich kann immer schlechter stehen«, bat Christin.

Manuel kam ihr verändert vor, ohne dass sie hätte sagen können, was anders an ihm war.

Der Psychologe zögerte noch einmal kurz, dann trat er aus dem Türrahmen und gab ihr den Weg frei. Er fuhr sich mit den Händen durch die Haare. »Komm rein, natürlich. Aber es tut mir leid, ich muss einige wichtige Telefonate führen und später nach Köln. Und Mutter ist heute auch wieder … aufgewühlt.«

»Wo ist denn deine Mutter?« Christin sah sich suchend um.

»Sie sitzt in ihrem Sessel im Wohnzimmer und döst«, antwortete er.

Da er keine Anstalten machte, ihr aus dem Mantel zu helfen, behielt sie ihn einfach an. Er ging in die Küche vor und schob ihr einen Stuhl hin. Die Küchenstühle sahen sehr alt aus. Sie konnte sich sogar gut vorstellen, dass eine neuere Version von ihnen in Manuels bestimmt geschmackvoll eingerichteter Wohnung in Köln stand.

»Über deine Mutter wollte ich mit dir reden«, leitete Christin das Gespräch ein.

Manuel stöhnte auf. »Okay, ist gerade nicht mein Lieblingsthema. Ich weiß, dass ich nicht länger die Augen vor ihrem Zustand verschließen kann. Auch deswegen muss ich telefonieren.« Jetzt lächelte er wieder sein verschmitztes, lausbübisches Lächeln. »Okay, schieß los.« Aufmerksam richtete er sich auf.

»Manuel«, begann Christin zögerlich, »ich habe gehört, dass deine Mutter noch ziemlich gut zu Fuß ist.«

»Ja, allerdings«, der Psychologe verzog das Gesicht. »es macht mir immer große Freude, den Alltagshelfern hinterherzutelefonieren, wenn sie irgendwo aufgegriffen wird.«

»Das glaube ich«, stimmte Christin zu, »das ist bestimmt zermürbend. Weißt du eigentlich, wohin sie immer läuft?«

»Hm«, überlegte er, »oft Richtung Dinslaken oder auch zur B 8. Sagst du mir jetzt bitte, worüber du reden möchtest?«

»Bitte, eine Frage noch, vielleicht hat es sich dann erübrigt. Wo war deine Mutter am Samstagabend gegen sechs Uhr?«

Manuel erstarrte. Seine Augen wurden zu schmalen Schlitzen. »Worauf willst du hinaus?«

Christin hielt seinem Blick stand. »Ich denke, wir müssen diese Möglichkeit einmal in Betracht ziehen. Du weißt selber, dass diese Distanz für Margarete kein Problem wäre. Und sie ist überraschend kräftig, wie ich letztens mal feststellen musste. Und …« Ihre Stimme erstarb, als sie sah, wie Manuel buchstäblich vor ihr zusammensackte.

Dann schüttelte er, mit erleichtertem Leuchten in den Augen, den Kopf. »Nein, Christin, das kann nicht sein. Gerald hatte einen Abschiedsbrief geschrieben, in dem er den Mord an Lena zugab.« Die Pfarrerin konnte beobachten, wie es in Manuel arbeitete. Er schaute aus dem Fenster hinaus, dann konzentrierte sich sein Blick wieder auf das Muster der Tischdecke.

»Freddie, der einen sehr guten Instinkt hat, glaubt auch nicht, dass Gerald es war«, sagte Christin behutsam.

Manuel fing an, sich über sich selbst zu ärgern. Es hatte ihm sehr gefallen, Christin zu manipulieren. Es war ein Leichtes für ihn gewesen, diese freundliche, aufgeschlossene Frau einzuwickeln und so sehr nah an die polizeilichen Ermittlungen zu kommen. Diese liebenswürdige und hilfsbereite Frau war ja sogar auf seinen Köder »Profiler« angesprungen! Dass Anna ausgerechnet in diesem Haus war, wenn die Pfarrerin ihren Besuch machte, hatte er so nicht geplant. Trotzdem hatte es ihm einen gewissen Nervenkitzel bereitet. Aber es war dumm von ihm gewesen, ihre Hartnäckigkeit zu unterschätzen.

»Weiß Freddie, dass du hier bist und mit mir redest?«, fragte Manuel sie dann.

Christin stand auf und schüttelte dabei den Kopf. »Nein. Er ist, glaube ich, in der Gerichtsmedizin. Ich bin ganz spontan gekommen.«

»Weiß irgendjemand, dass du hier bist? Ich meine nur, nicht, dass irgendein Anwalt daran Anstoß nimmt«, hakte der Psychologe nach.

Wieder schüttelte die Pfarrerin den Kopf. »Nein, wie gesagt. Ich gehe jetzt auch wieder. Ich wollte nur, dass du mal darüber nachdenkst. Und du dir jetzt eventuelle weitere Schritte überlegst.« Langsam ging sie zur Küchentür.

Auch Manuel erhob sich, um seinen Gast zur Haustür zu begleiten. »Und der Abschiedsbrief?« Dann gab er sich selbst die Antwort. »Gerald glaubte, Anna war es.«

Bevor Christin Erlenbeck antworten konnte, hörte sie ein dumpfes Klopfen aus dem Flur.

* * *

Hunger hatte sie keinen, allein schon vom Geruch der alten Schokoladenkekse wurde ihr schlecht.

Aber Durst quälte sie.

An die schwarze Dunkelheit hatte sie sich, sehr zu ihrem eigenen Erstaunen, gewöhnt. Vielleicht, weil sie sich so sehr auf eine regelmäßige, flache Atmung konzentrieren musste. Da sie schon seit ihrer Kindheit immer wieder mit Asthmaanfällen zu tun hatte, wusste sie genau, dass sie kurz davor war, einen Anfall zu bekommen.

Aber Dr. Lippert hatte ihr einmal, als sie noch zu den Gesprächen zu ihm ging, einen guten Ratschlag gegeben: »Denke nicht an Morle, die du verloren hast, sondern denke an eine Morle, die du wiederbekommen kannst.«

So hatte sie alle ihre Gedanken auf die Zukunft gerichtet. Da Anna jetzt wusste, woher ihre Probleme kamen, hielt sie sie für gelöst. Sie sah ihre Eltern nun mit ganz anderen Augen. Wenn sie wieder bei ihnen wäre, würde sie von ihnen verlangen, einen gemeinsamen Urlaub zu machen und in Ruhe über alles zu reden. Ihre Eltern würden ihr helfen, über Manuel hinwegzukommen.

Die Dunkelheit hüllte sie ein. Sie fühlte sich benommen, konnte aber noch klar denken. Sie dachte nicht nur an ihre Zukunft, sondern auch an das Getränk, das Manuel ihr hingestellt hatte. Wieder eine schon geöffnete Apfelschorle. Mittlerweile war sie davon überzeugt, dass er irgendein Schlafmittel hineingetan hatte, so benommen und schläfrig, wie sie sich gefühlt hatte, als sie noch ganz einfach aus dem Zimmer und dem furchtbaren Haus hätte herausspazieren können.

Mit langsamen und vorsichtig tastenden Bewegungen erkundete sie ihre Umgebung. Die Matratze, auf der sie saß, roch noch schlimmer als die in Manuels altem Kinderzimmer. Sie vermutete, dass der alte Kellerraum früher ein Lagerraum gewesen war. Obwohl das Raumklima ihr trocken vorkam, hatte Anna das Gefühl, dass die Luft gesättigt mit Staub war, den sie mit jedem ihrer flachen Atemzüge einatmete.

Die Stille um sie herum war absolut. Tatsächlich merkte sie eher an ganz leichten Vibrationen, wenn im oberen Teil des Hauses lautere Geräusche entstanden.

So wie sie gerade eine hauchfeine Erschütterung gespürt hatte. Ein kaum wahrnehmbares, ganz kurzes Erzittern der Luft und der Holztreppe. Vielleicht ausgelöst durch die alte Haustür, die ins Schloss gefallen war.

Anna tastete nach der Plastikflasche. Ganz langsam stellte sie sich auf alle viere und kroch, mit der Plastikflasche in der rechten Hand, zur Holzstiege. Die Flasche war auch gleichzeitig ihr »Blindenstock«, immer wieder streckte sie den Arm aus und strich mit der Flasche auf dem Boden von links nach rechts, damit sie nicht mit dem Kopf gegen die Treppe stieß. Endlich hatte sie die erste Stufe erreicht. Mit schier unmenschlicher Kraftanstrengung unterdrückte sie einen Hustenanfall, sie spürte, wie ihre Luftröhre sich noch mehr verengte und ihre Hände zu zittern anfingen. Wie eine Schnecke schob sie sich Stufe für Stufe die Treppe hinauf, die Plastikflasche weiterhin fest in der Hand haltend.

Nach einer gefühlten Ewigkeit erreichte sie die Kellertür, und mit letzter Kraft legte sie die Hand, mit der immer schwerer gewordenen Flasche, auf die oberste Stufe. Sie wartete, bis sich ihre Atmung etwas beruhigt hatte, dann umschloss sie mit dem Daumen und dem Zeigefinger den Flaschenhals und schaffte es, nur aus dem Handgelenk heraus, die Flasche gegen die Kellertür zu schlagen.

* * *

Von dem Spaziergang durch die kalte Luft hatte Freddie sich Ablenkung erhofft. Aber leider verstärkten die Ruhe und der monotone Rhythmus seiner Schritte einen Satz in seinem Kopf.

Jemanden aus großer Höhe zu Fall zu bringen, ist immer noch eine der sichersten Mordmethoden.

Er versuchte, Christin auf ihrem Handy zu erreichen, doch ihre geliebte Stimme forderte ihn nur auf, eine Nachricht auf der Mailbox zu hinterlassen. Kurz ärgerte er sich, er hätte gerne mit ihr gesprochen, um auf andere Gedanken zu kommen.

Als er aus der Kälte in den Flur trat, fiel sein Blick sofort wieder auf den schön geschriebenen Segensspruch.

Wie hypnotisiert starrte er auf die schwungvollen Bögen der Schreibschrift.

Dann endlich schob sich ein anderes Bild vor sein inneres Auge, und zufrieden lächelnd griff er sofort zum Telefon.

* * *

Die Pfarrerin blieb stehen und stutzte. »Was ist das für ein Klopfen?«

Stocksteif blieb Manuel Klein hinter Christin stehen. »Wahrscheinlich meine Mutter«, sagte er. »So, entschuldige, jetzt muss ich aber wirklich …« Er machte eine kleine, ungeduldige Geste, als ob er sie hinausschieben wollte.

Christin ging von der Küche in den Flur. Gerade als sie sich rechts herum zur Haustür wandte, hörte sie hinter sich wieder das dumpfe, pochende Geräusch. Irritiert schaute sie nach links, auf die geöffnete Wohnzimmertür, aus der sie nur das leise röchelnde Atmen von Margarete Klein hörte.

Wieder das Klopfen, diesmal deutlich schwächer. Sie drehte sich um, rempelte dabei fast Manuel an und musterte dann die Kellertür.

Plötzlich hatte sie das irrwitzige Bild einer eingesperrten Anna vor Augen. Als sie in Manuel Kleins Gesicht schaute, spiegelte sich darin ihr Entsetzen über diese Erkenntnis – und sie sah, dass das Bild stimmen musste.

* * *

»Du schuldest mir was, und es ist absolut nichts, woraus man dir einen Strick drehen kann.« Freddie zog sich gar nicht erst die Schuhe aus. »Okay, dann treffen wir uns in einer halben Stunde vor der Wohnung in der Voerder Straße.«

Bevor Freddie zufrieden das Handy in seine Jackentasche schob, versuchte er noch einmal, seine Frau zu erreichen. Wieder nur die Mailbox. Verärgert runzelte er die Stirn, dachte dann aber wieder an seinen alten Kollegen, der erfreulicherweise sofort die Möglichkeit hatte, sich mit ihm in Gerald von der Mühlens Wohnung zu treffen.

Denn als er die kunstvoll gemalten Buchstaben betrachtet hatte, hatte er auf einmal den Schreibtisch des Studenten vor sich gesehen, auf dem, in einem hölzernen Ständer, der teure Montblanc-Füller stand. Er erinnerte sich an die kleinen Tintenkleckse, die das Holz besprenkelten, ein sicheres Zeichen dafür, dass Gerald ihn nicht nur als Statussymbol hatte, sondern auch mit ihm schrieb.

Warum sollte er dann den letzten Brief, den letzten Gruß an Anna und die Welt, mit einem Computer geschrieben haben?

* * *

Nein, dachte Christin, Anna musste sich hier versteckt haben! Vorsätzlich. Doch sofort fiel ihr ein, dass sie dann wahrscheinlich nicht so hartnäckig gegen die Tür klopfen würde. Die Kellertür.

Völlig unaufgeregt, als ob er sie freundlich zur Haustür geleiten würde, drängte er sie zu der Tür, die in den Keller führte. Als Christin versuchte, sich mit schreckgeweiteten Augen zu entziehen, umfasste er ihre Handgelenke. Dann schrie sie los.

* * *

Frederick Neumanns alter Kollege, mit dem er zusammen seine Ausbildung gemacht hatte und der mittlerweile in der Dinslakener Polizeiwache die IT betreute, setzte sich vor den Computer von Gerald von der Mühlen. Aus einer Tasche holte er einen anderen Laptop heraus und verband ihn durch ein Kabel mit dem Rechner von Gerald.

Freddie verschränkte seine Arme vor der Brust, so konnte er seine Ungeduld besser verbergen. Er wollte nicht unhöflich sein und Martin, der für ihn eine Art Genie war, bedrängen. Er merkte, dass er immer nervöser wurde. Er hatte Christin auf ihrem Handy immer noch nicht erreicht, auch an das Festnetztelefon im Pfarrhaus ging sie nicht dran. Die Kinder waren noch in der Schule, und Ursula hatte schon Feierabend. Langsam machte er sich Gedanken.

Aber das war es nicht allein, was ihn unruhig werden ließ. Warum hatten sie nicht schon eher den Computer von Gerald von der Mühlen untersucht? Die KT hatte nur das Druckerpapier im Drucker untersucht. Das stimmte mit dem Papier des Abschiedsbriefes überein. Aber er selber wollte noch einmal etwas genauer hingucken. Erst einmal nur inoffiziell. Und auch jetzt führte

Freddie die Untersuchung inoffiziell durch. Falls er sich täuschte, bräuchte er nicht mit Skalecki oder Schlüter darüber zu diskutieren.

Der Polizist starrte wie gebannt auf den blinkenden Cursor, der auf dem Bildschirm zu sehen war.

»Frag bitte nicht noch einmal«, sagte Martin an den Bildschirm gerichtet. Dann lachte er. »Wolltest du doch gerade, oder? Ich habe gemerkt, wie du deinen Mund aufgemacht hast.«

Freddie schnaubte. Dann lachte auch er.

»Besorg uns lieber einen Kaffee. So lange wird es mindestens noch dauern«, forderte Martin ihn auf.

»Okay«, stimmte Freddie zu, »da vorne ist ein Schollin, da werde ich mal hinspazieren.«

Fast wünschte sich Freddie, einer Horde randalierender Fußballfans auf dem Weg zum Bäcker zu begegnen, die ihn ablenken würden. Das war aber auf der Voerder Straße, an einem Mittwochmittag, nicht sehr wahrscheinlich.

* * *

Manuel lächelte souverän. »Hier hört dich keiner. Und meine Mutter schläft.«

Wie hatte sie dieses teuflische Lächeln nur jemals charmant finden können?

Während Manuel mit einer Hand nun ihre beiden Handgelenke umschlossen hielt, überlegte Christin verzweifelt, was sie tun sollte. Freddie und Laura wollten ihr immer ein wenig Selbstverteidigung beibringen, aber natürlich nicht während ihrer Schwangerschaft.

»Manuel, bitte, lass uns reden! Deine Mutter ist krank! Man wird eine Lösung finden!« Mit aller Kraft versuchte sie, sich gegen ihn zu stemmen, aber er zog sie unerbittlich weiter Richtung Kellertür. »Was hast du vor?« Sie japste nach Luft. »Mein Baby, ich muss mich hinlegen! Bitte!«

Warum?

Warum tat Manuel das?

Dann wurde ihr schlagartig alles klar. »*Du* hast Lena ermordet! Das war *dein* Geschenk an Anna!«

»Dachtest du wirklich, meine Mutter hätte das geschafft?«, war alles, was Manuel dazu sagte.

Mit der freien Hand öffnete er die Tür. Voller Entsetzen sah Christin im Tageslicht, welches auf eine schmale Holzstiege, die eher wie eine Leiter aussah, hinunterfiel, eine junge Frau liegen. Dahinter nur Dunkelheit. Die Hand mit der Flasche lag kraftlos vor der Türschwelle, ihre langen, dunklen Haare fielen strähnig über ihre Schultern, die sich kaum wahrnehmbar hoben und senkten.

»Manuel«, hörte Christin die junge Frau, die eindeutig Anna war, leise flüstern. »Bitte lass uns jetzt unser gemeinsames Leben beginnen.«

»Wir reden später miteinander«, stieß der Psychologe zwischen zusammengebissenen Zähnen hervor. Es kostete ihn alle Kraft, die Handgelenke der sich wehrenden Christin mit einer Hand umschlossen zu halten und dabei ihre Manteltaschen zu durchsuchen. Endlich fand Manuel, was er brauchte. Ihren Autoschlüssel und ihr Handy.

Auf einmal kam ein Schatten auf Manuel zu, und ein donnernder Schmerz füllte sofort seinen ganzen Schädel aus. Christins Handgelenke weiter krampfhaft mit einer Hand gepackt, taumelte er zurück und realisierte, dass die Pfarrerin ihren Kopf gegen seine Stirn geschlagen hatte. Ihm wurde kurz schwarz vor Augen, dann packte ihn die Wut. Eine tiefschwarze Wut. Er zerrte die hochschwangere Christin durch die Öffnung zum Keller und stieß sie die schmale Holztreppe hinunter.

26. Kapitel

Mittwoch, 12. Dezember 2018

Dietmar Ohler erkannte Miriam sofort, während sie, auch als er schon fast vor ihr stand, immer noch suchend nach dem Dietmar Ausschau hielt, den sie aus ihrer Schulzeit in Erinnerung hatte.

Verblüfft begrüßte sie ihn. »Du … du siehst … gut aus!«, sagte sie. »Oh, Mann, entschuldige, was für eine blöde Eröffnung!«

»Du meinst wohl, gut aussehend für das Schwein, das ich mal war?«

Sie hatte sich zur Begrüßung erhoben, jetzt standen sie sich gegenüber und waren kurz unsicher, wie sie sich nach all den Jahren begrüßen sollten. Sie gaben sich einfach die Hand.

»Miriam«, Ohler räusperte sich, »wir brauchen nicht lange um den heißen Brei zu reden. Du bist wirklich sehr höflich, aber im Grunde hasst du mich.«

Miriam sah aus dem Fenster hinaus auf den Rathausplatz, an dem das Café der Bäckerei lag.

Sie schürzte die Lippen. »Ja. Tatsächlich.«

»Okay. Ich gebe zu, ein …«, er suchte nach den richtigen Worten, »ein merkwürdiger Teenager gewesen zu sein. Verklemmt. Schüchtern. Unsicher. Und ich gebe zu, dass ich total in dich verknallt war.« Er lächelte zaghaft. »Aber eins garantierte ich dir, da würde ich sofort auf die Bibel schwören.« Er holte tief Luft. »Ich habe dich nie gestalkt. Ich bin nie in euer Haus eingedrungen.«

Freddies Schwester überlegte. »Und dafür verabredest du dich extra mit mir? Okay. Vielleicht glaube ich es dir jetzt sogar. Aber was soll das, nach all den Jahren? Ich hatte es schon fast vergessen. Warum willst du dich wirklich mit mir treffen?«

»Weil ich davon überzeugt bin, dass Manuel Klein es war. Und du bist die Einzige, die ihn von früher kennt.«

Verblüfft starrte Miriam ihren alten Klassenkameraden an. »Manuel? Du behauptest, Manuel Klein hat damals diese ekelhaften Sachen gemacht? Wie kommst du denn darauf?«

»Ich werde dir jetzt etwas anvertrauen, und dann brauche ich deine Hilfe bei Freddie.«

* * *

Martin hatte eine Menge Fragen an Freddie. Sie hatten sich schon lange nicht mehr gesehen, und der Dinslakener IT-Spezialist fand es sehr gemütlich, bei Kaffee und Gebäck mit seinem alten Kollegen zu plaudern, während ein USB-Stick, auf dem ein Programm installiert war, das passwortgeschützte Computer öffnete, seine Arbeit tat.

Der Voerder Polizist musste sich sehr anstrengen, höflich zu bleiben und geduldig von seinen letzten Jahren zu erzählen. Und natürlich amüsierte Martin sich sehr darüber, dass Freddie mit einer Pfarrerin verheiratet war. »Ausgerechnet du!«

Martin war schon immer ein Computerfreak gewesen. Seinem Vater zuliebe hatte er, mit Freddie zusammen, die Polizeiausbildung gemacht, konnte aber mit dem Anwachsen der Internetkriminalität wieder seiner eigentlichen Neigung nachgehen und seine Kenntnisse für den Aufbau einer Abteilung einsetzen, die sich nur mit den Straftaten im Cyberspace beschäftigte.

Früher hatten Martin und Freddie am Wochenende ab und zu gemeinsam etwas unternommen. Freddie hatte dann an einem Abend Martin aus der Bredouille geholfen, als dieser sich aus Versehen zeitgleich mit zwei Frauen, die er, natürlich, im Internet kennengelernt hatte, verabredete. Freddie hatte ihn bei dem einen Date so lange vertreten, bis Martin mit dem anderen Date »fertig« war. Dass Martin jetzt seit Jahren glücklich mit der Frau, die Freddie zwei Stunden lang hingehalten hatte, ohne sie selber zu umgarnen, verheiratet war, vergaß Martin ihm nie. Deswegen war er sofort bereit gewesen, Freddie zu helfen.

Martin warf ab und zu einen Blick auf den Bildschirm, aber es schien sich nichts getan zu haben, denn er verzog keine Miene.

Wieder versuchte Freddie, Christin auf dem Handy zu erreichen. Wieder sprang nur ihre Mailbox an.

Martin winkte ab. »Die ist bestimmt in irgendeinem Babymarkt, wo es keinen Empfang gibt. Mach dir keine Sorgen.«

»Fürs Baby haben wir alles. Außerdem ist sie eigentlich immer erreichbar, schon alleine für Matti und Oskar«, rechtfertigte sich Freddie.

»Vielleicht ist einfach der Akku leer, und sie hat es nicht gemerkt? Oh!« Zufrieden grinsend wandte sich Martin dem Bildschirm zu, der einen Piepton von sich gegeben hatte. Auch Freddie beugte sich zu dem Bildschirm hinunter.

»So, jetzt bin ich drin. Also, du suchst einen Abschiedsbrief.« Blitzschnell klickte Martin mit der Maus auf verschiedene Buttons, immer wieder öffnete sich ein neues Fenster. »Nein«, sagte der IT-Spezialist nach einer Weile, »wenn er seinen Abschiedsbrief auf diesem Computer geschrieben hat, hat er ihn gelöscht, aber«, zufrieden grinsend guckte er zu Freddie hoch, »ich kann dir sagen, dass am Sonntagabend um 20:10 Uhr ein einseitiges Dokument auf diesem Drucker ausgedruckt wurde.«

Freddie stutzte. »Also der Brief wurde eventuell nicht auf diesem PC geschrieben, aber auf diesem Drucker gedruckt? Also, über einen USB-Stick? Aber das ergibt doch keinen Sinn!«

»Natürlich. Jemand erstellt das Dokument, möchte es aber auf diesem Drucker ausdrucken, damit es nach diesem Drucker aussieht, falls es genauer untersucht wird«, erklärte Martin seinem alten Freund.

»Aber wir wissen doch, dass es nicht auf diesem Rechner erstellt wurde!«, entgegnete Freddie.

»Ja, das sieht mir auch alles ein wenig … unprofessionell aus. Als ob jemand Ahnung hat, aber nicht wirklich viel Ahnung. Als ob jemand davon ausgeht, dass es nicht genauer untersucht wird.«

»Wann, sagtest du, wurde der Brief gedruckt? 20:10 Uhr? Da stand unser vermeintlicher Selbstmörder auf der Bühne und spielte eine der Hauptrollen!«

* * *

Wie in einem Alptraum vergingen für Christin die nächsten Sekundenbruchteile. Eine Mischung aus Panik und tiefer Traurigkeit erfasste ihr Inneres, weil sie kaum Hoffnung hatte, dass ihr ungeborenes Baby den Sturz in die Dunkelheit überleben würde. Während Manuel sie gegen die Kellerwand schleuderte, hatte sie komplett den Halt verloren. Ihre Füße stolperten über die am Boden liegende Anna und traten dann in die unsichtbare Tiefe der Stufen. Die einzige bewusste Maßnahme, die sie ergriff, war, auf den Rücken zu fallen und nicht nach vorne, auf den Bauch. Mit aller Kraft riss sie ihre rechte Schulter herum und stürzte dann in die Tiefe.

Natürlich hatte sie überhaupt keine Ahnung, wie lange sie bewusstlos gewesen war.

Wahrscheinlich nur ein paar Minuten, denn sie konnte spüren, wie eine röchelnde Anna sich rückwärts die Treppe hinunterschob.

»Frau Erlenbeck«, hörte sie leise zwischen den heiseren Atemzügen.

»Anna«, stöhnte Christin und versuchte, nicht in Panik zu geraten, »ich lebe. Bleib bitte, wo du bist. Was ist mit dir?«

»Keine … Luft … Asthma …«, brachte die junge Frau hervor.

»Okay, sei dann jetzt still. Ich versuche, von der Treppe wegzukommen.«

Die Pfarrerin war zuerst bemüht, ihre Hände und Füße zu bewegen. Trotz des fast unerträglichen Schmerzes, den sie in ihrem Kopf und in ihrem kompletten Rücken spüren konnte, ließ sie die Hand- und Fußgelenke leicht kreisen. Dann überlegte sie, wie sie sich, ohne die Holzstiege weiter kopfüber hinunterzurutschen, aufrichten konnte. Sie wollte erst einmal sicheren Boden spüren, bevor sie sich um Anna kümmerte.

Als Nächstes hob sie ein wenig den Nacken an. Wie ein heißer Strahl schoss der Schmerz vom rechten Schlüsselbein in den Nacken. Aber es ging, sie konnte ihre Füße spüren, den Nacken etwas anheben, also würde sie auch den Rest schaffen.

Christin drehte sich etwas zur Seite und suchte mit einer Hand das Geländer der Treppe. Neben ihr waren Annas Beine, aber sie konnte über sie hinweggreifen und bekam einen Holm zu fassen.

So würde es gehen.

Sich an dem Holm festhaltend, konnte sie sich so weit drehen, dass sie auch mit der anderen Hand eine Strebe zu greifen bekam und sich dabei immer weiter in die Aufrechte zog. Gleichzeitig winkelte sie ihre Beine an und schob sie unter sich hindurch, sodass sie endlich saß. Sie hatte dabei ständig die neben ihr liegende Anna angestoßen, aber es ging nicht anders auf der schmalen Holzstiege.

Aufrecht sitzend schoss ihr ein neuer, sengender Schmerz in den unteren Rücken. Trotzdem ihr eigentlich alles von Kopf bis Fuß wehtat, konnte sie genau spüren, wie eine Welle des Schmerzes vom Rücken zur Bauchdecke zog.

»Nein«, flüsterte sie in die Dunkelheit und presste ihre rechte Hand auf ihren Bauch. »Bitte, lieber Gott! Noch nicht jetzt!«

* * *

Noch in Gerald von der Mühlens Wohnung rief Polizeihauptmeister Frederick Neumann seine Kollegin in Duisburg an und informierte sie darüber, was er herausgefunden hatte. Obwohl Skalecki etliche Kilometer entfernt war, konnte er förmlich sehen, wie sie sich mit den Händen durch ihre aschblonden, kurzen Haare fuhr.

»Vielleicht ist in dem Drucker die Uhrzeit nicht richtig eingestellt«, gab Skalecki zu bedenken.

Freddie gab diesen Einwand an Martin weiter, der aufmerksam zuhörte. »Nein«, schüttelte er den Kopf. »Der Drucker zeigt das richtige Datum und die richtige Uhrzeit an.«

»Skalecki«, schnaubte Freddie ungeduldig, »hier auf seinem Schreibtisch steht so ein edler Füller in einem Holzständer, der auch nicht billig aussieht. Und überall Tintenflecken. Also benutzte Gerald diesen Füller auch. Warum sollte er dann einen Abschiedsbrief mit dem Computer schreiben? Außerdem ist es unwiderlegbar, dass, während Gerald auf der Bühne stand, jemand in seiner Wohnung etwas ausgedruckt hat!« Freddie schrie fast in den Hörer, Martin zog den Kopf ein. »Kannst du mir das erklären?«

»Okay, ich komme nach Voerde«, seufzte Skalecki und drückte ihn grußlos weg.

Freddie überlegte.

»Äh, brauchst du mich noch?«

Er hatte Martin fast vergessen. »Nein. Vielen Dank«, sagte Freddie und schüttelte den Kopf.

»Ruf mich an, wenn du noch Hilfe brauchst. Jederzeit.«

Vor der Haustür verabschiedeten sie sich.

»Auch wenn du ein aufregenderes Leben hast, bin ich echt froh, nur in meinem Büro zu sitzen«, sagte Martin zum Abschied. »Auf dir lastet 'ne Menge Druck. Ich hoffe, ihr findet den Mörder.«

Von Dinslaken aus fuhr Freddie durch den Wohnungswald nach Möllen. Vor der großen Baustelle, wegen der die Anfahrt in die Voerder Innenstadt gesperrt war, bog er links in die Rahmstraße.

Anna war wieder im Rennen, dachte er und hielt am Haus der Tiglers an. War es möglich, dass Tiglers ihre Tochter deckten? Vielleicht hatten sie das alles auf der Wache nur inszeniert? Wie weit würde er selbst gehen, um seine Lieben vor dem Knast zu schützen?

Er stieg aus und klingelte. Schon nach kurzer Zeit öffnete Annas Mutter ihm die Tür. Sie war nur noch ein Schatten der eleganten Frau, die sie noch vor drei Tagen gewesen war.

»Haben Sie meine Anna gefunden?«, bestürmte sie ihn sofort, ohne ihn zu begrüßen.

Misstrauisch musterte er sie, um herauszufinden, ob sie nur eine große Show abzog. »Nein, tut mir leid, noch nicht. Darf ich mir mal Annas Zimmer angucken?«

»Ja, selbstverständlich. Kommen Sie mit«, eifrig hastete sie die Treppe vor ihm hoch.

Annas Mutter trat in das Zimmer ihrer verschwundenen Tochter. Sie schluchzte auf. Freddie ging ihr hinterher, guckte sich um. Das durch zwei große Fenster erhellte Zimmer wirkte ganz normal und unauffällig. Das Einzige, was fehlte, waren alberne Schnappschüsse mit Freundinnen und Freunden. Aber er wusste ja schon, dass Anna wohl nie wirklich Freunde gehabt hatte.

In der linken Wand war ein Fenster, das den Blick in eine Nebenstraße der Rahmstraße öffnete. Die Hälfte der Straße konnte er nicht sehen, die hohe Mauer der Tiglers verdeckte sie. Durch das Fenster konnte er eine Weide sehen, auf der ein paar dieser kleinen, stämmigen Galloways standen. Das musste die Weide von Bernd Benninghoff sein.

Dann trat er ans bodentiefe Fenster, das der Zimmertür gegenüberlag. Freddie hatte einen guten Blick auf den großen Garten. Er konnte ein Stück der Terrasse sehen, von der aus sich ein gepflegter Rasen über das Grundstück erstreckte. Links und rechts ordentliche Beete mit zurückgeschnittenen Stauden. Ein gepflastertes Rondell, auf dem im Sommer wahrscheinlich ein Tisch mit Stühlen stand, bildete den Abschluss des »ordentlichen« Gartens. Dahinter kam eine große Gartenhütte, die in ihrer Breite den wilden, hinteren Bereich fast komplett abschirmte. Ein Paradies für die kleine Anna. Er sah sie vor sich, wie sie durch den Garten tollte. Hatte sie einen Hund gehabt? Gab es früher einen Sandkasten für sie? Bestimmt! Er ließ seinen Blick bis hinter die Grenze des Tigler'schen Anwesens schweifen. Weite Felder.

Plötzlich stutzte Freddie.

»Ich möchte mir mal den Garten angucken.«

Wenn Elke Tigler sich wunderte, so zeigte sie es nicht. Sie ging wieder voraus, die Treppe hinunter, dann durch das Wohnzimmer, in dem er und Skalecki das erste Gespräch mit Anna nach Lenas Ermordung geführt hatten.

Während Elke Tigler noch ihre Jacke überziehen ging, trat Freddie schon durch die Terrassentür. Jetzt hatte er keinen Blick mehr für die durchdachte Gestaltung des Gartens, zielstrebig ging er über das kurze, feuchte Gras auf die Holzhütte zu und dann um sie herum.

An der Rückwand der Hütte war ein Pultdach montiert, unter dem noch Brennholz gestapelt war. Vor dem Brennholz, noch geschützt vor Regen oder Sonne, stand eine einfache Bank, gerade breit genug für zwei Personen. Unter der Sitzfläche lag eine alte, zusammengefaltete Decke. Freddie nahm diese Decke und ließ sie auseinanderfallen. Er betrachtete sie. Zupfte mit Daumen und Zeigefinger ein dunkles, langes Haar ab. Dann verfolgte er mit den Augen den Trampelpfad, der auf die breite Hecke aus Naturhölzern zuführte und den er vom Fenster aus gesehen hatte.

»Sitzt Anna oft hier?«, fragte er, ohne sich umzudrehen.

Er sah nicht, wie Elke Tigler überrascht mit den Schultern zuckte. »Keine Ahnung«, sagte sie. »Nicht dass ich wüsste! Wenn, dann vielleicht heimlich?«

»Was ist das für ein Weg? Wo führt der hin?«, wollte er von Elke wissen.

»Das weiß ich auch nicht! Ich war schon ewig nicht mehr hier hinten«, sagte sie und guckte sich um. Sie folgte Freddie.

Der kleine Trampelpfad verschwand in der dichten Hecke. Wenn man sich bückte, konnte man ohne Probleme durch die Hecke das Grundstück verlassen. Oder es eben durch die Hecke betreten.

* * *

Miriam war sprachlos. Sie musste das eben Gehörte erst einmal verdauen. »Dietmar«, begann sie, als sie ihre Gedanken etwas geordnet hatte, »du hättest das längst Freddie erzählen müssen!«

»Das habe ich mich bisher nicht getraut. Kannst du dir vorstellen, was da für eine Klage auf uns zukommen würde, wenn sich der Verdacht nicht bestätigt?« Aufgewühlt fuhr Dietmar sich über seinen fast kahl geschorenen Kopf. »Und was habe ich bisher hier herausgefunden? Nichts, was einen Verdacht gegen Manuel Klein bestätigt.«

»Dietmar«, beschwor Miriam ihn jetzt eindringlich, »eine junge Frau ist getötet worden, während Manuel hier, in Voerde, war. Und wenn es nur einen Hauch von einem Zusammenhang geben könnte, untersuchen Freddie und Skalecki das.«

»Freddie hasst mich. Er hält mich für einen … Mädchenverführer, er würde mir gar nicht erst zuhören. Und Christin … der wollte ich vorhin davon erzählen, aber sie war nicht da.« Ohler erzählte Miriam auch von der peinlichen Situation mit Freddie in Mathildas Zimmer.

Freddies Schwester musste grinsen. »Na, so tough, wie ich erst dachte, bist du wohl doch nicht! Lass uns zusammen zur Wache gehen und mit Freddie reden. Vielleicht bleibt er dann ruhiger.«

* * *

Christin wartete, bis der Schmerz langsam abebbte. War das eine Wehe gewesen? Sie war sich nicht sicher, ihr ganzer Körper bestand nur noch aus Schmerz.

Dann horchte sie auf Annas Atem. Sie strich ihr zur Beruhigung ein bisschen über die Beine, die sie problemlos mit einer Hand erreichte.

»Anna, du musst ganz ruhig weiteratmen.« Die Pfarrerin zog mühsam ihren Mantel aus. Sie wollte ihn über die junge Frau legen, damit sie nicht fror, was ihrem Zustand bestimmt nicht guttat.

Da hörte sie ein leises Klimpern. Ihr Schlüsselbund! Mit einer kleinen Maglite! Nie hatte sie sich über Freddies Fürsorge, ihr eine kleine Taschenlampe für die Hundespaziergänge im Dunklen als Schlüsselanhänger zu montieren, mehr gefreut.

»Guck mal, Anna, jetzt haben wir wenigstens etwas Licht.« Christin machte die Taschenlampe an und deckte die junge Frau mit ihrem Mantel zu.

»Freddie wird bestimmt schon unruhig sein, er wird gleich anfangen, nach mir zu suchen.« Sie versuchte nicht nur, Anna zu beruhigen, auch sie war am Rande eines Nervenzusammenbruchs. Sie musste sich dringend untersuchen lassen, ob irgendetwas mit dem Minimum passiert war.

Aber niemand konnte wissen, wo sie war. Sigrid Fohrmann hatte sie nur gesagt, sie müsse schnell noch mal weg. Freddie hatte sie auch nicht benachrichtigt. Diese Erkenntnis war hart, und sie schluchzte kurz verzweifelt auf. Dann ballte sie die Fäuste, sie durfte nicht aufgeben.

Aber natürlich machte sie sich nicht nur um ihr Baby Sorgen. Auch Anna schien es schlecht zu gehen. Sehr schlecht. Sie brauchte dringend etwas gegen ihre Luftnot.

Christin wandte sich von Anna ab und leuchtete mit der Taschenlampe den Raum aus. Vielleicht gab es irgendetwas, das ihr helfen konnte? Mit erstaunlicher Kraft durchschnitt der kleine Lichtkegel die tiefe Dunkelheit und zeigte Christin spotartig, was sie verbarg.

Wieder drückte sich ein Schluchzen ihre Kehle hoch.

Denn außer einer Matratze, einer weiteren Plastikflasche und einer kleinen Packung mit Keksen sah sie rein gar nichts, was ihr irgendwie helfen könnte.

* * *

Manuel Klein saß neben seiner Mutter am Küchentisch.

»Was war das vorhin für eine Aufregung?«, fragte sie.

Ihr Sohn machte sich gar nicht die Mühe, ihr zu antworten, denn Margarete hatte ihre Aufmerksamkeit schon wieder auf ihr Mittagessen gelenkt, das ihr ein Lieferdienst jeden Mittag brachte.

Manuel wurde beim Anblick der sämigen Fleischsauce und der zerstampften Kartoffeln fast schlecht.

Eigentlich war alles gut. Anna musste er sich aus dem Kopf schlagen, die hatte er wahrscheinlich verloren. Mit diesem Schmerz musste er leben. Er war so kurz davor gewesen, sie endlich ganz zu besitzen!

Dieses Leben mit seiner Mutter wollte er auch nicht so weiterführen. Er hasste sie mittlerweile maßlos, und ohne Anna gab es für ihn auch keinen Grund mehr, nach Voerde zu kommen.

Niemand wusste, dass die beiden da unten im Keller waren. Er musste sie also nur verschwinden lassen.

Anna würde ohne ihr Asthmaspray sowieso nicht mehr lange leben. Und Christin? Der Sturz hatte ihr sicher zugesetzt. Bisher hatte er noch keinen Laut von ihr gehört.

Christins Auto! War er gerade noch die Ruhe selbst, durchfuhr ihn bei diesem Gedanken ein Schock, der ihn in helle Aufregung versetzte. Er musste es sofort in den alten Schuppen, in dem schon Annas Auto stand, fahren.

Dann würde er überlegen, wie es weiterging. Irgendwo musste seine Mutter noch ihre alten Zigaretten haben. Es passierten ja so viele Unfälle mit schlafenden Menschen und glühenden Zigaretten!

27. Kapitel

Mittwoch, 12. Dezember 2018

Auf dem Weg zur Voerder Polizeistation hatte Freddie das Gefühl, dass es in seinem Kopf brodelte.

Anna hatte einen heimlichen Freund. Und mit dem hatte sie sich unter diesem Pultdach getroffen, da war er sich sicher. Und dann diese Geschichte mit dem Mann, in den Benninghoff mit seinem Fahrrad hineingefahren war. Von dieser Stelle aus konnte man abends in Annas hell erleuchtetes Zimmer gucken.

Auf der Wache angekommen, rief er Leo zu sich. »Du wirst jetzt sofort zu diesem Benninghoff fahren und das Fahrrad, mit dem er diesen Zusammenprall hatte, in die KTI nach Duisburg bringen. Die sollen Fingerabdrücke vom Lenker nehmen und dem Erkennungsdienst geben. Und zwar. So. Schnell. Wie. Möglich.«

»Aber wenn da niemand zu Hause ist?«, fragte Leo ihn.

»Dann brichst du da verdammt noch mal ein!«, schrie Freddie seinen jüngeren Kollegen an. »Und wo ist Laura?« Freddie stampfte an Leo vorbei in die hinteren Büros. »Laura! Weißt du, wo Christin ist? Hast du mal mit ihr telefoniert?«

»Nein, wieso?«, antwortete Laura erschreckt.

»Ach, vergiss es«, pampte Freddie sie ungeduldig an.

Nun mischte sich Polizeioberkommissar Michael Schlüter ein. »Was ist los, Freddie?«

Freddie berichtete ihm, was Martin in Geralds Wohnung herausgefunden hatte.

»Weiß die Niewerth schon Bescheid?«, erkundigte sich Schlüter.

Freddie rollte nervös mit den Augen. »Ich rufe Skalecki an, die wird das klären.«

»Dann müssen wir uns jetzt wieder zusammensetzen«, bestimmte Schlüter.

»Ohne mich«, winkte Freddie ab. »Mach bitte Druck wegen dieser Fingerabdrücke und sag mir sofort Bescheid, wenn der Erkennungsdienst sich meldet. Ich werde jetzt Christin suchen gehen, und sobald ich weiß, wo sie ist, komme ich wieder her.«

Schlüter nickte, und Freddie stürmte aus der Wache.

Auch Polizeioberkommissar Leo Rademacher beeilte sich, seinen Auftrag zu erfüllen. Mit einem Dienstwagen fuhr er zu der Adresse, die Bernd Benninghoff ihm angegeben hatte. Die Dringlichkeit, die Freddie ihm so aufgebracht nahegelegt hatte, machte ihn ganz aufgeregt, und er war sehr erleichtert, als tatsächlich Benninghoffs Frau die Haustür öffnete. Er erklärte kurz sein Anliegen. Ohne weitere Umstände öffnete sie die Garage, in der das Fahrrad ihres Mannes stand.

»Sie haben Glück, heute ist mein freier Nachmittag«, erklärte sie ihm.

Leo legte die Rücksitzbank des Streifenwagens um und zog sich Handschuhe über. Dann wuchtete er das Herrenrad vorsichtig in den Kofferraum.

Für die Fahrt nach Duisburg zum Kriminaltechnischen Institut setzte er das Blaulicht auf das Dach seines Einsatzwagens. Erleichtert stellte er fest, dass er im KTI schon erwartet wurde, Skalecki hatte vorrangige Bearbeitung beauftragt.

Etwas entspannter fuhr er zurück nach Voerde, jetzt mussten sie warten, was die Fingerabdruckspezialisten herausfanden.

* * *

Auch bei ihren Eltern war seine Frau nicht. Ingrid und Wolfgang Hülser versuchten ihn zu beruhigen, aber er merkte ihnen an, dass sie selber verunsichert waren. Es sah ihrer Tochter nicht ähnlich, so lange nicht erreichbar zu sein. Er versprach, sie auf dem Laufenden zu halten, und fuhr nach Hause.

Auf dem Hof der Evangelischen Pfarrgemeinde Grünstraße stand der Wagen seiner Schwester Miriam.

Erleichterung durchfuhr ihn. Christin war bestimmt bei seiner Schwester gewesen, und aus irgendwelchen Gründen brachte Miriam sie jetzt nach Hause. Vielleicht weil sie nicht mehr selbst fahren wollte? Konnte es sein, dass das Baby unterwegs war?

Freddie riss die Haustür auf und war umso enttäuschter, anstelle seiner Frau nur Dietmar Ohler und Miriam anzutreffen, die anscheinend auf ihn warteten.

»Was macht ihr denn hier?«, fragte Freddie unwirsch.

»Wird das eine Ich-gestehe-alles-und-ich-verzeihe-dir-Geschichte? Dazu habe ich jetzt echt keinen Nerv!«

»Schlüter hat mir gesagt, dass du nach Hause wolltest. Weißt du jetzt, wo Christin ist?«, fragte seine Schwester ihn, ohne sich von seiner unfreundlichen Art einschüchtern zu lassen.

»Nein.« Freddie guckte finster.

»Herr Neumann, ich muss mit Ihnen reden«, sagte nun Dietmar Ohler.

»Über was denn?«, blaffte Freddie.

Dietmar schaute Miriam an. »Freddie«, seine Schwester übernahm, weil sie einsah, dass er ihr vielleicht eher zuhörte. »Dietmar ist Polizeiseelsorger. Und seit zwei Jahren beobachtet er inoffiziell Manuel Klein.«

Zuerst sagte der Polizist kein Wort. Dann runzelte er die Stirn. »Wie bitte? Was erzählst du da?«

* * *

Christin überlegte fieberhaft. Sie starrte auf die Plastikflasche und die Kekspackung. Konnte sie daraus eine Waffe basteln? Oder ein Werkzeug, mit dem sie die Tür aufstemmen konnte?

Wieder durchfuhr sie dieser spezielle Schmerz. Er schraubte sich in ihren Rücken, zog über ihre Seiten in die Bauchdecke, die sich langsam verhärtete. Ein Schmerz, an den sie sich plötzlich wieder erinnerte. Zweimal hatte sie ihn schon erlebt, zuletzt vor elf Jahren. Da war sie in einem gemütlichen Kreißsaal und in Gesellschaft eines liebevollen Mannes gewesen, der ihr, so gut es ging, den Schmerz wegmassierte.

Sie guckte auf ihre Armbanduhr und merkte sich genau den Zeitpunkt der Wehe.

Anna lag unverändert auf der Treppe. Auch wenn Christin sie nur ganz leise röcheln hörte, lebte sie noch.

Verzweifelt schloss Christin für einen kurzen Moment die Augen. Lebte sie noch. Hatte sie das tatsächlich gerade gedacht? Wie lange noch?

Als die Wehe vorbei war, zog sich die Pfarrerin mit aller Kraft am Geländer hoch. Humpelnd und schmerzgekrümmt, nicht wissend, ob sie ihre Hände lindernd in den Rücken stemmen oder auf den Leib drücken sollte, ging sie die paar Schritte zu der Matratze. Sie hob die Flasche und die Kekse auf, kehrte langsam wieder zurück und ließ sich auf die Stufe der Holztreppe nieder.

»Möchtest du etwas trinken?«, fragte sie Anna und streichelte dabei wieder ihre Beine, die neben ihr lagen.

Wider Erwarten hörte sie ein lautes Stöhnen von Anna. »Nicht trinken«, keuchte sie mit einem Ausatmen.

»Anna, wir müssen etwas trinken, vielleicht kannst du dann wieder besser atmen«, versuchte Christin die junge Frau zu überreden.

»Nein.« Leise, ausatmend. »Was.« Ganz schwach zu hören. »Drin.« Stille.

Panisch kroch Christin die Stufen nach oben und legte ihr Ohr an Annas Mund. »Liebe Anna, bitte halte durch! Wir kommen hier bald raus!«

Gott sei Dank! Sie hörte wieder ein leichtes Röcheln. Anna atmete noch.

Was hatte sie mit aller Kraft versucht, ihr zu sagen? Christin betrachtete die Flasche. Sie drehte an dem

Schraubverschluss, der erstaunlich leicht aufging. Dann verstand sie. »Was drin.« Von Manuel hineingetan.

Okay, Durst war im Moment auch nicht ihr größtes Problem.

Sie dachte angestrengt nach. Aber welche Möglichkeiten ihr auch einfielen, sie war immer buchstäblich in der schlechteren Position. Auf dieser schmalen, wackeligen Holztreppe hatte sie keinen Halt, in ihrer körperlichen Verfassung sowieso nicht, und dadurch, dass sie auf einer Stufe unter Manuel stehen würde, wäre er, auch bei einem Überraschungsangriff, immer im Vorteil. Und einen weiteren Sturz die Treppe hinunter konnte sie nicht riskieren.

Nur … würde er überhaupt noch einmal die Türe aufmachen? Was war das jetzt für ein Strafbestand? Entführung? Freiheitsentzug? Körperverletzung? Er würde angeklagt und verurteilt werden. Keine Option für den Starpsychologen Manuel Klein.

Aber was wäre für ihn die Alternative? Er war doch kein Mörder?

Es gab nur noch einen Trost, den sie jetzt finden würde. Christin faltete ihre Hände zum Gebet.

* * *

»Ja, Herr Neumann …«, fing Ohler an zu erklären, wurde aber sofort unterbrochen.

»Mensch«, blaffte Freddie wieder, »jetzt sag einfach Freddie.«

»Ja, okay, Freddie«, korrigierte Ohler sich hastig, dann holte er tief Luft. »Ich bin tatsächlich Polizeiseelsorger.

Schon seit Jahren. Und diese Vertretungsstelle habe ich nur angenommen, weil sich dadurch eine Gelegenheit bot, Manuel Klein auf die Pelle zu rücken.«

Verblüfft starrte Frederick Neumann den Pastor an. »Manuel Klein? Wieso das denn? Und wieso kannst du hier dann so einfach arbeiten?«

»Ich arbeite normalerweise in Köln. Dort bin ich nach meinem Studium in Münster direkt gelandet«, begann Ohler zu erzählen. »Ich habe sehr schnell gemerkt, dass die Seelsorge in einer Gemeinde nicht das Richtige für mich ist.« Er schmunzelte. »Ihr habt vielleicht festgestellt, dass mir der private Umgang mit Menschen nicht so leichtfällt. Die Nähe und das Sich-Einlassen. Dann geriet ich in einen Banküberfall. Der Verbrecher hat einige Bankkunden, unter anderem auch mich, als Geiseln genommen. Ich war also direkt vor Ort und habe mich um die anderen Mitgefangenen gekümmert. Da habe ich festgestellt, dass das meine eigentliche Berufung ist. Ich war früher durch meine linkische Art selbst oft Opfer und kann mich deswegen sehr gut in andere hineinversetzen. Und da ich keine Kinder habe, bin ich extrem flexibel, stehe also in einem großen Umkreis Tag und Nacht zur Verfügung.« Ohler machte eine kleine Pause, überlegte, wie er jetzt auf das eigentliche Thema zu sprechen kommen sollte. »Also in Köln heiratete ich. Auch eine Pfarrerin. Silke Ohler. Die Ehe ging nicht gut, aber ich war meinen Namen los«, er lachte etwas verhalten, redete aber schnell weiter, als er sah, dass Freddie ungeduldig wurde. »Meine Ex-Frau hatte eine jüngere Schwester, die psychische Probleme hatte. Carmen. Sie war in Behandlung. Bei Manuel Klein.« Er holte tief Luft. »Eines Tages vertraute sie sich meiner Frau an. Die beiden hatten kein gutes Verhältnis, aber Silke war für sie da. Carmen erzählte ihr, dass ihr Psychologe ein sexuelles Verhältnis mit ihr, sagen wir, eingegangen sei. Okay, natürlich kann es passieren, dass sich ein Therapeut und ein Patient ineinander verlieben, aber es ist auf jeden Fall für den Therapeuten ein Tabu, die Behandlung dann fortzusetzen. Aber in diesem Fall«, Ohler musste wieder tief einatmen, bevor er weiterreden konnte, »war es so, dass Manuel sie zu sexuellen Handlungen nötigte, die Carmen nicht wollte. Sado-Maso-Spielchen, Erstickungsexperimente. Carmen tat dieses Verhältnis natürlich nicht gut, und sie tat instinktiv das einzig Richtige. Sie vertraute sich jemandem an. Und meine damalige Frau zog mich in meiner Funktion als Polizeiseelsorger hinzu. Aber da ich Manuel Klein von früher kannte und wir keinen Verfahrensfehler riskieren wollten, blieb ich im Hintergrund. So wusste ich von ihm, aber er nicht von mir.«

»Aber bei ihm hätte es doch klingeln müssen, als er hier auf den Namen Ohler stieß«, warf Miriam ein.

Ohler nickte. »Carmen war einmal kurz verheiratet gewesen und hieß anders.«

»Und weiter«, forderte Freddie, der mit immer größerer Unruhe zuhörte.

»Tja, weiter passierte leider nichts. Es wurde zwar ein Verfahren eingeleitet, aber Manuel Klein stritt natürlich alles ab.«

»Fingerabdrücke in Carmens Wohnung?«, fragte Freddie.

»Ja«, nickte Ohler und lachte dann süffisant, »wurden von Manuel genommen und in der Wohnung gefunden.

Aber er ist ja nicht dumm. Er hatte nämlich, angeblich, um sich einen Eindruck von Carmens Umfeld zu machen, mit einer Assistentin ihre Wohnung besucht und dort eine Therapiesitzung gemacht. Und sich natürlich überall umgeschaut.«

Freddie und Miriam waren sprachlos. »Wie raffiniert!«, sagte Freddie. Aber dann schüttelte er den Kopf. »Aber könnte es nicht tatsächlich sein, dass Carmen sich das alles nur ausgedacht hatte?«

Traurig schüttelte Ohler den Kopf. »Offiziell ist es genau darauf hinausgelaufen. Aber meine Ex-Frau und ich waren sensibel geworden. Wir hörten uns um. Wir verfolgten Fälle, bei denen es in psychiatrischen Kliniken zu Beschwerden über sexuelle Übergriffe kam. Zum Beispiel mit Einsatz von K.-o.-Tropfen. Und in einigen Fällen war Manuel dort betreuender Psychologe.«

»Aber ihr konntet nie etwas nachweisen«, riet Freddie.

»Nein. Sehr heikel. Von wegen Rufmord und so. Meine damalige Frau und ich sprachen natürlich auch mit der Polizei, aber der waren die Hände gebunden. Dann ging unsere Ehe in die Brüche, und ich ließ mich nach Osnabrück versetzen. Aber dann landete wieder eine diffuse Anzeige auf dem Schreibtisch der Polizei. Der leitende Staatsanwalt konnte sich an die Gespräche mit uns erinnern, und man fragte mich, ob ich mich nicht in das Umfeld von Manuel Klein einschleichen könne, um mehr über ihn herauszufinden. Den Rest kennt ihr.«

Alle drei schwiegen und dachten über Ohlers Erzählung nach.

»Warum wurden wir nicht informiert? Warum hast du dich nicht Christin und mir anvertraut? Vor allen Dingen nach dem, was sich hier entwickelt hat?«, wollte Freddie wissen.

Ohler spitzte die Lippen. »Weil das alles sehr diffus und heikel ist. Auf Sand gebaut. Hoch sensibel. Es kann ja schließlich sein, dass Klein wirklich mit all dem nichts zu tun hat. Und außerdem«, fügte er zögernd hinzu, »hattest du mich wohl in Verdacht, auf junge Frauen zu stehen.«

»Und Isa Staumann?«, fragte Freddie weiter.

»Isa ist meine Freundin. Und so jung ist sie nicht. Wir wollen bald heiraten.«

Freddie rotierte. Unruhig lief er in der Küche, in der sie standen, auf und ab.

»Und? Hat das hier irgendetwas mit Manuel zu tun?«, fragte er schließlich.

Ohler zuckte mit den Schultern. »Das finden wir jetzt vielleicht gemeinsam heraus.«

»Warum sollte er Lena töten? Lena war noch Jungfrau, also gibt es keine sexuelle Komponente«, überlegte Freddie laut.

Alle drei zuckten zusammen, als Freddies Handy einen lauten Klingelton von sich gab. Erleichtert nahm der Polizist es aus seiner Jacke. »Endlich! Das ist bestimmt Christin!« Aber sofort verdüsterte sich seine Miene wieder. »Ja? Dann hörte er mit immer größer werdenden Augen dem anderen Gesprächsteilnehmer zu. Schließlich steckte er sein Handy wieder ein.

»Das war Skalecki. Die Fingerabdrücke von dem Fahrrad ergaben einen Treffer. Sie stimmen mit denen von Manuel Klein überein.«

* * *

Die nächste Wehe überrollte Christin. Panisch guckte sie auf ihre Armbanduhr, sieben Minuten waren seit der letzten Wehe vergangen. Jetzt musste sie der Tatsache ins Auge sehen, dass dies geburtseinleitende Wehen waren.

Sie stand auf und stützte sich auf dem Holzgeländer ab.

Und atmete. Der Schmerz, der sie wie ein viel zu eng sitzender Gürtel umschloss, drückte auf ihr Becken.

Atmen.

Sie versuchte sich abzulenken und dachte über Manuel nach. Wie hatte sie sich so täuschen lassen können? Und, vor allen Dingen, warum tat er das? Anerkennung. Nach seiner Theorie war dies, wonach alle strebten. Und wonach strebte Manuel? Er hatte doch Anerkennung! Er war anerkannt, er war berühmt. Er könnte jede Frau haben. Oder war es das nicht, hatte er vielleicht eine? Sie wusste es ja gar nicht. Was hatte Anna gesagt, als sie die Kellertür geöffnet hatte? »Bitte lass uns jetzt unser gemeinsames Leben beginnen.« Also waren sie ein Paar?

Die Wehe ließ nach, und schweißgebadet sank Christin auf die unterste Stufe der Treppe.

Aber wenn Margarete …

Und plötzlich war Christin alles klar.

* * *

Miriam und Ohler schauten ihn fragend an.

Freddie winkte ab. »Egal, euch das zu erklären, dauert zu lange.« Mit geballten Fäusten tigerte er weiter durch die Küche. Sein Gesicht war hochrot, in seiner verbrannten, linken Gesichtshälfte traten die Narbentäler schneeweiß hervor. »Verdammt!«, schrie er plötzlich wieder. »Manuel hat Anna beobachtet«, stieß er dann hervor. »Manuel Klein ist Annas heimlicher Freund! Und Christin ist noch mal los! Sie war gestern bei Kleins. Vielleicht ist ihr da irgendetwas aufgefallen, und jetzt ist sie wieder auf eigene Faust losgegangen!«

Freddie kramte sein Handy aus der Jacke und rannte zur Haustür. Im Gehen wandte er sich noch einmal kurz um. »Miriam, kannst du dich bitte um Oskar und Mathilda kümmern, sie müssten gleich aus der Schule kommen. Und du, Dietmar«, gerade noch rechtzeitig fiel ihm wieder Ohlers Vorname ein, »gehst bitte zur Wache und redest mit Polizeihauptkommissar Schlüter. Erzähle ihm alles. Elli«, Freddie hatte wieder in seinen sachlichen Polizistenmodus zurückgefunden, als er zu seiner Kollegin ins Handy sprach, »wir holen Manuel Klein in die Wache. Du und Katja kommt sofort in den Walter-Neuse-Weg nach Möllen. Wir treffen uns da.«

* * *

Eigentlich musste er das Problem nur ganz analytisch angehen. Wie war die Ausgangslage?

Er hatte zwei eingesperrte, körperlich stark eingeschränkte Frauen.

Er hatte eine demente Mutter, die im Wohnzimmer benommen vor sich hin döste.

Das Auto in der Garage.

Er traute sich zu, mit beiden Frauen fertigzuwerden. Anna war halb tot, vielleicht jetzt schon ganz.

Diese neugierige, hochschwangere Pfarrerin konnte sich auch nicht gut wehren. Sie würde auf Defensive setzen und versuchen, ihn mit Worten von seinem Vorhaben abzubringen.

Also das Pastorinnenauto samt Pastorin verschwinden lassen. Ein Unfall? Oder Gevatter Rhein?

Er kicherte über seine Gedanken. Das machte ihm Spaß! Konzentrier dich, ermahnte er sich, denk nach, du hast nicht ewig Zeit. Christin würde schon vermisst werden. Also irgendwo, weiter weg, wo man sie nicht sofort suchen würde.

Am Rhein.

Es war schon fast Nachmittag, gleich würde es anfangen zu dämmern. Manuel wusste, was nun zu tun war.

* * *

Polizeioberkommissarin Katja Weber und Polizeikommissarin Elif Çelik stellten keine weiteren Fragen und machten sich in einem Einsatzwagen sofort auf dem Weg nach Möllen.

Beide waren verwirrt.

»Warum will er uns dabeihaben, wenn er mit diesem Psychofritzen redet?«, fragte Elif ihre Kollegin.

Katja zuckte mit den Schultern. »Keine Ahnung. Eigentlich ist Freddie ja schon im Urlaub. Vielleicht sollen wir dann diesen Typen nur zur Wache bringen, und Freddie fährt wieder nach Hause.«

»Oder der hat Dreck am Stecken«, überlegte Elif.

Katja lachte. »Nur weil er so ein schleimiger Schönling ist, muss er ja nicht gleich ein Verbrecher sein!«

»Auf jeden Fall gehen wir heute Abend unser Bierchen trinken«, bestimmte Elif.

Katja guckte bedauernd zu ihr hinüber. »Heute Abend muss ich in den Stall zu meinem Pferd. Das kann mal wieder ein bisschen Bewegung gebrauchen.«

»Du hast ein eigenes Pferd? Cool! Kann ich nicht mitkommen?«, rief Elif begeistert.

»Klar«, antwortete Katja, »gerne!« Sie bogen in die Nebenstraße ein, die zu Manuel Kleins Elternhaus führte. »Da vorne steht schon Freddies Wagen.«

Sie parkten hinter Freddies Auto und stiegen aus. Ihr Kollege erwartete sie schon ungeduldig.

»Ich werde klingeln und ihn bitten mitzukommen. Er wird bei mir mitfahren, Katja, du dann auch«, wies Freddie die beiden Polizistinnen sofort ein. »Aber erst wartet ihr hier. Nur für den Fall. Wenn er im Auto sitzt, werde ich mich noch einmal kurz im Haus umsehen.«

»Hast du Befürchtungen, dass er sich widersetzt?«, fragte Elif.

Freddie presste seine Lippen zusammen. »Nein, eigentlich nicht.«

»Freddie!«, drängte Katja. »Was ist los?«

Beide Polizistinnen erstarrten, als ihr Kollege, den beide sehr respektierten und persönlich mochten, plötzlich aufschluchzte.

»Christin ist schon den ganzen Tag weg«, sagte er mit rauer Stimme, um Fassung bemüht.

»Los«, bestimmte Katja, die zwar Freddies Not nicht ganz verstand, aber darauf vertraute, dass er das Richtige tun würde, »du gehst jetzt sofort zur Tür und klingelst. Wir sind dicht hinter dir.«

Freddie nickte und straffte seine Schultern. Mit geradem Rücken drückte er den Klingelknopf. Gespannt starrte er auf die Haustür, aber nichts tat sich. Dann hörte er Schritte.

Manuel Klein öffnete die Tür. »Hallo, Herr Neumann«, sagte er mit seiner weichen, freundlichen Stimme. »Was gibt es noch?«

»Wir müssen Sie bitten, noch einmal mit auf die Wache zu kommen. Wir haben Fingerabdrücke gefunden. Von Ihnen.«

* * *

Irgendetwas hatte sich verändert. Es war auf einmal still. Christin lief ein Schauer über den Rücken, als sie realisierte, dass sie nicht mehr Annas leisen, röchelnden Atem hörte.

»Anna?«, sanft streichelte Christin Annas Wade. »Anna?«

Sie drehte ihren Körper auf alle viere und kletterte so die Holzstiege hinauf.

Wie aus dem Nichts durchfuhr sie die nächste Wehe, die sie vor Schmerz erstarren ließ. Christin stöhnte laut auf. Sie lehnte ihren unförmigen Körper so gut es ging gegen die Kellerwand, um wieder mit der Taschenlampe auf ihre Uhr zu leuchten.

Vier Minuten.

Atmen.

Nicht denken.

Dann schrie sie. Aus voller Kehle, mit weit aufgerissenem Mund. Den Schmerz gegen diese verhasste Kellertür hinaus.

* * *

Irritiert, aber immer noch lächelnd, zog Manuel Klein die Augenbrauen zusammen. »Okay, ich muss dringend zurück nach Köln. Muss das jetzt sein? Und was für Fingerabdrücke? Und wodrauf?«

Bevor Freddie antworten konnte, hörte er einen Schrei. Er klang wie tief unter Wasser, dumpf, aber doch kreischend. Verzweifelt. Dann erstarb der Schrei, nur um einige Sekunden später wieder anzuschwellen.

Ein Blick in die Augen des Psychologen, und Freddie wusste genau, wo seine geliebte Christin war. Brutal schubste er Manuel Klein aus dem Weg und verschaffte sich Zugang zum Haus. Hektisch durchsuchten seine Augen den Flur, ein schneller Blick in die Küche — nichts, ins Wohnzimmer — auch nichts, blieb nur noch eine Tür, an deren Türklinke er sofort rüttelte. Abgeschlossen, der Schlüssel abgezogen.

»Ich bin da! Ich komme sofort!«, schrie Freddie durch die geschlossene Tür. Er drehte sich um und wollte sich auf Klein stürzen, der aber nicht mehr da war, wo er ihn zuletzt gesehen hatte. Stattdessen sah er Katja vor der Haustür, die sich vor Schmerzen krümmte und kaum vom Boden hochkam. Dann kam Elif auf das Haus zu. Der Psychologe riss seine Fäuste hoch und brachte sie in Kampfposition.

»Elif!«, schrie Freddie aus vollem Hals, »halt ihn auf!«

Das hätte Freddie ihr nicht sagen müssen.

Elif blieb wie angewurzelt stehen und fixierte kurz Manuel Klein. Dann hob sie mit einer fließenden Drehbewegung ihr gestrecktes Bein und donnerte ihren Fuß gegen den Kopf des Psychologen. Die Wucht dieses fast tänzerisch aussehenden Tritts schleuderte Manuel Klein der Länge nach auf die schon teilweise zerbrochenen Gehwegplatten des Hauses seiner Mutter, wo Polizeioberkommissarin Katja Weber, die sich mittlerweile wieder aufgerappelt hatte, ihn mit Handschellen fixierte.

Freddie stürzte sich auf ihn, durchsuchte seine Hosentaschen und entnahm ihnen einen Schlüssel, mit dem er sofort zur Kellertür rannte. Erleichtert stellte er fest, dass der Schlüssel passte, drehte ihn um und öffnete die Tür, hinter der seine Christin immer noch schrie.

»Anna!«, sie atmete tief durch, »keine Luft mehr. Sofort beatmen.« Dann krümmte sie sich und spürte, wie sich eine große Menge Flüssigkeit über ihre Oberschenkel ergoss.

28. Kapitel

Mittwoch, 12. Dezember 2018

Zwei Krankenwagen, die mit Blaulicht nach Dinslaken fuhren. In dem einen lag eine bleiche, bewusstlose, junge Frau, in dem anderen schrie eine etwas ältere Frau für das Leben ihres Babys. Sie schrie ihren Mann an, der aufgeregt versuchte, irgendwie die Schmerzen seiner Frau zu lindern. Aber es lag in der Natur der Sache, dass er das nicht konnte.

Umso überraschter war Freddie, als Christin nach dem letzten, kräftezehrenden Pressen sofort selig grinste. Mit zitternden Händen, aus jeder Pore schwitzend, durchschnitt der Polizist die Nabelschnur, bevor sein neugeborenes Baby auf die Brust seiner Frau gelegt wurde. Dann erst brach er in Tränen aus.

Die Geistesgegenwart von Polizeioberkommissarin Katja Weber, bei Anna eine sofortige Mund-zu-Nase-Beatmung durchzuführen, rettete der jungen Frau das Leben. Schon bevor sie am Krankenhaus ankamen, öffnete sie ihre Augen und registrierte, dass sie nicht mehr in dem dunklen Kellerloch war. Sofort erinnerte sie sich an das, was Manuel Klein ihr angetan hatte, und beschloss, sobald sie wieder bei Kräften sein würde, sich eine Katze zuzulegen. Ein Sanitäter wunderte sich über das Lächeln, das auf dem Gesicht der Patientin aufleuchtete.

Obwohl Schlüter dagegen war, konnte er Skalecki nicht ausreden, den frischgebackenen Eltern abends im Krankenhaus einen Besuch abzustatten. So ging er besser mit, um seine Duisburger Kollegin aus dem Krankenzimmer hinausbefördern zu können, wenn es nötig sein sollte.

Er konnte ein Feixen nicht unterdrücken, als er sah, dass Kriminalhauptkommissarin Maria Skalecki beim Anblick des rosigen, schlummernden Babys feuchte Augen bekam.

»Manuel Klein hat Lena und Gerald getötet«, stellte Christin fest. »Es tut mir so leid, mein Baby und mich in Gefahr gebracht zu haben. Ich dachte wirklich, dass vielleicht Margarete Lena getötet habe.«

Schlüter beruhigte sie. »Ja, du warst wirklich etwas leichtsinnig. Aber so hast du Anna gerettet. Ohne dich hätten wir sie nicht rechtzeitig gefunden. Er hätte sie sterben lassen.«

Freddie sagte nichts dazu. Er versuchte, den Gedanken zu verdrängen, was gewesen wäre, wenn er nicht genau in dem Moment in dem Haus gewesen wäre, als Christin aus Leibeskräften geschrien hatte. »Reichen die Beweise für eine Mordanklage aus?«, fragte Freddie.

Skalecki grinste. »Während du hier gemütlich den Tag bei Christin und deinem Baby verbracht hast, habe ich mit dem Team genau diese Frage wieder und wieder durchgekaut. Letztendlich hatten wir nur die Rosen. Dann bin ich zu Rosen Ruland gefahren und hab mich da noch einmal umgeschaut.«

»Und?«, fragten Christin und Freddie gleichzeitig.

»Es war dann so einfach! Rosen Ruland hat einen offenen Verkaufsraum an der Straße. Und der wird tatsächlich kameraüberwacht.« Skaleckis Grinsen wurde breiter.

»Ihr habt Manuel Klein darauf erkannt!«, rief Freddie aus. Sofort dämpfte er seine Begeisterung, da das Baby, das er in seinen Armen hielt, sein Gesichtchen verzog.

»Bingo!«, flüsterte Skalecki. Dann sah sie Freddie entschuldigend an. »Wäre ich nicht so fixiert auf Gerald von der Mühlen gewesen und hätte mehr deinem Instinkt vertraut, wären wir da vielleicht eher drauf gekommen.«

Freddie winkte ab.

»Warum?«, fragte Christin nach kurzem Schweigen traurig in die Runde. »Warum hat Manuel getötet?«

Schlüter nickte langsam mit dem Kopf. »Weil er ein Psychopath ist? Weil seine Mutter ihn zu einem gemacht hat?« Er zuckte mit den Schultern. »Er hat konsequent das Ziel verfolgt, Anna für sich zu bekommen. Eine legitime Nachfahrin der Betty Tendering. Aber Anna fing an, sich Gerald zuzuwenden. Durch den Mord an Lena schenkte er ihr die Hauptrolle und band Anna wieder enger an sich. Aber Gerald stand ihm immer noch im Weg. Also musste er auch … sterben. Gleichzeitig konnte er den armen Gerald als Schuldigen aufbauen.«

»Und nur durch ein liegendes Galloway-Rind sind wir auf die Spur von Manuel Klein gekommen!«, grinste Christin.

Alle nickten zustimmend.

»Anerkennung.« Die Pfarrerin schaute nachdenklich auf ihr Baby, das wieder friedlich in Freddies Arm schlief. »Die Familie Klein hat sie wohl über Generationen hinweg gesucht.« Dann schüttelte sie sich, als ob ihr ein Schauer über den Rücken lief. »Mir kommt Betty Tendering plötzlich sehr lebendig vor!«

»Komm, Skalecki«, sagte Schlüter nach einer Weile, »lassen wir den dreien jetzt ihre Ruhe! Zu Hause werden Mathilda und Oskar sie noch genug aufwischen.«

»Ach!«, rief Skalecki noch leise aus, »wie heißt der kleine Schatz eigentlich?«

Christin und Freddie lächelten, dann schauten sie beide auf das Baby, bevor Freddie antwortete.

* * *

Ausgelassen kicherten Katja und Elif in der Stallgasse. Katja hatte ihre Kollegin mit zu ihrem Pferd genommen und ihr alles gezeigt. Mit Feuereifer striegelte Elif die Haflingerstute und machte zwischendurch, als sie merkte, dass die brave Stute sehr geduldig war, immer wieder Witze. Wie zum Beispiel sich den Schweif des Pferdes wie einen Bart vor das Gesicht zu halten, woraufhin beide Polizistinnen laut loslachen mussten.

Beide wurden für ihren spektakulären Einsatz von Skalecki und Schlüter gelobt. Elif für ihren gezielten Tritt, der Manuel Klein zu Boden brachte, und Katja wegen ihrer schnellen, besonnenen Hilfe bei Anna. Der Rest der »Mordkommission Lena Pachel« hatte ihnen applaudiert. Alle waren mehr als erleichtert, dass die

Morde aufgeklärt waren und der wirklich Schuldige gefunden worden war.

»Komm«, sagte Katja, »wir müssen noch die Schubkarre zum Misthaufen bringen.«

Elif beäugte die Pferdeäpfel. »Na, wenigstens stinken die nicht so wie Hundescheiße.«

Katja schnalzte mit der Zunge, während sie die Schubkarre zur Stalltür schob. »›Hundekot‹ heißt das!«

Elif folgte ihr kichernd. Am Misthaufen leerte Katja die Schubkarre aus und ließ sie dann auf dem Weg stehen. »Guck mal, die vielen Sterne!« Katja deutete nach oben. »Der Himmel ist ganz klar!« Sie spürte, wie Elif sich neben sie stellte. Sie konnte Elifs speziellen, etwas herben Duft riechen. Sie atmete ihn ein. Wollte ihn auf der Zunge spüren. Dann bemerkte sie eine Hand, die nach ihrer griff. Ganz zart und vorsichtig.

Plötzlich hörten sie Schritte in der Dunkelheit. Zwei Gestalten kamen eng umschlungen auf sie zu, ohne die beiden Polizistinnen zu bemerken. Als sie in den Lichtkreis einer Stalllampe kamen, konnten Katja und Elif Ahmet Can erkennen.

»Ahmet!«, rief Elif überrascht aus.

Der Angesprochene zuckte zusammen und wand sich sofort aus der Umarmung des anderen Mannes.

Elif nickte. »Jetzt verstehe ich«, sagte sie, »Lena war nur deine Alibi-Freundin.«

Ahmet ließ die Schultern hängen und nickte ergeben. »Ja«, bestätigte Ahmet ihr. »Aber stell dir vor, ich habe sie auch so etwas wie geliebt.«

So etwas wie geliebt, dachte Katja und schaute dann von Elif hoch in den weihnachtlichen Sternenhimmel.

Ein Wort an die Leser

Unfassbarerweise wende ich mich jetzt schon zum dritten Mal mit ein paar Worten und einem Dank an Sie direkt, liebe Leser!

Bei meinen Überlegungen zu diesem Buch bin ich schnell auf Betty Tendering gestoßen.

Ingrid Hassmann und Dr. Ingo Tenberg haben zur Familie Tendering und der Geschichte des Haus Ahr in bewundernswerter Arbeit alles zusammengetragen, was man darüber finden kann.

So waren die Aufsätze über die Schwestern Tendering von Ingrid Hassmann, die sie zusammen mit dem Frauengeschichtskreis erarbeitet hat, und das Buch »Der Rittersitz Haus Ahr« von Dr. Tenberg meine Hauptquellen zu diesem Roman. Vielen Dank dafür!

Alle möglichen Ungenauigkeiten und jede dichterische Freiheit geht allein auf mein Konto.

Ein großes Dankeschön geht an meine Testleser: Ulrike Masuch, Ernst Heissen, Sigrid Schulz und Diana

Groeschke haben mir bestätigt, dass ich auf dem richtigen Weg war.

Ein großes Dankeschön auch an:

Bernd Benninghoff, der mir seine Galloway-Rinder nahebrachte und den ich als Figur in diesem Buch »in echt« übernehmen durfte;

Dilek Yavuz, die so lieb war und als Testleserin noch Verbesserungen an den türkischen Ausdrücken vorgenommen hat;

Werner Ruland, von dem traumhaften Hof »Rosen Ruland« in Duisburg, der mir geduldig meine Fragen zu den verschiedenen Rosensorten beantwortet hat und der Polizei gerne behilflich war;

Kirsten Lehmkuhl vom Stadtarchiv Voerde und Dr. Heiko Suhr vom Archiv Wesel, die mir schnell und unkompliziert Antworten auf meine Fragen gaben;

Volker Neumann für das sorgfältige Lektorat.

Und natürlich danke ich wieder meinem Ehemann Frank, meinen Kindern, dem Rest der Familie und Freunden dafür, dass sie Verständnis dafür hatten, wenn ich mich mal wieder zurückgezogen habe!